文春文庫

剣 と 紅

戦国の女領主・井伊直虎

高殿円

文藝春秋

目次

初出　別冊文藝春秋　二〇一一年七月号〜二〇一二年七月号
単行本　二〇一二年一一月　文藝春秋刊

剣と紅

戦国の女領主・井伊直虎

井伊家系図

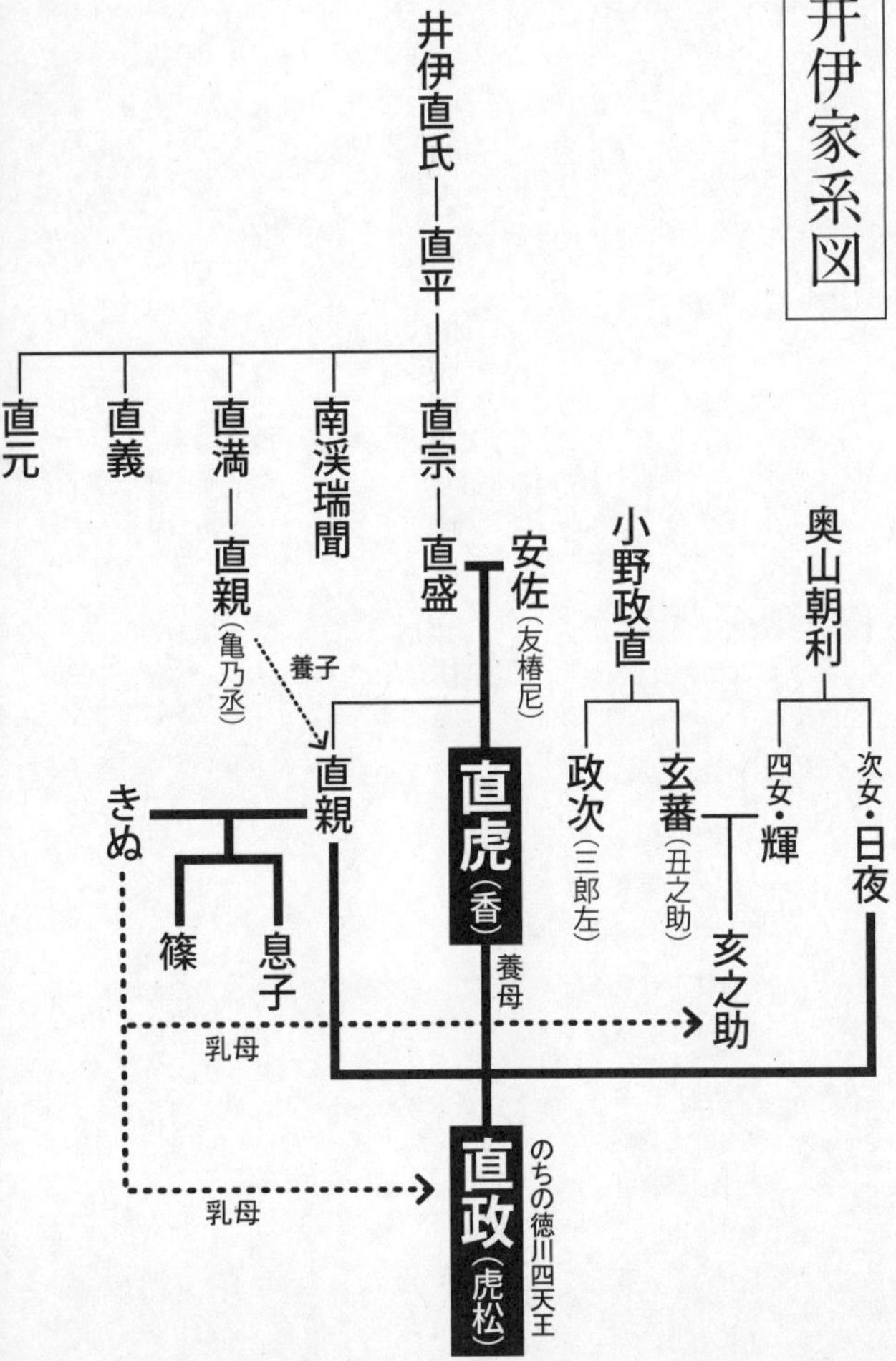
井伊直氏
直平
直宗
直盛
南渓瑞聞
直満
直親（亀乃丞）
直義
直元
安佐（友椿尼）
養子
直親
直虎（香）
養母
きぬ
篠
息子
乳母
乳母
直政（虎松）
のちの徳川四天王
小野政直
政次（三郎左）
玄蕃（丑之助）
亥之助
奥山朝利
四女・輝
次女・日夜

序章

――生涯、ただ一度の紅であったと伝えられる。


「無様《ぶざま》な。まるで亀ですな」

そう、天下の徳川家康《とくがわいえやす》に向かって不遜に言い放った者がいる。

男の名を、井伊《いい》兵部少輔《ひょうぶしょうゆう》直政《なおまさ》という。後に、譜代大名筆頭として七人もの大老を輩出した名門、井伊家の当主であり、徳川四天王の筆頭と謳われた男である。

「おう、万千代《まんちよ》、来たのか」

家康は、ぎょろっとした団栗眼《どんぐりまなこ》を声の主へと向けた。

天正十四年（一五八六）の晩春、まだ三岳山からの颪《おろし》が土を起こす百姓どもの息を白くさせる三月のことである。家康は一昨年の秋、小牧・長久手において、柴田《しばた》勝家《かついえ》を賤ケ岳の戦いで破り勢いに乗る羽柴秀吉《はしばひでよし》との戦いを終え、遠州《えんしゅう》（現在の静岡県西部）の自領に戻っていた。

名だたる湖の国、浜松がいまの家康の居城だ。かつては武田《たけだ》の遠州侵攻に備える為に、本拠地を岡崎から浜松（引馬《ひくま》ともいう）へ移した。浜名湖も近く街道も整備され、今川《いまがわ》へのにらみもきく遠州の拠点である。

「来たのか、ではございませぬ。某《それがし》が岡崎に詰めている間になんともつまらぬ病を得られたとか」

「そうなのだ。あいすまぬ」

親子ほども歳が離れた家臣に向かって、あっさりと家康は謝った。綿入れを何重にもかぶせた脇息に腹からもたれたその姿は、狸が座布団にしがみついているようで情けない。

実はここ数ヶ月間、家康は背中に大きな癰《よう》が出来て仰向けに寝られずにいた。

「敵を過小評価しすぎましたな。癰といえども侮ってはこうなりまする。ましてや貝をつかってつぶそうとするなぞ」

「…わかっておる」

いまでこそ癰は傷口から入ったブドウ球菌が原因であり、悪化させると敗血症になって命に関わることがわかっている。しかし家康はたかが背中のおできと侮り、家臣がどれほどなだめても医者に診せようとはしなかった。家康は医者が大嫌いだったのである。

「いくら殿が薬学に長け、和剤局方をお読みになるとはいえ、千日の勤学より一時の名匠と申します」

「わかっておる」

「殿も病をご自分でなんとかなさろうとせず、名医に頼りなさいませ」

「わかっておる。わかっておるというに……」

直政は、尊敬する主君に対してもまったく遠慮がなかった。口調は静かだが、嫌みも山椒のようにぴりりと効いている。

「儂《わし》がこんなに痛い思いをしておるのに、井伊の赤鬼は口が悪いわ」

「はて、もう赤鬼などと言われておりまするか」

直政は笑った。その顔には、あれしきの手柄、騒ぐほどのことではないという強い自負が窺える。

井伊直政は三河譜代の家臣ではない。井伊家はこの遠州の名門であり、家康が人質として長く過ごした今川の家臣だった。それが、数々の不運と災難に見舞われ、元服前に先祖代々の所領を失った。

幼い身にお家再興という果てしない重責を担って、直政はここ浜松へやってきた。文字通り、身一つで。

そこからが、鯉もかくやあらんという、後世に伝わる出世物語のはじまりである。

あれよあれよという間に、直政は家禄を増やした。召し抱えられてすぐに万千代という名と三百石を与えられ、次の年には家康の寝所に忍び込もうとした武田の暗殺者を討ち取って、十倍の三千石に加増された。十九の時にははや二万石の大名となり、本能寺の変の際には家康の「神君伊賀越え」に同行し、見事な孔雀の陣羽織を賜っている。戦となれば苛烈な気性そのままに先陣をつとめ、生来の負けず嫌い。外交官としての才能もあったため、北条《ほうじょう》との戦の際には講和の使者となり大任を果たした。

部下のいなかった直政は、二十二歳で元服すると、武田家の滅亡により解体された武田の赤備えをそっくりそのまま家康より貰い受けた。直政はこれを喜び、自分の部隊の具足をすべて朱色にそろえた。

これが、高名な井伊の赤備えの誕生である。

「そちこそ、戦で得た傷はよいのか」

自分の背中のおできを棚に上げて、家康は直政を案じる言葉をかけた。というのも、直政は出陣すればするだけ、体に傷を負って帰ってくるからである。

「なんの、これしきの傷、たいしたことではございませぬ。具足が赤いのは良し、辰砂《しんしゃ》の赤でこそあれ」

赤備えとはいえ、決して己の流す血で染まったものであってはならない、という意味である。池田恒興《いけだつねおき》と相対した時、彼の槍がかすったという肘を見せつけるようにして、直政は一笑に付した。

「士《さむらい》大将ともあろう者が、そうむやみに先陣に立つのはどうであろう。ほとんど陣中におらんだったというではないか」

「指揮は清三郎《せいざぶろう》（家老の木俣守勝《きまたもりかつ》）に任せてあります。それに、陣などにひっこんでおっては手柄が立てられませぬ」

「……そういう問題ではないのだが」

傷がたいしたことがないならいい、と家康は引き下がった。この情けない亀のような格好では、どのような説教もまったく説得力がない。

「そうそう。傷といえばそちが持ってきたというあの塗り薬、あれはよう効いたわ」

昼餉《ひるげ》を告げる近習のものに、直政のぶんの膳を用意するように言って、家康は続けた。

「以前から不思議に思っておった。万千代は戦のたびに負傷するが、あっという間に快癒する。それも、そなたがもってきたあの井伊の秘薬があったればこそか」

「秘薬などではありませぬ。ただの土にございます」

土といっても粘土質の塗り薬のことで、明から伝わった高価な抗生物質である。これを、直政は故郷である井伊谷《いいのや》の領地から取り寄せた。すると家康の熱は徐々に引き、背中のおできも小さくなっていった。井伊谷にはいったいどのような名医がおるのだろう、と家康が驚いたのも無理はない。

「ぜひ、調合の仕方を知りたいものだ。翠竹院《すいちくいん》をしのぐ名医に違いない。なんとかして浜松に呼べぬものか」

側仕えが運んできた膳を食欲なさげに一瞥して、家康は言った。浜名湖でとれた魚の切り身に大根の糠味噌漬け、鰯のひもの、そして野菜の多く入ったみそ汁という質素なものである。病を得ているというのに、相変わらず質素な麦飯に一汁一菜しか摂らない家康であった。

「それだけは、いくら殿といえど叶いませぬな」

と、直政の返事はそっけない。

「何故だ」

「名医とは某の養母にございます。すでに示寂《じじゃく》いたしました」

「ほう、示寂されたと」

そう聞いて、家康は直政と初めて会った日のことを思い出した。

「そうか、そちと会ったとき、側にいたあの尼御前か」

珍しく家康は目を細めた。


天正三年（一五七五）、土を肥やす蓮華草が田の中に彩りを添える二月の二十五日、家康は久方ぶりに鷹狩りをしようと浜松へ向かっていた。

その途中、彼は奇妙な邂逅を得た。家康は道のすみで伏して自分を待ちかまえている者たちを認めた。よく見ると、尼一人に十四、五の元服前の子供である。

近習の縁の者ということで話を聞くと、これが驚いたことに家康の過去に深い因縁を持つ者たちであった。

「いまでもよう覚えておる。そなたは朱鷺《とき》色の直垂《ひたたれ》姿で尼御前に付き添われて、道の脇にじっと伏しておった。烏のように黒い、大きな目をしての」

『東照宮御実紀』にはこうある。「三年二月頃御鷹がりの道にて。姿貌いやしからず只者ならざる面ざしの小童を御覧せらる」――猛将として知られる直政だが、意外なことにその容貌についての記述も多い。『太閤記』には、秀吉の母大政所や正室ねねを岡崎で接待した際、直政のあまりの男ぶりに侍女たちまで熱狂した、とある。それほどまでの美男であった。

「まだ子供の顔だったが、付き添いの尼御前より背は高かった。見たところ養母どのは童女のようにお若かったが、ではもう…」

直政の養母について、家康は歳までは知らなかったが、記憶にある限りは、そばにいた尼はまるで彼の姉のように若かったように思う。

「某の父のめいで父とは兄妹同然であられた方です。八つまで、あのお方のもとで育ちました。たしかに童女のように小さいお方でしたが、恐ろしいほどに先の見えるお方でした」

意味深なものいいを、直政はした。

「ほう、先を…？」

直政の養母の名は井伊次郎法師《じろうほうし》直虎《なおとら》という。もちろんこれは男名なので、彼女が井伊谷の領主を継いだときにつけたのであろう。

「井伊直盛《なおもり》どのの娘ごだな」

「御意にございまする」

「そなたの父とは、許嫁同士であったとか」

「祖父直盛には養母一人しか子がなかったため、叔父の子直親《なおちか》と婚約させ、家督を継がせようとしました。直親は某の父にございます」

「うむ」

家康は知っていた。直政の父直親と養母次郎法師が、生まれながらの婚約者であったにもかかわらず、夫婦になっていないことも。直政が養母以外の女の腹から生まれたことも。

「して、先が見える、とはいかなる意味か？　女の身で領主を継いだのだろう。物事の先を読むのに長《た》けているという意味か」

「…というより、本当に二日三日先が見えておられたようです」

思いもかけぬ返答に、家康は喉がつまった。慌てて目の前の膳からみそ汁の椀をとりあげ、汁をすする。

「それは面妖な」

「義母は幼い頃、かの名僧黙宗瑞淵《もくそうずいえん》に、この娘はこの世を動かすだろうと予言されたと聞いております。某が生まれるずっと前、まだ井伊家が祖父直盛のもとで安泰であったころは、井伊の総領姫は〝小法師〟じゃと言われておったとか」

「小法師…」

小法師は遠州で言い伝えられている座敷童《ざしきわらし》のことで、千里を見渡せる不思議な眼を持つという。三河生まれ、駿府育ちの家康はもちろん、聞き馴染みがある。

「養母は川の堤がいつ壊れるから直させよとか、三河から疫病が流れてくるので用心してあまり街道には近づくなとか、不思議なことをよく口にしていたそうです」

「なんと。養母どのは、まるで戦の軍配師のようではないか」

そのような能力を持った人間がほんとうにいたのなら、どの国の領主も目の前に金を山と積んででも迎え入れようとしただろうに。戦で先を読むのに苦心した家康は思わずにはいられない。

（あの小さな尼君が、先を読む力をもってこの世を動かしただと…？）

家康の知る限り、次郎法師はそのような豪腕の印象はどこにもない、小さな童女のような尼僧にすぎなかった。

しかし、彼女は直親の死後、幼かった直政の代わりに急遽家督を継いだ。直虎という勇猛な男名で安堵状を発布し、今川の刺客から幼い直政を守りきり、地元では井伊の女地頭と呼ばれていたのだ。これは世にままあることではない。

しかも、千里眼をもっていたという。

（この世を変えた法師とは、なんとも興味を引かれることよ）

家康は改めて直政を見た。今まであまり彼に故郷の井伊谷のことを聞いてはこなかったが、家臣の家のことを把握しておくことも主君の大事な務めである。

この機会に、井伊谷について知識を深めておくのも悪くはない。どうせこの背中の状態では戦はできぬ。

「そちの養母どのが千里眼をもっていたのはわかった。しかし、癰をも治す名医であるというのは、養母どのが小法師と呼ばれていたのと関係があるのか」

「無論でございます。しかし、それをすべてつまびらかにするには、わが井伊家の成り立ちからお話しせねばなりますまい」

「そんなに大昔からか」

長い話になるのかと少々気構えたが、よくよく考えれば今の自分に取り立てて急な用事はない。家康は気を取り直した。

「よいよい。聞こう。そちの一族は名にし負う名家ゆえ、聞き所も多かろう。『太平記』や『吾妻鏡』で、宗良親王《むねよししんのう》をお助けした道政《みちまさ》公のくだりは儂も何度も読み返した」

感じ入ったように一礼をして、直政は顔をあげた。

「――では殿は、我が井伊家が何を祖とするか、ご存じでしょうか」

「うむ。井伊家の祖か」

家康は唸った。

古くは、遠州は井国《いのくに》と呼ばれた。井伊家の発祥は松平《まつだいら》よりもずっと古く、古墳時代まで遡る。名門井伊の名は『太平記』や『吾妻鏡』の中だけにとどまらない。さらに遡ること百年、一一五六年の保元の乱を描いた『保元物語』では、高名な源義朝《みなもとのよしとも》に従う遠江の武士の中に井伊氏の名がある。

地方豪族でありながら、皇族に嫁いだ井伊家の娘もいる。南北朝時代には、井伊家の城である井伊谷城に、親王たちが暮らすための御所の丸があったという。

しかし、井伊家が誰を祖とするかまでの記憶は、さすがの家康にもない。

「藤原氏ではないのか」

と苦し紛れに問うたのは、家康自身、三河守《みかわのかみ》を天皇から受領するために、徳川は藤原氏の流れをくんでいると自称しているからである。同様に、井伊氏もそれなりに由緒のある先祖を名乗っているのではないかと思った。

直政は首を振った。

「残念ながら、藤原ではございませぬ」

「では清和源氏《せいわげんじ》か。たしか井伊氏は保元の乱では後白河《ごしらかわ》方についているし……」

「源氏でもございません」

家康が惑うのを楽しむように、直政は言う。

「では、どこだ」

「我が井伊家の初代共保《ともやす》公は、捨て子にございました」

「なに」

「渭伊八幡宮にある井戸に捨てられていたのです」

「なんと」

家康は思わず背中の痛みも忘れて姿勢を正した。

寛弘七年（一〇一〇）生まれたばかりの井伊共保は、井戸に捨てられていたのを何者かに助けられ、命を長らえた。その後遠江《とおとうみ》守として赴任していた藤原共資《ともすけ》の養子となり、捨てられていた井戸にちなんで井伊と名乗ったという。

「それはなんとも奇妙な話だ」

藤原氏の跡取りとなるものを、井伊家ときたら、わざわざ『捨て子だった』と言い伝えているのである。

「何故、そちの先祖はそのように書き残したのであろう。藤原を名乗っておいても損はあるまいに」

「なにゆえと思われますか」

深く考え込むあまり、家康は目の前の膳にはまったく手をつけないまま、ぴくりとも動かなくなってしまった。その様子に、直政はふと顔をほころばせる。

「どうした、万千代」

「いえ、某も昔、養母にまったく同じ問いかけをしたことを思い出しましたゆえ」

「同じとな。して、答えは得たのか」

無論にございます、と直政はしたり顔で言う。

「殿ほどの知恵者でもわかりませぬか」

「さっぱりわからぬ。…が、わからぬと簡単に降参するのも口惜しい」

「なにごともひとつひとつ順を追って進めるのがようございます。堅い結び目ほど、一度縄そのものをほぐさねば」

「なるほど」

「まずは、いかようにして共保公が、井戸から生き延びたのかを考えてくださいませ」

たしかに直政の言うように、まずはそこが妙だった。井戸に投げ込まれたのにもかかわらず、赤ん坊が生きていたのは何故か。

「井戸が涸れていたのではないか」

「某も、真っ先にそう養母に申しました」

しかし、養母の答えは否であった。井戸は大人の背丈よりはるかに深かった。もし涸れていれば、赤子はむき出しになっている石砂利の上にたたきつけられることになる。とても無傷ではいられない。

では、水が張ってあってそれが綿の役割をしたのだろうか。しかし、赤子は泳げない。水があればあったで、かえって赤子の命を奪うもとになっただろう。

「では、つるべが落ちていたのではないか」

「赤子が身動きすれば、桶はひっくりかえりまする」

「ううむ、ううむ、むう」

家康はますます渋い顔つきになったが、しばらくするとふいに頬をゆるませ、

「わかったぞ。赤子は井戸に捨てられていたと申したな。ならば、元々井戸の中に捨て

られていたわけではなかったのだ。井戸の側に捨てられていたのだろう。それを、水をくみに来た神主が見つけたのだ。そうに違いない」

「ご名答にございまする」

直政は主君を喜ばせようと、ことさら大きく頷いた。

「では、赤子の親はだれであったのか、それもそちは知っておるのか」

「養母に問われ、考えました。井伊谷近くに住む百姓ではないかと思いましたが」

「違うであろうな」

古くから赤子の堕胎や生まれてから殺すことは日常茶飯事である。女たちは育てられぬ子が生まれると、赤子の喉の上に自分の足をのせて窒息させることは珍しくなかった。

だが、赤子の親はわざわざ神社の井戸にまで捨てに来ている。親にしっかりとした身分があり、養子に出したいが急を要することだったのだろう。神主は赤子を正月の早朝に発見したというから、あまり長い時間その場には赤子はおらず、寒さを防ぐため、たくさんの布でくるまれていたに違いない。それ故、家康はただの百姓の子ではないだろう、と言ったのだ。

「そうは言っても、どこどこの家のものだとわかったわけではない。なのに、遠江守ほど身分のある者がただの捨て子を養子にもらい、跡取りとしたというのも、やはり妙な話だ」

喉のつかえが下りたのか、家康はようやく膳に手をのばし、箸をもちあげた。固い麦の飯を奥歯ですりつぶすようにして何度も咀嚼《そしやく》する。ふと視線をあげると、直政がまだ含み笑いをしていることに気づいた。

「なんだ」

「いえ、それも某が養母に申したものと同じでございましたれば」

「して、養母どのは答えをくださったのか」

「それは明朗に」

直政は、家康の箸がまた止まりそうになるようなことを言った。

「殿はすでに、その答えをご存じかと」

「儂が知っているというのか」

「はい」

「井伊家の初代共保公がなぜ、藤原の跡取りとなったのか、どこのだれが実の親であるのか、わかっておるというのか」

「それも明朗に」

「ふむ、まるで禅問答だな」

家康はそう言ったが、その響きに嫌みはない。

（まあよい、時間はたっぷりとある）

このころ、小牧・長久手で決着をつけることができなかった秀吉は、織田信雄《おだのぶお》を介してさかんに家康に服従を迫っていた。それも高圧的なものではなく、露骨なすり寄りを見せている。彼は、居並ぶ武将たちの前で、この家康に臣下の礼をとらせたくてたまらないのだ。そのために、家康と縁戚関係を結ぼうと、四十四にもなる妹の朝日《あさひ》まで嫁がせるつもりでいる。

ここは駆け引きのしどころだ。猿の妹をもらってもうれしくもなんともないが、あまりにお高くとまりすぎて秀吉を怒らせることは本意ではない。なんといっても秀吉は戦上手、外交もうまい。小牧・長久手こそ決着がつかなかったが、講和条件は秀吉の方に有利だった。

(膝を折ってやってもいいが、まだ早い。もう少しあの猿から条件を引き出さねば)

それに、本当に朝日姫が岡崎に来ることになれば、直政がその世話をすることになるだろう。その間はずっと岡崎詰めになるに違いない。こうしてともに昔話に花を咲かせることもできなくなる。

「おなごの身で跡を継がれたことといい、そちの養母どのはなかなかに度胸のすわったお方だったようだの」

「はい。無礼を承知で申し上げれば、殿とて、いまだわが養母の手の内でございます」

「なんと」

「養母はその力によって井伊家を救い、まるで天からこの日ノ本を見下ろす軍配師のごとく井伊谷を一歩も出ずしてこの世を動かし、そして、殿の命を救われた」

「わしが、養母どのに命を救われたと」

そうまで言われれば、黙って見過ごしてはおけぬ家康である。

「よし」

と、脇息を打った。

「いまだ、そちからこの癰を治した妙なる薬のゆえんを聞いてはおらぬ。織田（信雄）殿はいまだ来られぬようだし、これはそちから養母どのの話を聞かねばなるまい。なにせ、養母どのは入寂されてなお、この家康を思いのままに操っているというのだからの」

家康は、すっかりくつろぐ気になった。その間に背中のいまいましい癰も癒えることだろう。今は焦らず、この美しい寵臣とゆっくりと謎かけを楽しむのがいい。

「では、お時間をちょうだいして。さて、なにから話しまするか」

「まずは養母どのの話だ。次郎法師直虎とは地頭職を継いだときにつけられた男名であろう。名はなんと申される」

「香と申します」

〝かぐ〟とは、珍しい名である。女名の場合、幼名を生まれた土地や母方の出身地からとることも多かったとされるが、次郎法師もそうだろうか、と家康は思った。

「井伊家の嗣子は必ず次郎と呼ばれたそうで、我が祖父直盛も井伊次郎直盛と申します。養母が次郎法師と名乗ったのは、地頭職を継いだときすでに出家していたからでございましょう」

「なんとも早くに髪を下ろされたのだな」

「十六になる前に髪を下ろしたと、南渓《なんけい》老師から伺っております」

「まさか、十六とは早すぎる」

井伊家の総領姫。しかも生まれながらに父の従兄弟と婚約をしていた娘が、十六になるやならずの歳で出家するとは尋常ではない。

そうでなくても、娘とは外交の切り札なのだ。家康は晩年にかけても多くの側室に子を産ませたが、すべて娘を嫁がせ、多くの家と縁戚関係を結びたいがゆえであった。彼は容姿にはあまり頓着せず、健康で子を産んだことのある後家を率先して側室に迎えた。

「養母はわが父という許嫁を持ちながら嫁ぐこともなく、井伊谷で一生を終えました。伝え聞くところによると、井伊家の姫に生まれながらも、生涯、ただ一度しか化粧をしなかったそうでございます」

「ふむ、なぜそのようなことになった。なぜ親戚から養子をとるなり、どこぞへ嫁がせなかったのか」

「養母には、〝視《み》えた〟のでございましょう」

家康は、必ず膳に入れるようにしている丸干し鰯を長い間口にいれていたが、ゆっくりと飲み込んだ。そして言った。

「その話、実に楽しみだ。続けてくれ」

主君の箸が順調に動くのを眺めながら、直政は満足そうに微笑んだ。家康に食欲が戻ったことを確認するのも、岡崎詰めだった彼が浜松へやってきた目的であった。

直政は話を続けた。

「養母は長じても童女のように背が低く、あまり考えていることを顔にはださぬ方でしたが、存外腹の中では深謀遠慮をめぐらせていたと某は思っております。尼になったのも、某の父の行方がわからず、家中では死んだものとされ、別の縁談が進んでいたからです」

「それはそれは」

家康の相づちは、大根の漬け物を噛むこりこりという音と相まって、実に楽しげだ。

「十五の年、養母は、この男だけは絶対にいけないと強情なまでに言いはり、ついには祖母が止めるのも聞かず龍潭寺に飛び込んで髪を下ろしてしまいました。このとき養母は、女を棄ててでも井伊家に尽くすと宣言したといいます。

当時の今川は義元《よしもと》公の庇護の下、この遠州にて並ぶ者のない勢い。その繁栄を極めた駿府より、養母のためにありとあらゆる身支度、贅沢品を持ち帰った縁談相手を前に、養母は一言、こう言い放ったそうです」

――紅はいらぬ。剣をもて。

のちに遠州に女地頭ありと呼ばれた、井伊次郎法師直虎の物語である。

一　井伊谷の小法師

香は走る。

泥濘《ぬかるみ》のない枯れた田の間のあぜ道を駆け抜け、無心に南へとひた走る。

井伊の一族が住む本丸の御館は、その昔、宗良親王が井伊家の姫君と暮らしたという井伊谷城御所の丸のふもとにある。そこから、朝になると侍女が止めるのも、家人が馬を引き出すのも待たずに大手御門を飛び出し、ただ走る。走り出す。山からわき出した水のように。香の走る東側には水量豊かな井伊谷川が、西には神宮寺川が流れ、香よりももっと早い足で浜名湖を目指している。

（湖は、遠いな）

きりりとした眉の下にある目を見開き、さらに水のように走る。足には粗末な足半《あしなか》をはいているだけである。膝より少し長い帷子《かたびら》の上から無理矢理袴《はかま》を穿いたのは、このほうが速く走れるからで、着替えを手伝ってくれる侍女は、もう少ししたら鉄漿《おはぐろ》を入れて眉をお作りになる歳になるのですから、下男のような格好はおやめくださいませ、と嘆く。

たしかに自分はもう九つ。髪をあげ、鉄漿を入れてもおかしくない歳だ。しかし歯はまだ真っ白なままだし、母たちのように眉も抜いていない。毎朝、少年のごとき袴姿で南に向かって走るのをやめぬ。

（たぶん、わしの髪上げは、亀乃丞《かめのじよう》の元服と同時にするのだろう）

と、香は思っている。

そしてそれが済めば、すぐにもその従兄弟違いと祝言だ。

神宮寺橋から担い棒を担いできた年寄りたちが、香に向かって手を振った。

「香さま！」

「御館の姫様じゃ、井伊家の小法師さま」

井伊家は、遠州の名門といわれている。

古く、古墳時代からこの井伊谷に由緒があり、たびたび歴史物語に名を出す古豪で、現当主父直盛で二十二代目。この地に住む庄民たちに敬われながら、もう五百年もの間この井伊谷に住んでいる。

香は、その井伊谷の領主、井伊直盛の一人娘である。父直盛は母安佐《あさ》の方以外側女《そばめ》を持たなかったため、子は香ひとりだった。

「すっかり大きゅうなられて」

「お父上様はお元気ですか」

このように庄民たちがきさくに声をかけて来るのも、井伊家と庄民たちの関係が長年うまくいっているからだ。

もともと、ここ井伊谷は水量が豊富で日照りとも縁がない。近年は大きな戦に巻き込まれることなく豊作が続き、人々の暮らしぶりにも顔にも陰りは見えなかった。特に浜名湖の真ん中を東海道が、井伊谷のすぐそばを本坂通が通っており、さまざまな物や人が遠江を通過する。

関所があれば宿があり、金が落ちる。荷も下ろされる。そして井伊谷のものは、多くの棒手振《ぼてふ》りたちによって舞阪や気賀の関所まで運ばれる。浜名湖の東、遠江側の舞阪宿はいつも渡しを待つ人と遊女であふれかえっているものだ。

年寄りたちに手を振り返したときだった。

（なにか、来る）

香は立ち止まった。伊平へと抜ける街道のほうより、なにか黒く重たげなものが近づいてくるのを感じる。それは目には視えるが手には摑めない不可思議なもので、香はときおりそんなふうに、他人には説明しどころのないぼんやりとした一瞬に囚われるのだった。

そのようなとき、視えるものは様々だ。黒い小さな虫のようなものが空を覆いつくすのを視るときもある。視たこともない珍妙な格好をした小人が、祝田《ほうだ》の坂を這々《ほうほう》の体《てい》で駆け上ってくるのを視ることもある。

「姫さま？」

年寄りたちが、突っ立ったままぼうっとしている香を怪訝そうに見た。それに老女が、顔を強ばらせてつれあいに囁く。

「おまえさん、姫様は、なにか〝ごらんに〟なっているに違いないよ」と――

まだ香が赤ん坊だったころ、井伊家の菩提寺である龍泰寺を開山した名僧、黙宗瑞淵が、母の腕に抱かれた香を見るなり、こう予言した。

「この赤子、井伊を守り、天下を動かす者となろう」

父、直盛はこの言をよしとし、この井伊家がはるか上代から続くことに由来して、古事記から香と名付けた。

自分だけが、ほかの人間には見えぬ〝なにか〟を視ている時があることを知ったのは、物心ついてからずいぶん経ったあとだった。

『なんでも井伊の姫さまは、千里を見渡せる眼をもっておいでじゃとか』

香がよく視るのは、黒い雨雲のような靄《もや》である。

あれはいつだったか、この地に珍しい秋の長雨が続いたときのこと、香は一ノ沢のほうにこのどんよりとした靄が立ち籠めているのを視た。例えるなら、まるで蝗《いなご》の大群が空を覆い尽くしたかのごとき不気味な光景である。

『天池の堤が決壊する』

香のこの助言を聞いたこのあたりの代官が、百姓たちに避難するように命を出した。皆、近くの寺へ持てるものだけ持って逃げ込んだ。なんとその夜のうちに、天池の堤は決壊し、稲刈りの終わった田や百姓達の家、家畜もろともあっという間に呑み込んでしまった。まさに間一髪。

『井伊の姫さまの言うとおり、数刻もしないうちに雨雲が押し寄せて、あっという間に家を呑み込んだと！』

香のお告げのおかげで助かったという噂は、瞬く間にこの小さな井伊谷に広まった。

『香さまは、きっと小法師じゃ』

『小法師のいる家は栄えるという。これでお家は安泰じゃ』

このようなことがたびたびあった後、今ではすっかり、香は井伊谷の小法師として人々の信仰の対象となってしまった。

(この靄。この前もそうだった。大雨で天池の堤が破れたときも、この靄が大室山のほうからやってきたのだ)

では、やはりあの黒いものは雨雲に違いない。冬には珍しい長雨が来るのだ。そう香は口にした。

「おお、小法師さまのお告げじゃ。ありがたい、ありがたい」

棒手振りの年寄りたちは、まるで観音様でも拝むように香に向かって手を合わせた。

「じじたちよ、そのように拝まれては困る」

「いやいや、香さまのおかげで命の助かった者は、この井伊谷にようさんおる。ほんにありがたいことじゃ」

言って、爺のほうはおもむろにぶら下げていた唐須《からす》の中から竹の皮の包みを取り出した。

「これを小法師さまに」

おそらく、黍《きび》と粟をこねて作った焼団子だろう。

「困る。わしは小法師ではないぞ」

「ありがたいことじゃ。ほんにありがたいことじゃ」

「小法師ではないというに」

「ありがたいありがたい」

何を言っても、感極まったように手のひらをこすり合わせている。

ひとしきり拝まれたあと、香は仕方なく橋の上を逃げ出した。棒手振りの年寄りたちは、逃げる香に向かって姿が見えなくなるまで米つき飛蝗《ばった》のようにおじぎを繰り返していた。

（また、拝まれてしまった…）

香はため息を吐いた。妙なものを視るのは、なぜか四つの辻や橋の上が多い。だからこの橋は好きではないのだ。しかし、神宮寺川にかかる橋はここしかないのだからしかたがない。

ちょうど、その神宮寺川にかかる橋を渡り、龍泰寺の山門前のあたりで背の高い僧の姿を見かけた。まだそれほど歳は取っていないが、身なりは雲水のものではなく、高僧である。

「おじ上！」

「おお、香か」

どこか目の辺りが香と似たその僧は、龍泰寺の南渓瑞聞《ずいぶん》和尚。祖父直宗《なおむね》の、歳の離れた弟である。実際は父直盛のほうに歳が近いため、おじ上と呼んでいる。

龍泰寺はこのあたりで一番大きな建物で、周囲一帯は寺領だ。寺が抱える多くの僧侶たちは修行に励みながら、人手がいる収穫期になると総出で田圃《たんぼ》に出る。おそらく南渓はようやく収穫後のあれやこれやが終わったので、高齢の師、黙宗和尚の使いに出るのだろう。

「なんじゃ、その包みは。弁当など持ってどこへいく」

「弁当ではない。また拝まれてしまった」

香はこの博識なおじが好きだった。四書五経の漢籍のみならず、詩華集などあらゆる古典に通じている。早くから黙宗の法嗣と呼び声も高いのに、武将のように鍛えられた鋼の肉体を持ち、弓や槍を自在にこなす。

香の困惑をよく知る南渓は、苦笑を隠さず、

「では、ありがたく頂いておくことだ。小法師さま。ありがたいありがたい」

「おじ上までそのようなことをいうのか」

香はむくれてみせる。

「長雨になるゆえ、出かけるなら早うしたほうがよいと忠告しようと思ったのに」

「なに、雨などふる気配もないぞ」

しかし、香の見立てによると、明日からは雨になる。冬には珍しい長雨だ。こんなと

き は浜名湖の渡し船が出なくなり、宿場町には東海道を行く人があふれかえる。そして、先を急ぐ者は東海道より一本内陸側に通る本坂の通りを使うだろう。今から行くのではあまり楽な使いにはなりそうもないぞ、と付け加えた。

「橋の上で視たのじゃ。じゃから間違いない」

「そうか」

「いやな風が吹いておるのはたしかじゃ、お気をつけてなあ」

大声で叫ぶと、すでに南渓には見向きもせずにまっすぐにあぜ道へと向かった。

（長雨につかまらぬとよいが……）

十二月ともなれば、温暖な遠州とはいえ息も白く濁る日が続く。収穫を終え、ずいぶん経った田にはあまり人がいない。百姓たちは年貢を納め終え、冬の間は藁を編んだり、井伊谷に多くある鍛冶の手伝いをしたりしているのだろう。

（空気が濃い。やはり雨の前だ）

息があがって、香は足を止めた。矢来で囲われている三間ほどの広さの敷地に井戸があった。この辺りでは有名な井戸だ。なんといっても井伊家の祖が、この井戸に捨てられていたという伝承ゆえである。

その昔、渭伊八幡宮がまだこの地にあったころ、御手洗《みたらい》として使われていた井戸に捨て子があった。神主に拾われたその赤子は、当時この辺りの領主であった藤原共資の養子になり、のちに井伊を名乗った。それが井伊家の初代、共保公であるといわれている。

今、香の目の前にある井戸は、子供の両手を広げたほどの幅の小さなものだ。お宮自体は目の前の龍泰寺を建てるために移築したが、由緒ある井戸は残された。香は毎朝、この井戸を見に来るのを日課にしている。

ここに、井伊家だけではなく、自分自身の由来があるからだ。

この井戸のすぐ側に生えている、二本の橘の木に。

「香さま！　御館の姫さま」

寺のほうから自分を呼ぶ声が近づいてきた。あのひときわ楠のように高いのは、南渓の弟子の昊天《こうてん》だ。このあたりで採れる蓮根の倍ほどもある腕をふっている。隣にいる小柄でむすっとした顔の僧は、やはり南渓の弟子の傑山《けつざん》。いつも凸凹とした二人一組で動いているので遠目でもわかる。

そして、その二人のすぐ後ろにいるのは、

「亀乃丞」

香は大きな黒目をさらに見開いた。柿朱色の直垂姿が目にも鮮やかな少年が、頬を染めてこちらに向かってくるのが見えた。

亀乃丞は、直盛の叔父、井伊彦次郎直満《ひこじろうなおみつ》の長子である。普段は彦次郎屋敷と呼ばれる館に住んでいる。もっとも井伊谷の本丸周辺は、こうした親族や代々井伊家に仕える家老たちの屋敷が連なっているので、香と亀乃丞は赤ん坊の頃からよく知った仲だった。

この亀乃丞と香は、もうすぐ祝言をあげることになっている。

母親からくどいほど、もうすぐ祝言なのですからと聞かされてはいるが、具体的に祝言をあげたからといってどうなるのか、香は知らなかった。皆がめでたいめでたいと言うのだから、めでたいことであることは確かだろう。しかし、なにがどうめでたいのか聞こうとしても、母付きで五つ歳上の侍女おあんは、もじもじと横に揺れるだけで、香の納得する答えは返ってこない。

（祝言、祝言か……）

（なぜ、祝言をあげたらどうなるか聞くと、みな横に揺れるのだろう）

香はずっと疑問に思っている。

「香どの、やはりここにいらっしゃった、御館の皆が香どのをさがしておられます」

亀乃丞は言った。いつもは紺色か鶯色の直垂なのに、今日に限って紋付きの直垂を身にまとっている。まるでいまから身分の高い客でも迎えるようないで立ちだ。

もともとふっくらとした頰に、子供ながらにはっきりと凹凸のある目鼻立ちは、女である香よりも愛らしいと評判だった。なにより、亀乃丞の目には力がある。黒々とした大きな目をじっと見ていると、まるでよくすった墨に銀の砂を流し込んだようだと香は思う。

つまり、惹かれるのだ。

（わしなどより、よほど拝みたくなる顔だ）

「なんですか、その包みは。弁当など持ってどこにいかれるのですか」

南渓と同じ事を彼は聞いた。

「また、拝まれた」

「ははあ」

「おぬしはどうした、亀。新しい衣など着て。正月はまだじゃぞ」

すると亀乃丞はとんでもないとばかりに息を呑んで、

「なにをおっしゃいます、香どの。今日は井伊谷に宗匠宗牧《しゅうぼく》様がいらっしゃる日ではありませんか」

聞き馴染みのない名を言われて、香の顔が曇る。

「そうしょうしゅうぼく…？」

いつも龍泰寺から聞こえてくるお経の一文のようである。口がまわらない。

「連歌の偉い先生ですよ、香どの」

「蓮根とは違うのか」

「お歌のことです」

「ああ、歌」

香は興味なさそうに足下をけっ飛ばした。あの鼻を通るようなカン高い気取った声をはりあげる歌とかいうものを、わざわざ教えにくるらしい。

「連歌宗匠の宗牧様といえば、京の名だたる公家、摂関家に出入りする連歌師。そのような方が井伊谷で一座を開かれるとは名誉なことですよ、姫さま」

のだろう。そんな顔をしている。

　どこか呆れたように傑山が言った。傑山は寺で一番の優等生だ。きっと歌にも詳しい

　この時代、連歌は武将のたしなみである。地位のある大名はこぞって京から連歌師を呼び寄せ、歌道の指導を受けようとした。そこへ、第二の京と栄える駿府ならいざ知らず、この田舎に摂関家に出入りするほどの連歌師が来るとあっては、井伊家全員が新しく着物をあつらえて歓待してもおかしくはない。

　橋の上で年寄りにされたように、香は手のひらを合わせた。

「それはありがたいありがたい」

「香どの」

　そういえば、母上が今日のために鉄漿を新たに入れていた。師走に入ってから侍女たちもみな浮き足だっていたが、そうか、連歌師が来るのか。

（あの父上が、朝から『後撰集』など読んでおられたはずじゃ）

　どうやら、父はこっそり予習をしていたようである。武勇で知られ、常に今川軍の先鋒を務める豪腕井伊信濃《しなの》守直盛も、あのようにこそこそと予習をするのかと、香はなんだか可笑しくなった。

「次郎の叔父上は、伊平まで出向いてお迎えするとかで、父上らとともにすでにお発ちです。引馬のお爺さまなど、なんとしても直接教えを受けたいとたいそうごねられて、結局明後日には引馬にお寄りになるらしいです」

引馬城とはのちの浜松城のことで、このころは今川義元の勢力下にあり、香の曽祖父直平《なおひら》が城代を務めていた。この直平、齢六十に近いというのにとにかく元気で、今回の宗牧を招いてのまたとない機会に自分が一座に参加できないことを、彦次郎に愚痴っていたという。

直平はこの遠州では知らぬ者のない猛将。戦上手で若い頃は鬼武者との異名をとり、井伊家の地位を確固たるものとした。老いた今も、戦と聞けば真っ先に先槍を願い出、毎日武具の手入れを怠ることはない。

「大爺さまは相変わらずじゃ。まあ、お元気でなにより」

そうだけ言い放つと、香の目は再びまっすぐに井戸を見た。

はるばるこんな田舎にやってくるという都の連歌師のことより、先ほど橋の上で視た黒い雲のことが気になった。連歌師などどうでもいいといわんばかりの態度に、亀乃丞も昊天も困ったように顔を見合わせる。

「香どの、はや御館へ戻らねば…。おばさまが探しておいでじゃ」

「探さずとも、香は毎朝ここにおる」

と、井伊家の家紋である橘を指さした。

「この橘を見るためじゃ。ほれ、亀乃丞。そなたの胸にあるのと同じ」

指さされた亀乃丞が、自分の直垂に縫い取られた橘の紋をじっと見る。橘は、井伊家にゆかりのある木だ。その昔ここに捨てられていた共保は、橘の枝を持っていたという言い伝えもある。

「そう言えば、香さまの御名はその橘からとられたのでございましたなあ」

昊天がそり立ての青い顎をつまみながら言った。

彼の言うとおり、香の名は父直盛が、古事記に記されている、垂仁《すいにん》天皇が田道間守《たじまもり》を常世の国に遣わして手に入れた霊薬、「非時香菓《ときじくのかぐのこのみ》」からとったのだという。永遠の命をもたらすとされる霊薬の正体は橘で、それゆえ右近の橘として京の御所に植えられるようになった。おまえは井伊家を永遠に栄えさせる「橘」でこそあれ、というわけである。

「冬だというのに、橘は枯れませんなあ。井戸の側に橘を植えたのは、この井戸が涸れないようにという願いを込めてのことだったと申しますが、さて」

そうでなくても、この辺りは野生の橘をたくさん見かける。橘は冬でも青々とした緑の葉を付けるので、縁起が良い植物とされていた。

この橘を見るたび、香は自分の名を思う。

そして、自分に課せられた使命のことを想う。

生きよ、生きよ、
井伊家を決して絶えさせるな。

どんな厳しい冬が来ようとも、この橘のように耐えて青い葉を茂らせ、血脈を栄えさせよ――

橘がそう自分に強く語りかけている気がして、

(耳を、塞ぎたくなる)

「ここに、共保公が捨てられていたのですよね」

亀乃丞が井桁から身を乗り出して井戸の中をのぞいた。水はほとんど涸れていて、底の砂利が見えている。

「よく助かりましたよね、赤子なのに」

「いくらなんでも、この中に捨てられていたわけではないでしょう。亀乃丞様」

昊天が言った。

「そうかなあ…、そうだ。香どのはどう思われますか」

自分を呼びに来た役目など忘れたように、亀乃丞が興味津々というふうにじいっと香を見た。

「亀…」

この顔だ、と香は思う。

亀乃丞ほど、この井伊谷でかわいがられている子供はいない。この人見知りなく振る舞われるくったくのない笑顔に、井伊谷のだれもが親しみを抱いている。

香以外子のない母など、すっかり亀乃丞をわが子扱いして、やれこの小袖が亀に似合うだの、御利益のあるお守りだの、珍しい京の練り菓子だのをくれてやる。そのようなとき亀乃丞は、この人なつこい顔で相手をじいっと見つめ、ふいに頰をゆるめてふんわりと笑うのだ。それがまたあどけない野の花が咲いたようで、だれもが釣られてにっこりしてしまう。

これに続いて願いなどを言われれば、聞かないわけにはいかないだろう。

（この人たらしめ）

と、香は思う。

「知っているぞ」

「え、なにをですか」

「共保公の血筋がどこのもので、どうやって助かったのかも」

「本当ですか」

いい大人の昊天までもが、驚いたように香を見た。

「実は南渓のおじ上と、一度じっくり検討した。ゆえに、知っている」

「それで、どうやって助かったのです。教えてくださいよ」

まるで天気のよい日に見る浜名の湖面のように、目の中がきらきらと輝いている。香は無性に憎らしくなってふいっと横を向いた。

（ふん、引っかかるものか）

そのまま元来た道を歩き出す。

「あっ、香どの」

「亀よ、知りて知らざるは上なり、じゃ。老子も言っておる」

慌てて亀乃丞と昊天が追いかけてきた。寺のほうからまだ出かけずにいたらしい南渓が、今日の遠出はやめになったと叫んでいる。

いつのまにか、寺の周囲の田には、生姜《しょうが》を掘る百姓たちの姿があった。香の姿を見つけて、ありがたいありがたいと手を合わせている。

（また、拝まれてしまった…）

まだ、日は浅い。

＊＊＊

天文十年（一五四一）のことである。

このころ、遠江に隣接する甲斐の国では、武田晴信《はるのぶ》が父信虎《のぶとら》を駿府に追放するという事件が起きていた。

長年お家にとって悩みの種だった暴君信虎が消えたことによって、武田家が信州を統一せんとする勢いは、今やいやがうえにも増しつつある。

今川傘下にあるこの井伊家の領地でも、この武田の勢いに頭を悩ませていた。井伊家の領地は、北遠江にあたり信州に北接する。とどまるところを知らぬ武田による領地の横領は、井伊家の家中でも問題になっていたのである。

「まったく、甲斐の家人のやつらの厚かましいことときたら。このままでは遠州は晴信のものになってしまう。ここは力尽くでも取り返すべきじゃ」

亀乃丞の父彦次郎が、唾をとばしながら怒鳴っている声が御館の外まで聞こえてくる。くだんの連歌師を連れて、はや、伊平から戻ってきたらしい。

（彦次郎のおじ上の声は、どこにいてもよう聞こえるな）

評定の場のことなどあずかり知らぬ子供の香でも、こうして漏れ聞くことでお家の事情をなんとなく把握している。

いわく、井伊家は大爺さまの代に戦に負けて、今川の家臣になった。

（だから、父上も、大爺さまも、いまは今川のご機嫌取りが大変ということか）

香はそっと足を忍ばせ、母と暮らす奥へと向かった。亀乃丞も付いてきた。元服前なのでまだ奥への出入りを許されている。

「おじ上が戻ってくると、御館がにぎやかだな」

「父上は、ああやって最近はなにかと武田との戦の話ばかりされるのです。武田の家臣が勝手に井伊の領地をよこどりしていくといって…。たしかにお家にとってゆゆしきことです」

おや、と香は目を見張った。亀乃丞が龍泰寺の南渓和尚について四書などを習っていることは知っていたが、いつの間にかこのような大人ぶった口をきくようになったらしい。

常にいっしょにいた二人である。香もまた、南渓がこの亀乃丞に講義をするところに居合わせ、ともに講義を聴くことが多かった。

だが、母の安佐はおなごが読むのなら物語のほうがよいという。なんでも親交のある奥方から『宇津保物語』が届いたのだとかで、今朝も真新しい蒔絵《まきえ》の見台にのせて読んでいた。

「おや、香。ようやく戻ったのかえ」

「母上」

「駿府のれん様から、また珍しい京の菓子が届きましたぞ」

「おばさまから？」

今川の重鎮である関口親永《せきぐちちかなが》の奥方れんは、井伊家の出だ。夫との間に瀬名《せな》姫という、香とあまり歳のかわらない姫がいる。

その日も、そのれんからたくさんの珍しいものが届いたというので、安佐は侍女たちとともに部屋中に小袖や反物を広げて、まるで花見をするように眺め浮かれていた。

「あちらの瀬名さまは、やはり氏真《うじざね》様に嫁がれることになるそうな。氏真様といえば今川の御嫡男。なんともおめでたいこと」

女同士の話題の最たるものといえば、やはり結婚話である。この日も母は新しい縁組みの話を仕入れ、侍女達とああでもないこうでもないと語り合っていたらしい。

「やはり今は京より駿府ですわ、このような珍しい草花禽獣をあしらった縫箔《ぬいはく》。四つの段変わりの染めも初めて見ますもの」

「こちらのお重は菓子ですわ、お方様。めずらしい金色の唐菓子。こちらの入れ物には飴が。干菓子もいくつか」

新しい衣や菓子を見ると心が浮き立つのだろう。安佐はいつになく機嫌がいい。

「ああ、猪羹《ちょかん》。これは甘葛《あまずら》ではなくて砂糖羊羹ね。とても甘くて体にいいわ。香に食べさせたいと思っていたのよ」

香が返事をせずに庭先を通り過ぎようとするのを、安佐は慌てて呼び止めた。

「これ香、せっかくの羊羹じゃ、食べぬのか」

香は返答に困った。実は、さっき棒手振りの夫婦に焼団子を貰ったから腹がいっぱいなのだ。

「おば上、香どのはまた、貢ぎ物をもらったのですよ」

亀乃丞が言った。

「貢ぎ物？」

すると、側で羊羹をさらに盛っていた侍女のおあんが、含み笑いをして、

「お方さま、姫さまは井伊谷の大事な小法師さまですから、きっと里人がお供えをたんとしたのだと思いますわ」

「おや、また拝まれたのかえ」

「また拝まれてしまった」

安佐は困ったことじゃと黙り込んでしまう。嫁入り前の娘に、小法師などというろくでもないふれこみがつくのを嫌がっているのだ。

「まあ、そなたはもう嫁入り先が決まっておるからいいとして」

香のすぐ後ろに立っていた亀乃丞が、耳を赤くした。

「今日は駿府から大事なお客様がいらっしゃるのじゃ。そのような袴は脱いで、小袖にお着替えなされ」

「小袖に？」

「そうじゃ、化粧もな」

安佐は、待っていたかのように手箱を取り出し、中身を膝の先に広げてみせた。彼女が婚礼の時に持ってきたお道具類のひとつで、蒔絵や銀金貝の装飾が施された見事なものだ。

中になにがはいっているかは、母が化粧をするときに側にいるのでよく知っている。鏡や目の違う三種類の梳櫛《すきぐし》、白粉《おしろい》を溶く皿と刷毛、そして眉を描く筆やしんさし、鉄漿用の歯黒次。髪水いれ、髪を留めるのに使う角こうがい…

たかが女の顔をつくるのに、これだけの物が必要なのかとため息を吐いてしまうくらいさまざまな物が、文箱と同じ大きさの中に納まっているのだ。

「せめて紅でも」

「い、いらない」

　香は首を振った。

「紅などせずとも、赤いもの」

「では、白粉だけでも」

「髪をあげたらするから今はいい。化粧は怖い」

　いらだたしげに、母の化粧手箱を睨《ね》め付けた。毎日使うものなのにきちんと手入れが行き届いており、どの道具にも艶がある。幼い香にはそれがどこか気持ち悪く、そら恐ろしい。

「化粧が恐ろしいなどと、おかしなこと。おなごならだれでもすることですよ。ましてやそなたは、近々婚礼をあげる身ではないか」

「このままでいい。お客様の前にはでない」

「そんな、香どの」

「したいなら、亀、おぬしが紅をすればよいではないか。さぞかし美女になるであろう」

　素っ気なく言い置いて、香は早足で庭を駆け抜けた。付いてこようとした亀乃丞は、安佐に呼び止められて足止めをくらった。

（母上は、わしを肥えさせたくてしかたがないらしい。太らねば月のものが来ないらしいからな）

たしかに香は同じ年頃の娘たちと比べても背は小さく、肉付きも薄い。だからいつまでも小法師などと呼ばれるのだ。

(また拝まれてたまるものか)

亀乃丞と祝言をあげれば、拝まれることはないかもしれないとふと思った。人の妻となり、子でも産めば、あの薄気味悪い黒い雲もやかましげな小人も視えなくなるだろうか。

御所の丸のある山にでも出かけようと、香は三の丸へ抜ける門へと足を急がせた。

そういえば、先ほど母は有名な連歌師がくるというのに、特に客を迎える準備をしていなかったのが気になった。一座を開くのであれば何日か逗留することになるだろうに、ああもゆったり構えていられるものだろうか。

(もしや、客は本丸の館には泊まられぬのだろうか)

そう怪訝に思っていると、侍女たちのあけっぴろげな囀《さえず》りが聞こえて来た。

「宗牧様は、小野《おの》の御館にお泊まりになるそうね」

「でもどうしてこちらではないのかしら」

「さあ…、元々ご家老のご縁でお招きすることができたようなものだからじゃないの」

「だからって、井伊谷のご領主は次郎様ですのに、ねえ」

ひそひそと、そしてとうとうと毒を潜めて女の話は続く。これは搦め手門のほうから出たほうがいいのかもしれない。香は思わず首をひっこめ、そのままの姿勢で搦め手門に近づいた。

その時、井伊の館の裏手に抜けるほうから誰かが入ってきた。

「ほう…、これは」

香を見るなり、元々つり上がった目をますます細くした。こざっぱりした草木染めの直垂を着ている。背は高く六尺はゆうにあるが、まだ顔が若い。青々とした額が元服してそうは経っていないだろうことを香に教えた。

あまり見ない顔だ。

「香さまではございませんか」

む、とあからさまに不審そうな顔をした香を、青年はなにがおかしいのか皺を深くして笑い、

「ご無沙汰いたしております。大きゅうなられましたな」

どこか親しみを込めて見た。どうやら相手は自分のことをよく知っているらしい。しかし、香は普段、父直盛や年寄たちが集まっているところには顔を出さないので、新しく加わった家臣がいたとしても知るところではないのだが。

「そんな顔をなさいますな。今まで何度かお会いいたしておりますよ。前髪を落としましたゆえ、印象も変わったのでしょう」

言われて、まじまじとその顔を見た。

「そうか、三郎左《さぶろうざ》か」

青年は微笑んだ。たしかにこの顔は、三郎左だ。

「長らく駿府のほうにおりました。元服して井伊谷へ戻って参りました。いまは政次《まさつぐ》と名乗っております」

香は頷く。三郎左──小野和泉守《いずみのかみ》の長男小野政次には歳の近い弟がひとりいて、そちらのほうは亀乃丞とも仲がよかったはずだ。政次は今年十五になる。

「父上は、お戻りになられたのか」

「はい。明日こちらで一座が開かれますので、わが館から宗牧様をお連れいたします」

ということは、宗牧とかいう連歌師は侍女たちの言うように、ほんとうに井伊の屋敷には泊まらず、小野の館に滞在するらしい。

元々小野家は、井伊に劣らぬほどの古い歴史をもつ名家である。その血脈は古くは奈良時代にまでさかのぼり、小野篁《たかむら》、小野小町《こまち》など多くの歌人を輩出している。香の高祖父直氏《なおうじ》が、この小野家を井伊谷に招き、井伊家の家老職を務めるようになった。元々は近江に縁をもつ名門であるから、京との関わりも深く、家に箔がつくだろうと直氏は考えたのであろう。

実際、政次の父和泉守政直《まさなお》は、同じく京都との関わりを好んだ駿府の太守今川義元との関係を重んじた。それが少々度が過ぎるようで、井伊家の繁栄は今川家の庇護あってこそという態度を崩さない。これが、古くから井伊谷の領主を名乗る井伊の親類衆の誇りを傷つけ、両者は昨今対立を繰り返している。

なにより、和泉守は香と亀乃丞の結婚にも反対しているのだ。

（だから、彦次郎の叔父上はあまり機嫌がよくなかったのだ。いくら京で有名な連歌師が来ると言っても、所詮小野家のしきりではおもしろくないのだろう）

子供の香でも、亀乃丞の父とこの政次の父が、己の父直盛をはさんで対立していることぐらい知っている。

「早くにお着きでなによりだ。もうすぐ雨が降るゆえ」

「雨、でございますか？」

政次は空を見た。季節の境目がはっきりしないということ遠州でも、十二月ともなればくっきりと冬の匂いがしてくる。時折三岳から吹きおろす風は身を切るように冷たいが、今日は陽が出て暖かい。

「…雲は出てはおらぬようですが」

たしかに朝、龍泰寺前の御手洗の井戸に行ったときは、黒い雲が仏坂のほうから近づいてくるのを感じたのに、いまは雲の影ひとつない冬晴れだ。

雨が来ると思ったのは、気のせいだろうか。

「またなにか、〝お視え〟になりましたか」

政次の言葉に、香はぎくりとして唇を引き結んだ。

「〝井伊谷の小法師〟。――そういえば昔から、香さまは人には見えぬものが視えてお られましたな。かの黙宗瑞淵が、この世を動かすと予言した姫。天池の堤が決壊することを予言されたことは、駿府でもたいそうな評判でございましたぞ」

聞かれても、香は敢えてなにも言わぬ。言いたくないのではない、ただうまく説明できないからだ。

多くの黒い靄は不吉をもたらすことがわかっている。ある時は蝗の大群であったり、疫病であったりする。それらは突然視えるだけで、その正体がなにで、いつどのような不幸をもたらすのかは皆目わからぬ。

政次は、香が言いにくそうにしているのを察したのか、それ以上深く切り込んでこようとはしなかった。ただ、もう一度三の丸のほうをちらりと一瞥した。

「政次も、その歌会とやらには出るのか」

「お屋形様のお許しはいただいております。駿府の今川御所にお招きにあがったこともあります」

と、やや自慢げに言う。小野の姓に相応しく、政次も風流な趣味をもっているらしい。昔から槍の名手になるだろうと目をかけられていた弟の丑之助《うしのすけ》とは違って、政次は黙って勉学に励むような子供だった。おそらく父和泉守のあとを継いで年寄となるのだろう。

「香さまは、歌は詠まれますか」

「いいや」

即答した香を、政次はやや失望の目で見た。

「お好きではないのですか」

「母上に『後撰集』を押しつけられた。したが途中で眠とうなった。宗牧どのがいらっしゃったことを父上はたいそう喜んでおられるが、わしには正直『太平記』のほうが面白い」

「そうおっしゃらずに、香さまもおやりになればよい」

うるさげに香は政次を見た。おやりになればよい、とはずいぶん馬鹿にされているものだと思った。

「香さまの御名は、古事記からおとりになったとか。以前、お屋形様が駿府の太守様にそのことを話されたおり、それはよい名だと格別にお褒めになったそうですよ」

「ふうん」

「古事記といえば、宗牧様は尾張よりこちらに向かわれている際、こたびの歌会の題を蓮の花に決められたそうです」

「この冬に蓮？」

知られているとおり、蓮は夏の花である。蓮根で有名な麻機《あさはた》にある深田であっても、いまはどんよりとして黒くなにもないはずだ。

「こんな田舎と、蓮になんの関係があるのだ。蓮などどこにも咲いておらぬというに」

そう聞かれることを承知していたかのように、政次はしたり顔で、

「蓮の花はすなわち〝れんか〟。れんかと連歌とかけているのです。さすがは天下の宗匠、たいへん興味深い」

香はあからさまにいやな顔をした。父上はヒマを見つけては祝田や瀬戸の被官衆たちと歌会を開いているが、皆、一座ではこんな風に気取って話しているのだろうか。

これが、風雅というものか。ならば自分には肌に合わぬ。

「わしは、花より根のほうがいい」

言って、香はその場を立ち去ろうとした。搦め手門から出ようとすると、政次が言った。

「〝はかなくて〟」

なに、と香は立ち止まる。

「〝雲となりぬるものならば、霞まむ空をあはれとは見よ〟」

これも、おさらいをしているという古事記の歌なのだろうか。

なにが、〝はかなくて〟だ。咲いてもいない蓮の花を歌に詠むことが、どれほどのものだというのか。

もののふたるもの、雨なら雨で武具の手入れでもすればよかろうに。

香は、そっけなく門を押し開け、振り返らずに言った。

「〝蓮花之君子者也〟」

「なんと」

これは参りました、と政次の手を打った音が聞こえた。

＊＊＊

「そこで愛蓮説とは面白い」

と、南渓は目の前に二つ、仲良く並んだ文台を見た。

南渓瑞聞は、先々代井伊谷領主であり、現引馬城の城主である井伊直平の子である。香は兄直宗の子、直盛の娘であるが、兄直宗とは歳が離れていたため、甥の直盛のほうが歳が近い。香は姪のようなものだ。

（時は水が流れるごとくだ。この前生まれたと思っていた子供が、もう元服と髪あげとは）

ふてくされた様子で政次とのことを語ってきかせた香を、南渓は興味深そうに眺めた。

「えいや」

「そやっ」

雲水《うんすい》たちの勇ましい声がとぎれることなく境内に響き渡る。この時代、寺とは修行をする場であると同時に城郭構えをもった要塞であり、そこにいる雲水のほとんどは僧兵の役割を兼ねていた。

さきほどから、ひときわ大きく声をかけているのが、南渓の弟子、昊天と傑山だ。ふたりとも、今はほかの雲水達を指導する役目にある。

「おじ上。昔傑山と昊天と勝負して、おじ上が勝ったというのはほんとうですか」

亀乃丞が言った。南渓はおやと目をすがめ、

「だれにそんなことを聞いたのだ」

「雲水たちです。傑山は奥山一の弓の名手で、同じくおじ上が弓の名手だと聞いて勝負に来たのだと。そしておじ上に負けてそのまま弟子になったと。ねえ、まことなのですか」

「有無有無《うむうむ》、だがもう昔の話だ」

南渓は、直平が若い頃川名の女に産ませた子である。そのころ井伊の荒くれ者と評判だった父直平は、川名に多くの細作《さいさく》を持っていた。忍びのことである。ゆえにここへ滞在することも多かったのだが、代官の家で閨を共にした女に子が生まれていたことを知ったのは、南渓が生まれて数年がたってからのことであった。

「細作の隠れ里で育ったがゆえ、いずれは細作になるのだと思うておったのだ。それが、突然親父様が現れて、井伊谷へ来いという」

直平は、南渓を一目見て、自分の子に違いないと確信を抱いたらしい。なにせその子は、弓を持っては五人張りをものともしなかったため、源為朝《ためとも》の再来といわれていたのである。

遠州の鬼武者と言われた直平としては、是が非でもわが子として育てたいと思ったのだろう。

「それなのにどうして御出家されたのですか？　おじ上ほどお強ければ、侍大将として武勲は思いのままでしたでしょうに」

「菩提寺を守るために一族の男子が出家をするのは世の習わしなのだ」

直平には男子が五人いた。中でも一番母親の身分が低かったのが南渓だった。僧となった南渓だったが、長じると直平の若い頃ににて、体つきも大きく武芸に秀で、これはお屋形様の子に間違いないとだれもが思うようになった。槍や弓の腕はますます冴え、その噂を聞きつけた腕自慢の僧兵たちが次々に寺へ押しかける。

勝負を挑まれた南渓は、有無有無、と頷くと、ひとことこう言いはなったという。

「拙僧に負けたら、ここで修行をいたせ」

こうして、奥山権現の僧坊から傑山がやってきて南渓に負けて弟子となり、秋葉山から昊天がやってきて、やはり負けて弟子となった。それ以降はどんな挑戦者がやってきてもこの二人が勝負して南渓の出番はなくなったが、噂は噂を呼んでどんどんと弟子は増える。いつしか龍泰寺は、当主直盛が城の守りは任せたと冗談をたたくほど、強大な武力集団となっていったのだ。

「御仏のご縁があったということだ」

だれもが南渓を、もし龍泰寺に落ち着いていなければ、僧兵大将として名をなしていたであろうと言うが、本人は決して己を誇ることはない。むしろ最近では増え続ける雲水に、これでは寺のやりくりがままならぬと頭を抱え、せっせと田畑の開墾にはげんでいる。

「では、お屋形さまと勝負して、いまだ負けたことがないというのも本当ですか」

「これ、めったなことを言うでない」

南渓は咳払いした。兄弟のように育った仲とはいえ、かりにも直盛は井伊家の棟梁である。たかだか一介の僧に勝てないなどという噂が広まっては困るのだ。

しかし、南渓の気遣いなど子供達にはどこふく風で、

「本当だ」

「香、よしなさい」

「お父上がよく愚痴を言っておられるもの。おじ上を戦場につれていけば、きっと大手柄をたてるだろう。わしなどかすんでしまうと」

南渓はとんでもないと顔をしかめた。

「お屋形さまは謙遜されておるだけだ。それに、わしは黙宗和尚にこの寺を任された身。まだまだ学ぶことの多き愚僧ゆえ」

「その愚僧に一度も勝てないのじゃから、父上がそう嘆きたくなるのもわかる」

「香！」

まったく、人の口に戸は立てられぬというが、子供の口は鉄砲水のように塞いでおくのが難しい。このままうまくはぐらかされぬものかと、南渓は頬を引き締めた。

「――して、亀乃丞。この説の作者は誰か」

南渓の設問に、亀乃丞は口ごもったまま、顔を強ばらせている。どうやら南渓の問いに対しての答えをもっていないらしい。

「ええと、そのぅ…」

「学問の話になるととたんにおとなしゅうなったの。では香」

「はい、ええと」

「周茂叔《しゅうもしゅく》です」

蓮の淤泥《おでい》より出づるも染まらず。とは、宋時代の儒学者、周茂叔が君子を論じたものである。

「有無。そのとおり」

香に先に答えを言われて、悔しそうに亀乃丞が唇を噛んだ。

儒学の基本である四書五経は、武士の教科書である。その上、武士は戦だけではなく、和歌や能楽、茶の湯など文化的な教養を必要とされる。ただ単に体作りをしておればいいというわけではないのだ。

特に、亀乃丞は香と結婚し、男子がない直盛の跡を継ぐことが期待されている。いずれはこの井伊谷の領主となる身なのだから、こうやって幼い頃から僧堂で雲水に混じって公案もするし、別個に指導も受ける。

幼いながら亀乃丞にも、周囲の期待がわかっているのだろう。しかし、最近は特に皆が元服を口にするようになったからか、勉学の場でも萎縮してしまいがちだ。

(やれやれ、この様子では彦次郎あたりが、お前は井伊家の次期当主なのだからもっと勉学にはげめと圧をかけているのであろうな)

もともと、亀乃丞は心の優しい子で、よく言えば人なつこくあけっぴろげ。悪く言えば警戒心がない。体を動かすのが好きで、なかでも舞楽《ぶがく》などに興味を示していて、あまり寺での勉学には熱心ではなかった。

「では亀乃丞。有無とはなんぞや」

「それは、おじ上の口癖のことですよね」

「ばかもの。真面目に答えよ」

「いつも、うむうむ、と頷いておられるではないですか」

南渓は香を見る。仕方がない、とばかりに香が口を開いた。

「有無相生《あいしょう》ず。老子でございましょう」

有があってこそ無があり、無があってこそ有があるという、物事の多様性を重用視する老子の言葉だ。

「そのとおり。わしが普段から有無有無と唱えるは、ただ頷いておるのではない。いかようなものにも絶対はない。ゆえに、じっくりとありなしを論じてみることの大切さを、己に言い聞かせておるのだ」

「絶対は、ない？」

「そうだ。天があって地がある。持つものがいて、持たざるものがいる。その意味をいちいち考えよという老子の教えである。それ、有りや無しや」

「〝有無〟…」

なぜか香はすうっと息を吸って黙り込んだ。なにか琴線に触れることでもあったような顔つきをしている。

「すごいなあ、香どのは。わしはこの前父上にいただいた平家物語も難しうてよう読まぬのに」

目を丸くして言う様子に、南渓は思わず吹き出しそうになった。このように、変に卑屈にならず、素直に同年のおなごを褒められるのも、亀乃丞が周囲に愛されるゆえんだろう。

「なにがすごいものか。この間も小野のせがれに、もっと和歌の勉強をしろと馬鹿にされたのだぞ」

と、香のほうはたいそうおかんむりだ。

あれから、大騒ぎで井伊谷入りを果たした連歌師の宗牧は、当主直盛をはじめ、井伊家の重鎮たちにこれ以上ないほど歓待され、翌十二月十四日には井伊谷を発って引馬へ向かった。弟の直満らが同行し、直盛までもがじきじきに都田まで彼を送っていったという。

「香は、和歌は苦手か」

「苦手なわけではありませんが、京の風雅とやらはようわかりませぬ。大の男が顔をつきあわせてあれが風流じゃ、これの行様《ゆきよう》がよいと菓子を食いながら一日中座っておるだけではありませぬか」

「そうは言うが、武士がわざわざ連歌師を呼んで連歌の会を開くのは、ただの京かぶれや見栄というわけではない」

香が鋭い視線を南渓に向けた。亀乃丞と違って、この娘は存外気が強い。

「では、どうだというのですか」

「つまり、建前だ。親族で集まりたいとき、主家筋から無用な疑いをかけられずにすむであろう」

二人とも、はっと息を呑んだ。幼いながらも、南渓が言わんとしたことがわかったようだった。

代々、井伊家は三岳の城を本拠地として、井伊の庄を治めていた。それが、永正十一年(一五一四)今川氏親《うじちか》によって落城し、井伊家は今川の旗下にくだることになった。その証として、直平の娘で南渓の妹、れんが駿府へ送られた。体のいい人質である。

しかし、いくら人質を送ったとはいえ、今川は遠く離れた井伊家がいつ裏切るか気が気でないのだろう。なにかというと難癖をつけ、目付をよこしてくる。たしかに小野和泉守の言うとおり、こちらから自主的に今川にへりくだる態度を見せなければ、いろいろと危うい立場なのだ。

「そうか、連歌の一座を開くためなら、一族が集まってもおかしくはないのか。それが、宗牧ほどの高名な宗匠なら」

　聡い香は、それだけで直盛がわざわざこの時期に宗牧を井伊谷に招いた意味を悟ったようだった。

「今では井伊家は今川の一家臣に過ぎぬ。遠く駿府から離れたこの地で、なんの理由もなしに親戚が顔を合わせては、謀反でもたくらんでいるのではないかと疑われかねない。会って話をするだけでも、相応の理由がいるのだ」

「そんな、謀反なんて。れんのおばさまがいるのに」

　南渓の妹れんは、人質として今川に送られた後、じつに数奇な運命をたどった。跡取りでなかったために出家し、梅岳承芳《せんがくしょうほう》と名乗っていた、今の駿府太守今川義元の手が付いてしまったのである。

　れんは井伊御前と呼ばれ、その美貌によって寵愛を受けたが、義元は僧籍時代に手を付けたばつの悪さか、家督を継いで武田家の娘を娶ることになったからか、れんを義妹ということにして重臣の関口親永の元へ嫁がせてしまった。関口家は今川家の親戚で、親永は主家に勝るとも劣らない名門の出であった。

　そんな縁ではあったが、親永とれんは仲むつまじい夫婦となり、子宝に恵まれた。とくに長子である姫には、親永の元々の出である名門瀬名氏から名をとって、瀬名姫と名付けた。これがのちの徳川家康の正室になる築山《つきやま》御前である。

　こうして、井伊家と今川家は微妙な縁戚関係をもった。

とった策はそれだけではなかった。井伊家のほうも、勢いのある今川家に目を付けられないよう、血縁をむすんだ。今川一門である新野《にいの》左馬助《さまのすけ》の妹を当主直盛の正室にしたのだ。

それが、香の母、安佐だった。

言うならば、香の母安佐は、今川一門の新野家と井伊家の結びつきという重要な役目を担って嫁いできたのだった。残念なことに、嫁いで十年以上経ってもできた子は香一人だ。

直盛は新野家と今川家に遠慮して、側室をおいていない。もし側室との間に子ができれば、それが新野家との不和の元になると考えたのだろう。

幸いにも左馬助は目付という役目ながらも、親身になって井伊家を支えている。古くからこの地を支配する井伊家の誇りと、遠く駿府で井伊家の謀反を疑う今川家の橋渡しの役目をはたし、今では井伊家にとってなくてはならない存在となっていた。

しかし、親族となって井伊谷にとけ込んだ新野家と違い、逆に井伊家の家臣でありながら、今川寄りの態度をとり続ける家臣もいる。

それが、家老の小野和泉守政直である。

「小野のせがれ…、三郎左か」

亀乃丞はそのふくふくした愛らしい顔を急にしかめて、

「あまり会ったことはございませんが、私は和泉は好きではありませぬ。息子の三郎左も和泉にそっくりじゃ」

だれかれとも区別なく親しげにしている彼が、そのようにだれかをあしざまに言うのは珍しい。

「ほう、亀乃丞は三郎左が嫌いか」

「嫌いというわけではありませんが、目つきが苦手でございます。なんだか心を盗み視られているようで…、井伊のおいなりさまでもあれほど細くはない」

そう悪口までかしこまって言うのに、香が表情を崩した。南渓も思わず目が細くなる。

亀乃丞の父彦次郎は井伊家の中でも強硬派で知られている。おそらく屋敷でいつも小野和泉守に対する不満を口にしているのだろう。

「和泉はなにをするにも駿府、駿府で、井伊家の家老でありながら井伊をないがしろにしすぎる。今回のことも、まさか主君である井伊家をさしおいて、自分の館に宗匠をお招きするなど無礼にもほどがある。これではお屋形さまの顔に泥を塗られたも同じことだ」

「――と、おじ上がおっしゃっておられるのだな」

香の指摘に、亀乃丞は思わず口ごもり、黙って頷いた。

「有無有無。じゃがな亀乃丞。当の宗匠宗牧が、小野家の庭のほうが相応しいと申されたそうなのだからしかたがない」

「え、それはまことですか」

「いけすかない、和歌かぶれの狐目の跡取りがそう申しておったぞ。一座を開くにはそれなりに座敷にも庭にも格式が必要なのだと」

香が目を指で細く見せて、政次の顔のまねをする。

「たかが庭じゃないですか」

「まあ、たしかに言われてみれば、本丸の庭には池ものうてわびもさびもない。わぬしの家など、庭と呼べるものすらない。宗匠には小野の館にお泊まりいただいて正解じゃ」

「そんなぁ、香どのまで」

二人のあけっぴろげなやりとりを聞いていて、南渓は困ったものよと思う。

家老の小野和泉守は彦次郎とはまったく正反対の気質をもった男だった。常に冷静沈着で現実的、目的を果たすためならどんな非情な手段をもいとわない。

(和泉守がすべて悪いわけではない。あの男は少々強引だが、いつも正しいのだ。駿府とのやりとりは和泉にまかせているからこそ、うまくいっている)

一方で南渓は、彦次郎の正しさも認めてはいる。もともと、井伊の親類衆は結束力が強い。奥山《おくやま》氏や伊平《いだいら》氏、中野《なかの》氏らは、みな古くから血縁によって結ばれている親類衆である。濃い血縁で結ばれた井伊の親類の誇りを守ることこそ、この戦国の世で所領を減らさず、生き延びる秘訣なのだ。それをないがしろにして、今川ばかりたてればまず足下から崩れてしまう。

しかし、小野家は直氏の代に近江から招いた家で、まだ井伊家とはそれほどつきあいがない。

　たしかに、和泉の動きに不穏なものがあるのもまた事実である。あの男、わざと井伊家の反感を買うようにし向けているように思える。

　いったい、なにを企んでいるのか。

（亀乃丞の元服まで、なにごともないことを祈るしかないか）

　南渓はふと、香が部屋の外を見ていることに気づいた。空をじいと睨み、わずかも身動きしない。

「どうした、香」

「いえ、雨が…」

「雨？」

　そういえば、この間宗牧宗匠が井伊谷へ着いた日の朝早くに、香が奇妙なことを言っていたのを思い出した。雲一つ無い空だったにもかかわらず、仏坂のあたりから雨雲が迫ってきている。雨になると言ったのだ。

　結局、その日は雨は降らず、次の日も、そのまた次の日も曇りの日こそあれ、雨は一粒も降らなかった。

「あの雲はやっぱり、雨雲ではなかったのかと」

「なにかを〝視た〟のか」

南渓の問いに、香は曖昧に頷く。

香は、不思議な子供である。生まれたとき、南渓の師である開祖黙宗瑞淵に、「この姫は世を動かす」と言われたことを知らぬものはいない。幼い頃から、いろいろと奇妙なことを言っては周囲を驚かせた。

母の安佐に連れられて奥山の半僧坊へ赴いた時のことである。安佐が住職と話をしている間に、侍女の目を盗んでふいっといなくなってしまった。半狂乱で安佐と寺中の僧が探し回ったが見つからず、皆が諦めかけたころ、半日経ってまたふいっと姿を現した。香が言うにはいまのいままで、松の木の上で鼻の高い大男の僧と話をしていたという。僧と思ったのは、袈裟を着ていたからだと彼女は語り、すぐに安佐の腕の中で眠ってしまった。

それは、この山の権現様ではないか、と皆は噂した。霊験あらたかな奥山方広寺の鎮守様で、御開山である無文元選《むもんげんせん》禅師を嵐から救い、日本にやってきた異人の神であるという。

その香が言うのだから、てっきりあの日は急な雨になるのだろうと、南渓は外出の予定を延期した。しかし、結局その予想は外れたのだ。

(では、香が視たという、仏坂のほうから来た黒い雲はいったいなんだったのだろう)

「絶対に雨雲だと思ったのに」

「香どのでも、お天気を違えることもあるのですねぇ」

　どこまでも暢気な調子で亀乃丞が言う。

（本当に、勘違いだったのだろうか）

　真冬には辛い大雨にはならなかったというのに、南渓の心はなかなか晴れなかった。

　香はもともとあまり口数の多い子ではない。小法師などと呼ばれるようになってからは、特に人前でしゃべらぬようになってしまった。

　その彼女が、多少ほかよりは気安い相手とはいえ、ああもはっきりと雨雲が近づいている、と言ったのだ。

　しかし、雨は降らなかった。むろん雨雲も来なかった。

（では、雨雲でなかったとしたら？）

　香が視たという、雨雲と見まごうばかりの黒い雲。

　――あの日、仏坂のほうからゆっくりと忍び寄ってきたのはいったい何…、いや、誰だったか。

＊＊＊

　龍泰寺を出たあと、香はなんとなく本丸の館に戻る気になれなかった。

「香どの、お戻りになりませんか」

　亀乃丞が言った。少し離れたところにお付きの者が二人目立たぬように立っていた。

　どちらも彦次郎おじの家来だ。いつも亀乃丞が外出するときは、家老で養育係の勝間田藤七郎が付いていたが、最近はべつの者が付いている。以前は香にも、母安佐の侍女が付いていたが、あまりにも口うるさいので亀乃丞といっしょにいくからと強く断ったのである。

「帰りとうない」

「したが」

「帰ればまた、母上にあの臭い茶を飲まされる」

当帰、川芎《せんきゅう》など、芹の根の乾燥粉末を濃く煮出した茶のことで、振り出し薬と呼ばれている。血の道によく効くという婦人薬である。

香の母は心配性だ。まだ彼女が小さいころから、母安佐は香に体にいいからと言って、さまざまなものを食べさせてきた。縁起がいいと言っては五月に必ず瓜を食べさせ、松の実や甘葛などの高価な食べ物、飴、はては鶴の肉やなまずなどを、駿府にいる叔母のれんを頼って取り寄せる。

「風邪もひいておらぬのにああも薬づけでは、なにも食べる気にならぬ」

「良いではありませぬか。父上も、こんな田舎であれほど毎日京菓子が出るのは本丸の御館だけじゃと羨ましがっておりましたよ」

と、香のついでに菓子を相伴にあずかり、ふくふくつやつやとしている亀乃丞が言う。

「したらば亀、わぬしが食べればよい。いくら高価な菓子も、毎日食うておってはありがたみものうなるわ」

「そんな、香どの」

男の跡取りをあげられなかったことは、長年母を苦しめてきた。父直盛が、新野の家に気を遣ってついに側室を持たなかったことも重荷になっていたのだろう。娘の香の嫁ぎ先が決まると、目の色を変えてその準備をし始めた。香が、子を健やかに産めるようになんでもした。

亀乃丞との婚約が決まってからは、熊胆《くまのい》を十日に一度は飲めと言われた。熊の胆汁を煮詰めたものであるから希少で、ゆえに高価である。はては駿府から高名な金創医を招いてもらえるよう、父に頼み込んだ。金創医とは刀や槍の切り傷・刺し傷を専門に診る医者のことで、血止め薬などの処方に長けていた。出産の際に金創薬を処方することも多かったのだ。父は父で母に負い目があり、母の極度なまでの薬好きを止めることはない。

やっかいなことだとは思う。だが香にも母の苦しみは理解できる。だからこそ、いつも嫌々苦い薬を飲んでいる。

（髪をあげて女になり、夫と子を持てば、わしも母上のようになるのだろうか）

神宮寺川にかかる橋が見えてきた。この辺りは、曽祖父直平があの龍泰寺を建立するために整えたとき、殿村から神宮寺村と名を変えた。城を守るために橋はここ一ヶ所だけなので、人の往来も多い。

「おお、井伊の姫さまだ」

「井伊谷の小法師様」

いつの間にか、香の前と後ろを護衛衆が歩いていた。行き交う人が、あれは井伊家の跡取りとその許嫁の姫様だと、ひそかに噂し合う。

師走も深まり、正月を迎えるための準備に村人たちも忙しくしていた。商人らしき男女が担い棒で行李を運んでいる姿も見られる。この辺りにある中野や豪人の館に出入りしている御用商人だろうか。香の住む本丸の御館には、いつも決まった出入りが来て、侍女たちに白粉や油や、目の粗いのと細かいのがいくつも入った櫛箱などを見せていた。

「なんでも井伊の姫様は、あの奥山の権現様と仲良うになられたそうじゃ」

「なんと、権現様と」

「ならば姫様が船でこぎ出しても、きっと嵐にはあわぬのだろう」

みな、ありがたいありがたいと香に向かって手を合わせる。なんだか話が大きくなっているように思うのは気のせいだろうか。

(このまま住吉の神にされてはたまらぬ)

自然と早足になる。早くこの場を去ってしまいたい。

「ああ、蓮根売りがいますよ。そういえば少し前、昊天たちが寺の深田で蓮根を掘っていましたねえ」

香の心中などどこふく風で、のんびりと亀乃丞は言った。この者にかかってしまえば、身が縮むような三岳の颪も気にはならないのが不思議だ。

「やっぱり蓮は仏様の花だから、あのあたりは深田が多いんですねえ」

「そんなわけがあるか」

きっぱりと香は言い捨てる。

「亀よ、寺や城の周りに深田が多いのは、敵が馬で攻めてきたときそこで足止めになるからよ。火をかけられても点きにくい。おまけに米のとれぬ冬の食料にもなる」

奥山の半僧坊へ向かう道者とすれ違い、橋の半ばまで渡ったとき、ひとりの棒手振りが前からやってきた。身分の低いものは、香たちが通る間は脇にのいて、顔を伏してじっとしていなければならない。頭に円座をのせた白粉売りや、馬借も道の脇に馬を寄せる。

「て、敵、ですか」

「そうとも。井伊の城を攻めるにも、井伊谷川と神宮寺川にはさまれておるから、橋を渡らねばならぬ。ゆえに、龍泰寺はこの橋の前にあるのだ。いわば、砦だな。深田は多くの兵の足を止め、溺死させるためよ」

「溺死……」

亀乃丞が青い顔になった。

そのとき、橋の脇で頭を下げていた庄民の間から、誰も予想しなかった声が上がった。

「――そのとおり。井伊谷城は後ろを城山、三岳山、二本の川の交わるところ、と、天然の城塞に囲まれている。攻めるのはなかなかに困難です」

香は足をとめた。一人の担い棒と目があった。

一目見て、肥汲《こえぐ》みだとわかった。担い棒の両端に大きな籠をぶら下げている。あれは、街道を通る馬の糞を集めたもので、ここら辺の肥汲みは本坂の街道を歩きながら馬糞を溜めたり、肥を汲んだりして堆肥を集め、農家に売るために戻ってくる。

背はそれほど高くない。顔は薄汚れていて歳がはっきりわからないが、まだ若く声に弾力があった。浅黒い肌に大きくくぼんだ眼窩から、ぎらぎらとした目がのぞいている。不気味な迫力をもった男だと思った。

「無礼な、肥汲みごときが」

従者の一人が、男を怒鳴りつけた。その怒号を声だけで彼は押しのけた。

「瀬戸村の源太《げんた》と申します。昨年までは一ノ沢におりました。姫様には家族の命を救っていただきました。御礼申し上げます！」

不思議なほど通る声であった。

汚れの詰まった麻地、裾の短い単《ひとえ》は小さくて体にあっていない。袖もない。大人用の小袖を着ることも叶わないほど貧しいのだろう。

（一ノ沢…、天池のある村か）

その男が言うには、長雨で溜め池が決壊し田は沈んだが、親類縁者全員命は助かったらしい。種もみは流され、家も失った一家は瀬戸村に移り住んだ。

「よいからもう下がれ」

薄汚い姿と糞の入っていた籠から放たれる異臭を気にして、従者が声を荒げた。しかし源太は怯まなかった。さらに身を乗り出し、黙ったままの香に一歩近づいた。

「姫さま、わしは武士になりとうございます」

驚くべきことを、源太は口にした。

「こら、おい何をする。黙れ」

「姫さまは先が視えるのでございましょう。では、わしは一国一城の主になれましょうか。いつ武士になれましょうか⁉」

「お前…」

図々しいを通り越して唐突すぎる源太の言葉に、香をかばうように立っていた亀乃丞もあっけにとられていた。言葉を失ったのは亀乃丞だけではない。源太を追い払おうとしていた従者の男二人も唖然とした様子で顔を強ばらせている。

沈黙を破ったのは、周囲でやりとりを注視していた、庄民たちであった。

「くっ」

堪えきれないとばかりに誰かが吹き出すと、つられて数人がどっと笑い声をあげた。

「ばかな、肥汲みが一国一城の主だと」

亀乃丞も笑い、従者も笑った。当然である。それほどまでに、源太の言い分は荒唐無稽だった。

「畑も持たぬ農奴の分際で」

「よくもまあ、その糞臭い形《なり》で姫様に言うたものだわ」

人々の笑いの渦はあっという間に橋の上を席巻した。あっはっはと、だれもが指をさして源太をあざ笑った。川の水音をかき消すほど、馬借や振り売り、聖までもが堪えようともしないで笑い転げた。

ただひとりを除いて。

「香どの…？」

いち早く、香が笑っていないのを、亀乃丞が気づいた。

香は笑わなかった。

否、笑えなかった。

自分でも理由などわからぬ。ただ、顔の筋一本、ぴくりとも動かなかった。この目の前にいる糞臭い男が口にした言葉が、周りが思っているほど大言壮語ではないことを知っていたかのように。

そんな香の様子を見た源太は、一瞬だけ満足げににやと笑った。香が息を呑むのとほぼ同時に、その目が輝いた。暗雲の中から飛び出してきた夜半の月のようであった。

「ええい、下がれ」

「なんという無礼者じゃ！」

源太は従者たちに鞘で激しく打たれ、足蹴にされてその場に転がった。身分を考えれば橋の上から突き落とされても文句は言えない。

「行きましょう、香どの」

亀乃丞が気味悪そうに源太を一瞥し、香の手を引いて歩き出した。

（なぜ、あの肥汲みを見て、わしは言葉も出ないほど驚いたのだろう）

香には、自分でもこと分けできぬことが多い。それを常に歯がゆく思っている。

いまわかることはひとつだけだ。

あの若い肥汲み、瀬戸村の源太というもの。

いまはただ者だが、いずれは——ただ者ではない。

「おや、本丸のほうから誰かがくる。馬だ」

亀乃丞の言葉に、香は我に返った。馬はあっという間に大きくなり、香たちの目の前で止まった。

「藤七郎ではないか」

驚いたように亀乃丞が言った。勝間田藤七郎正実《まさざね》が亀乃丞の側にいないのは、太守の急な呼び立てにて、父彦次郎に付いて駿府へ赴いていたからだった。こんなに早く戻ってくるとは聞いていないらしい、亀乃丞は目を丸くしている。

「どうした、父上や叔父上はもう、駿府からお戻りになられたか」

「亀乃丞さま、急ぎ本丸までお越しくださいませ。はよう！」

今にも亀乃丞だけを腕に抱えて走り去りそうな勢いである。香もまた言った。

「藤七郎よ、駿府で、なんぞあったのか」

大きく息を吸い込むと、彼は、

「……無念に、ございます」

喉から大きなかたまりを絞り出すかのように、藤七郎は喘いだ。

「お屋形様、平次郎（直義）様、駿府にてご生害！」

亀乃丞の顔から、生来の明るさがすうっと消え去る。

――この遠江に五百年続いた井伊家を揺るがす大事件の、それはきっかけに過ぎなかった。

＊＊＊

静かな水の庄、井伊谷は、その日を境に争乱に包まれた。

「なぜ、両名が生害されねばならんのだ！」

当主の直盛は、片腕とも言うべき彦次郎、平次郎の叔父ふたりの死を知って激高した。

叔父二人が井伊谷を出て駿府へ向かったのは、僅か三日前のことである。この年の瀬に慌ただしいことだと思えど、太守である今川義元が来いというなら、被官の身では行くしかない。

生来快活な彦次郎と平次郎は、ちょうど良い機会だから正月のために駿府で珍しいものでも手に入れてくると、あっさりと駿府へ出かけて行った。まさか、そこで自分たちを陥れる罠が待ちかまえているとは夢にも思わず。

「和泉が太守と取引をしたのであろう。彦次郎らは武田の家人討伐のため、儂の命で兵を集めておった。それをうまく利用されたのだ」

引馬城から葬儀のために駆けつけてきた祖父の直平が、口惜しそうに唇を噛んだ。

ことのきっかけは、甲斐の武田晴信が家臣の不信を買っていた父の信虎を追放した、お家騒動にある。

やり手の信虎は、家臣に井伊家の領地を無断で支配させ、遠州へ勢力を広げていた。そのやり方のあまりの図々しさに、直平はここらで討伐したほうがよいのではないかと考え、彦次郎に準備をさせていたのである。

それを、和泉はこともあろうに、「井伊家が団結して兵を集め、今川に謀反を企んでいる」などと讒言《ざんげん》したのだ。

「あやつの家は、儂の父直氏が井伊谷に客分として招いたのだ。客分であるがれっきとした井伊家の家老、十分に尊重していたつもりであったが、まさかこのような」

息子を一度に二人も失った直平は、膝を打って立ち上がった。いまにも敵を討ちにいかんばかりの猛然たる勢いであった。

「おのれ、和泉。断じて許せぬ」

「お待ちめされよ」

「止めるな直盛、この直平、老いたりとはいえ、刺し違えても和泉にこの井伊谷の土を踏ませるか！」

「…本当に、ただの讒言であったのですか」

血気にはやる祖父に対して、あくまで冷静に直盛は言った。

「どういう意味だ」

「武田の横領を止めさせるため、兵を集め三遠境《さんえんざかい》へ向かったというのは、まったくの和泉の作り話であったのですかと聞いておるのです。それとも…」

急に黙り込んでしまった祖父を見て、直盛は祖父が自分に黙って兵を集め、すでに国境で武田と小競り合いになっていたことを確信した。

祖父直平は直情的なたちで、それは死んだ彦次郎や平次郎とよく似ている。つまり、熱くなりやすいのは井伊家の血なのだ。逆に、その真正直すぎる性格を心配して、曽祖父の直氏は直平の家老に小野家を招いたとも言える。

そして、その期待に応じるがごとく、小野和泉守は判断を下した。

(当主である儂に黙って密かに兵を集め、武田とことを構えた…。和泉守はとうにこのことを察していたのだろう。そして、迷った。いま駿府には武田晴信の父、信虎がお預けの身となっている。今川と武田は同盟を結んで和睦したのだ。なのに、主家の許しなしに家臣が勝手に武田と戦を始めたのでは、太守殿の面目は丸つぶれになる)

和泉守が採ることのできる手段は二つにひとつだった。このまま今川にも黙っているか。それとも積極的に情報を流すか。

ここで、和泉守は策を講じた。京出身の名家であることを利用して連歌師宗匠の宗牧に、この井伊谷まで足を運んでもらい、彦次郎や平次郎、はては井伊家の親類たちを一堂に集めて動きを探ったのである。

（まさかあの一座が、和泉の策であったとは！）

なにも気づかず、歌会のことばかり考えていた自分を、直盛は恥じた。そのころ和泉守は井伊家の親類たちが、どこまで直平や彦次郎の動きに同調しているか把握していたのだろう。

そして、その結果、直平と彦次郎たちのみの独断で、当主直盛にも知らされていないことであることを確認した。和泉守は冷静に、井伊家のために彦次郎と平次郎の二人を犠牲にすることにしたのである。

（もし、和泉にその気があったら、ことの首謀者であるおじじさまをも駿府に行かせただろう。しかし、太守は二人以外は呼ばなかった。あの冷血な男でも、自分を家老として呼んでくれた恩義を忘れて、恩人を売るようなことはしなかったということか）

自分の前で、石のように固く静かになってしまった直平を、直盛は哀れみを込めた目で見つめた。

祖父は自分の軽挙のせいで、自慢の息子二人を失ってしまったのである。

小野和泉守政直は、今川家の家臣を大勢護衛衆として連れて井伊谷入りを果たした。十二月二十六日のことである。

「この裏切り者、駿府の犬め！」

「直平殿の恩義を仇で返した不届者」

井伊家の家中は、和泉守の讒言によって彦次郎らが生害させられたものと疑っておらず、直盛の前に現れたその狐目の男を火を噴く勢いで非難した。しかし、当の本人は主家の人間を二人も死に追いやったことなど、まったく意に介さない涼しい顔で、

「此度《こたび》のこと、御両名に非があるとは申せ、まことに残念なことでございました」

と、ぬけぬけと報告した。直盛は和泉に迫った。

「非とは、いかなる非か」

「太守の許しなしに勝手に兵を動かし、三遠境にて武田の家人と戦を起こした非でございます」

ざわり、と場の空気が揺れた。ここに集う多くの者が、彦次郎らが武田と諍いを起こしていたことを知らなかった。

「し、しかし、武田による横領を力尽くで阻止してなにが悪いのだ！」

「今川と武田の同盟違反ではないか」

「太守は我らの領地をみすみす武田にくれてやれと申されるのか。用済みの信虎にそこまで価値があってのことか！」

おそらく、彼らと同様のことを彦次郎は義元に訴えたに違いない。だが、義元はその激しさを疎ましく感じた。そして、まったく悪びれる様子もない彦次郎を、この場で責

任を取らせる形で始末することにしたのだ。

そして、その口裏合わせに、和泉は乗った。

義元への讒言も、取引もすべて和泉の独断である。当主たる自分が、家老に信用されていなかったことは、直盛の誇りを深く傷つけた。

（そこまでせねば、今川の信用を取り戻せなかったのか。そこまで太守は我らをお疑いか）

むろん、直盛は和泉守の一連の動きにまったく私欲がなかったとは思っていない。和泉にとっては、親戚であるからと大きな顔をする彦次郎たちが邪魔でならなかったのだ。彦次郎らのほうでも、あからさまに和泉を嫌っていた。実直で熱しやすい彦次郎と、つねに冷静で利のあるほうをとる和泉では、まさに水と油のようで混じり合うはずもない。

渋川《しぶかわ》・貫名《ぬきな》・奥山・伊平・赤佐《あかざ》、どの家とも何代にもわたって血縁関係を結んでいる。この、内部で結束しよう結束しようとする井伊家の動きは、遠く離れた駿府で謀反の動きをうかがう今川家に、余計な疑念を抱かせるのだ。

だからこそ、和泉は直盛の娘、香と、彦次郎の一子亀乃丞との婚儀にも反対をしていた。婿をとるならば駿府からになさいませ、と強硬に言ってはばからない。

（和泉の考えにも一理はあるのだ。だが、あの男は家中で反感を買いすぎているのも確か）

直盛とて、井伊家の男。敵を討たんと思う心がまったくないわけではない。しかし、自分は井伊家の当主だ。多くの家臣を抱える身である。ここであっさりと今川に反旗を翻して無傷でいられるほど、今の井伊家は強くない。

耐えねばならない。ここで逆上しては駿府の思うつぼだ。

裏切り者、と和泉守への非難のおさまらない場を、冷ややかな声が一喝した。

「一同お控えめされい、ここに太守の御下知《げじ》をいただいてございますぞ」

井伊家の主君である今川義元からの下達状である。それを持ってきたのが和泉守ということが解せなくても、ここは謹んで承らなくてはならない。

しかし、それが読み上げられたとたん、今度は努めて冷静を装っていた直盛の顔までもが凍った。

「井伊彦次郎直満、不届至極につき、一子亀乃丞失い申すべく」

〝失い〟つまり殺せと命じたのである。

「ばかな、亀乃丞はまだ九つ。元服前の子供ではないか！」

さすがの直盛も顔色を変えた。

なれど、太守の下知には逆らえぬ。逆らえば、今川が井伊家を攻める口実を与えるだけだ。

「いま、駿府に逆らうは愚断、武田と和睦し甲斐への憂いをなくした今川に、この井伊谷へ野心をあおらせてはなりませぬ。それほどまでに太守は脅威にございます」

「おのれ和泉、それでも井伊家の家老か！」

もう我慢がならぬとばかりに、祖父直平が片膝を立てくってかかった。

「お控えめされ。某、太守より目付を申しつけられてございます。仕置きを違えてはますます、井伊家に二心あることを証明するようなもの。もとはといえば、彦次郎どのの独断が招いたことでございましょう」

こう言われては、直平はぐうの音も出なかった。

（この小野が井伊の目付家老に…）

まことの忠義からか、それとも裏切りか。

判断の付かぬまま、亀乃丞の命はわずか明日、父彦次郎の野辺送りの夜までと決まった。

たとえ太守の下知と言われても、わが子同然に育てた亀乃丞を殺されるとわかっていて和泉守に引き渡せるわけがない。

和泉守が駿府から連れてきた今川の兵とともに本丸を引き揚げると、直盛はすかさず龍泰寺から南渓を呼び寄せた。人知れず亀乃丞を隠すには、禅寺の力を借りるのが一番であると考えたのだ。

この時代、武家に仕える禅僧の多くはただの宗教家としてではなく、豊富な知識を兼ね備えた参謀的な役割を担っている。

南渓は臨済宗の僧侶ながら身内ということもあって、出家してからもなにかあるたび家である。

「急ぎ、亀乃丞をどこぞへ隠したい。吉田郷はどうだろうか」

直盛は言った。吉田郷は足助庄一帯を治めていた鈴木《すずき》氏の所領で、亀乃丞の母親の実家である。

南渓は有無とは言わなかった。

「次郎よ。和泉は抜け目のない男だ。母方の実家には真っ先に追っ手が向かうだろう」

普段は井伊家の棟梁として直盛のことをお屋形様と呼ぶ南渓も、二人きりのときだけは幼いころのように次郎と呼ぶ。

「では、黒田郷あたりならどうだろう。あそこなら万が一のときにも神宮寺村へ逃げ込めるだろう」

神宮寺村は、井伊一族である伊平氏の居館がある。直盛の母の実家でもあるから、小野家の追っ手がかかったときも匿えるだろう、そう直盛は思ったのだ。

「たしかに神宮寺村からなら、鳳来寺街道を北へ行けば三河も近い。奥山へも川名へも動きがとりやすいだろう」

「しかし、どうやって逃がす。この井伊谷のそこかしこで小野家の家人が目を光らせている。馬で出ればすぐ逃げたと知れよう」

「それについては、香が、自分が亀乃丞の代わりに野辺送りに出ると言っておる」

「香が」

直盛は顔をしかめた。たしかに香と亀乃丞は歳が同じ、背格好も似通っている。身代わりを立てるにはうってつけだ。だが、野辺送りは、血縁順に晒布を握って歩くのが習わし。そこに香の姿がないのは、かえって怪しまれるだろう…。小野の家人もすぐ気づくに違いない。

「あの和泉の目をごまかすことはできぬ。ゆえに時間を稼ぐしかない」

「して、その方法は」

「まずはありったけの馬を用意する。祝田の馬場は空にしてもよい。次に子供が入れるくらいのかますを用意し、馬の鞍にくくりつける」

「なるほど」

直盛は頷いた。南渓は、そのかますに亀乃丞を隠して黒田を目指せと言っているのだ。そして、小野の家人の目をごまかすために、方々の道に向かって馬を飛ばす。小野の家人はせいぜい二十、駿府から連れてきた今川の兵を合わせても五十そこそこだから、飛ばした馬をすべて調べていては警戒も手薄になるだろう。

「そこで、本物の…亀乃丞の入ったかますが、黒田へ向かうというわけだ」

「いや次郎、それについては、香がよくないと言っておる」

「ぬ…」

「かますではだめだ。目立つのだと。小野の目を侮ってはならぬ」

南渓に、食い入るようにじっと見られて直盛は黙った。

やはり香には、神通力のような不思議な力があるのかもしれない。昔から、徳を積んだ高僧や、巫女の家系にはときおりそのような力をもった人間が現れるという。

その香が、よくないと言った。南渓はそこを重要視しているのだ。万全を期すためには、ここで南渓の言うようにしておいたほうがよさそうだと思った。

「してお屋形、この香の策、有りや無しや」

「有りだ」

即座に直盛は決断した。

「亀乃丞は叔父の忘れ形見、そして香の許婚だ。なんとしても守りたい。南渓殿、よくよくお頼み申す」

「有無。もとより承知」

ようやく南渓は頷いた。直盛は大きく息を吐いた。

南渓の、武将としての才を知る身としては、何度と無く彼が還俗して井伊家を支えてくれたらと思った。いまでも冗談めかして言うこともある。ほかでもない。祖父直平もまた、南渓の才を惜しんでいるからだ。彦次郎らを失った今となっては、ますますその想いは強くなっていた。

しかし、僧や寺は独自のつながりをもっているがゆえに、身動きがとれない俗世の者とは違って、このような時役に立つ。

なにしろ、今晩の間にどう動くかに、井伊家の命運がかかっているのだ。

静かな弔いになった。

罪人扱いであるから仕方がないとはいえ、〝お台様〟宗家の三男・四男のものにしては驚くほど性急で小さい野辺送りだった。

灯りをもった親類の次に四本の白い旗が立ち、女衆が膳を持って進む。その次に白のかずきをかぶった香が続いた。跡取りの位置で、本来ならば亀乃丞が歩く場所である。すぐ後ろを白の裃を着た直平がぐっと歯を食いしばって歩いているのを、香は時折振り返っては見つめていた。ああ、大爺様はこの秋に病で亡くなった直元《なおもと》のおじに続いて、息子を二人も失ったのだ、そう思うと胸が詰まった。

（あのいつも背筋をぴんと伸ばした大爺様が、今日ばかりは父上に寄りかかるようにして、まるでかかしのようじゃ…）

いつの世も、子に先立たれる親ほど哀れなものはない。

その後ろに足と呼ばれる親類が担いだ彦次郎、平次郎の棺が連なっていた。棺にかぶせる天蓋の白や、旗や参列者たちの喪服の白が、三岳の深い闇の間に幽鬼のようにぼうっと浮かび上がっている。ゆんわりと、ぼんやりと。だが決して闇には混じらぬ。遠目にも、ああ、あれはお台様の野辺送りだとわかるだろう。

（今頃、亀乃丞は藤七郎と共に、黒田の郷に向かっているだろうか…）

白い布を巻いただけのほとんど素足を踏みしめながら、香は、先刻せわしなく別れたばかりの父の従兄弟のことを思った。黒田は伊平から約二里ほどだが、目立たぬようにするには険しい獣道をいくしかない。急いでもこの冬、途中雪に足をとられれば難儀な道どころではないだろう。

彦次郎と平次郎のおじが首だけになって戻ってきたことは、本丸の奥に住む女衆たちにもすぐ伝わった。直平が、首化粧をしてやってほしいと母安佐に頼みに来たからである。戦で敗れた者の首に化粧を施すのは、奥の女の仕事だ。安佐は一瞬おじの首だけになった姿を見てヒッと呻いたが、そこは武家の娘、大きくひとつ息をついたときには目が据わっていた。

「亀乃丞、よく見ておくがよい」

父の死をまだ受け止めきれないでいる亀乃丞を前に、安佐はおもむろに心得たように化粧箱を広げた。鏡台の付いた立派な蒔絵のお道具で、彼女が新野の里から持ってきた花嫁道具のひとつである。

侍女に命じて鉄漿水をもって来させ、ためらうことなく彦次郎の唇に筆でうすく紅をさす。実葛《さねかずら》の油を少しずつなじませながら、梳櫛で髪を結う。いつもは自分の顔にしていることを淡々と繰り返す母から、香はなぜか目が離せなかった。

青黒いおじの顔を白く戻し、白粉に紅を混ぜて赤みを出す。まるで生きているように。

「よいか、これがおのこのする紅じゃ。紅をさすのはおなごだけ。おのこがさすときは刀を手放した時、死んだあとと心得よ」

亀乃丞の唇が赤く鬱血している。固くかみしめすぎていた。

「負ければこうなるのです。武士が白粉を塗られ、紅をさされるとは負けたことに他ならぬ。亀乃丞、そなたは今すぐ落ちるがよい！」

安佐は激しい顔で目を見開き、おじの顔を亀乃丞の方へ向けた。

「そなたは決してこうなってはならぬ」

美しく化粧を施されながらも、もう二度と物言わぬ父の首を見せられ、亀乃丞はかたく頷いた。いつもは花が咲いたように愛らしい顔が、涙にぬれ萎れていた。

彦次郎おじの家老、勝間田藤七郎が迎えに来た。亀乃丞の小さな背中を見つめながら、その場にいただれもが、もう、二度と生きて井伊谷に戻ってくることはないかもしれない、と思っていた。

だが、そんな中でただ一人、香だけは確信していた。

あの、いやな黒い靄も小人も見えない。

だから、亀は帰ってくる。これが彼との今生の別れにはならぬ、と。

「亀、気をつけてな」

「…香どのも」

許嫁にかける言葉を、お互いそれ以上持たなかった。

亀乃丞は勝間田藤七郎に連れられて、冬の濃い夜陰に消えた。

彦次郎と平次郎の二人は、そろって本丸の北西に葬られた。

南渓の唱える穴経が身を切る様な真冬の夜風に混じって響く。穴の中へそろそろと棺がおろされ、参列していた親類衆がそれをとりかこんで棺に向かって石を投げた。石の数も多く、地取りが土をかぶせて、墓標と御霊屋《おたまや》が立てられる作業も、やけにゆっくりと進んだ。わざと少ない人数でやってこれらの時間を稼ぐようにすればどうかと、香が南渓に提案したのだ。

物心ついたときから時折妙なものを目にとめる香を、一番に理解してくれたのは両親ではなく、この南渓だった。母に言っても、気のせいだと笑って聞き流されるようなことも、南渓は真摯に聞いてくれた。いつのまにか、香は父や曽祖父の耳に入れたい情報は、南渓に伝えるようになった。香の言うことなど、たかだか小娘のたわごとと取り上げてもらえぬが、南渓の言うことならば父直盛も家臣団も耳を傾ける。

(できるかぎりの時間は稼いだ。あとは、亀乃丞が無事、小野の目にとまらず黒田へ落ち延びていてくれれば…)

今頃は、南渓が神宮寺の村中から集めさせた大かますを付けられた馬が、目くらましのように奥山や、渋川やそれこそ本坂通に向かって祝田の坂を駆け下っているだろう。その数は十や二十ではない。いかに小野和泉守が切れ者とはいえ、そのすべてを捕らえてかますの中を調べさせるのには手間がいる。

その間にも、亀乃丞は藤七郎に連れられて一路、黒田の郷へと落ちているのだ。香がここに顔を隠して参列しているのも、和泉守の目をこちらに向け、一時でも油断させるために他ならない。

（亀よ、かならず生きて会おうぞ）

いよいよ野辺送りを終え、列が本丸へと帰る。少しでも風を避けようと白いかずきで前を隠していると、ふいにその手を取られた。

「あっ」

思わず声が出た。見ると、目の前にあの小野のせがれ――三郎左衛門政次の顔がある。

「やはり、あなた様でしたか」

政次はにやりと笑った。思った通りだという顔だった。

「いかがなさいました」

南渓の先を歩いていた昊天と傑山が、騒ぎを聞きつけて駆け寄ってきた。香は急いで顔を隠した。しかし、一度見られたものはもうどうしようもない。

香を止めた三郎左を、傑山が険しい顔で咎めた。

「これは、小野の…」

「身内だけの野辺送りを汚すとは、三郎左おぬし、なんという…」

三郎左は、まったく気にとめた様子もなく、ぬけぬけと言う。

「亀乃丞さまを探しておりました。目付を仰せつけられた小野のものとしては、罪人を見逃すわけには参りませぬゆえ」

「なんだと」

「なれど、こうなってはもう手遅れでございましょう。そうですね、香さま」

ぐ、と昊天が息を呑む。

「〝井伊谷に小法師あり〟」

黙ったままうんともすんとも言わぬ香を、なぜか政次は楽しげに眺めている。

「香さま、あなた様が関わっておいでなのに、打った手が身代わりだけとは考えられない。亀乃丞さまをどこへお逃がしになられた。どんな怪しげな天狗の術を使われたのか。またなにをごらんになったのか」

香は黙っていた。ここは黙るしかない。

「あっ、姫様」

黙ったまま、香は歩き出した。野辺送りの列はずいぶん先を行ってしまった。早足であの白い群れに追いつこうとする。あとを、昊天と傑山が追ってくる。さらには一人だけ白い姿ではない政次が。

「香さま、いったいどのような方法でお逃がしになったのですか。このようなことを企んでもすぐに亀乃丞様は捕らえられる。番所には伝えが行ったし、今川のご家来衆がしらみつぶしに逃げた早馬を…、勝間田藤七郎を探しておる。この夜に馬を飛ばせばかえって目立つ」

ふ、と香は含み笑いをした。

残念ながら、その程度の探し方で亀が見つかるはずがない。

香が南渓に提案した方法は、二つだ。ひとつはありったけの馬に大かますをくりつけ、あらゆる親類の領地へ早馬を送り、小野の目を引きつけること。もう一つは、万が一にもかますの中を見とがめられないよう、亀乃丞をかますとは別の方法で井伊の庄から逃がすこと。

そのため香が薦めたのは、亀乃丞を下肥樽の中に潜ませて、荷車で井伊谷を出ることだった。

（あの瀬戸村の源太、うまくやってくれただろうか…）

神宮寺川にかかる橋の上で、香に声をかけてきた肥汲みの男。あのものなら、きっと荷車を使っている肥汲みを知っているだろう。人々が肥のひどい臭いを嫌うことや、肥を必要とする百姓が朝早くから農作業に出ることもあって、多くの肥汲みは夜に動く。蓋をした肥樽を積んだ荷車が夜に井伊谷を出ていっても、和泉守の目は派手なかますをのせた馬のほうに向くだろう。まさか井伊家の跡取りが下肥樽に入って、鳳来寺道を北上していっているとは思いもすまい。

（伊平まで行けば継馬《つぎうま》が使える…。なんとかそこまで行っていてくれれば）

政次は、しつこく野辺送りの列にかぶって付いてくる。父親から野辺送りを見張っておくように言われたのだろうか。この様子では、とっくに香が身代わりに立っていることもわかっていたのだろう。

（いいや、この男は見張りなどではない。万が一亀乃丞が野辺送りに参列していれば斬るためにきたのだ）

そういう男だ。三郎左は。

香は、先を進む白いかげろうらの列を眺めた。あの空を上る白い帯のような鯉のようなものはこの葬列の旗だったのではないだろうか、と思った。

歯がゆい。

いつもそうだ。いまさら視えても詮ない。香の予知は正体不明すぎて災いを避けることが難しい。ただ、薄ぼんやりと黒い雲か、ゆんわりたなびく白い帯が見えるだけ。

「また、なにかお視えになりましたか」

ぼうっと遠くを見ていたからか、すかさず政次が言った。なぜか彼は、香の千里眼について並々ならぬ興味をもっていた。香が黙り込んだままなので、しつこく話しかける。

「この間お会いしたときは、彦次郎様のお声が御館じゅうに響いておりましたのに。なんとも人の命ははかないものですな。〝あるはなく、なきはある世の、さがの山、冬たちくればちる木の葉かな〟」

なにが〝あるはなく〟だ、と香は苦々しく思った。彦次郎のおじをここまで追い込んだのは、ほかでもない政次の父、和泉守ではないか。

「そなたは、いつも歌を口ずさんでおるのだな。連歌師になるのか」

「それもようございますな。小野の血ゆえか、歌は好きですので」

嘘だ、この父親以上に切れ者と評判の政次が、連歌師になどなるはずがない。

「そなたなら、咲いてもいない蓮の花を咲いていたと駿府に奏上しそうじゃ」

これには、さすがに政次も黙った。

「香さまは、この政次がお嫌いですか」

「歌は好きではない」

「では、紅は」

香は思わずまじまじと政次を見た。

「実は、あのとき御館でお会いしたのは、安佐様に駿府のみやげをお渡しするために参ったのです」

「土産？」

「そろそろ髪をあげられるときききましたゆえ、紅や白粉などを。京紅はよいものですぞ」

身内が家老の讒言によって殺された一大事というのに、その当事者の息子が暢気にも駿府土産を持っていったとぬけぬけという。香は呆れた。そして恐ろしいと思った。

小野の嫡男、小野三郎左衛門政次。

「紅など、もつでない」

政次は眉をひそめた。

「なに」

「もののふが紅など。剣をもつ身にふさわしくないものじゃ、三郎左」

母の言葉を思い出す。

『よいか、これがおのこのする紅じゃ。紅をさすのはおなごだけ。おのこがさすときは刀を手放した時、死んだあとと心得よ』

「政次です」

強く押し出すように言われて香は驚いた。

「なれど、私は紅を貴女様にさしあげたい」

政次が口にした言葉以上の重さを身に感じて、香は震えた。なぜ震えたのかは、自分でもよくわからない。なぜ、政次が自分に執拗に化粧をさせたがるのかもわからない。

「きっと、洒落もののそなたがよいものというのなら、高価な紅なのだな」

「それはもう」

「残念だな」

「なにゆえ」

「そなたのくれた紅はな。野辺送りの前に、母上がおじ上の首に塗っておられたぞ。

——のう政次」

あまりにも飄々としているので、せめて、言われなき罪で落ち延びていった亀乃丞のために意趣返しをしてやろうと思った。

「そなたが死んだら、わしが首に紅を塗ってやろう」

絶句ののち、政次がようやくという風に口を開く。

「それも…、視えておいでか」

「さあな」

「あなた様が、某の死に化粧を？」

くっと喉を震わせ、政次は笑った。

なぜ笑われたのか、政次が嬉しそうなのかわからないまま、香は再び歩きだした。

ただ、足下を水のように色もないものが流れていった。

二　生涯、飾らぬ

十四になったある日、下腹に違和感を覚えて指をやると、股にぬめりがあった。

「まあ、次郎の姫様。おめでたいことですよ」

いわゆる、〝月のもの〟がとうとう自分に来たことを香は悟った。本丸の御館の奥で母とともに生活していれば、女には一月か二月に一度、血を流す日があることは知っている。

きっかけは、母のもちものの中に、ひとつだけ細工もなにもない櫛箱があったことだ。母、安佐の嫁入り道具の化粧箱は、生まれ故郷舟ヶ谷城の、笠岩桜にちなんで作られたたいへん豪華なものだった。安佐の母が、生まれた時に駿府の金貝師に注文して作らせたという金貝細工の美しい金蒔絵の一揃えで、母は毎年御所の丸の桜が咲くと、美しかった故郷の桜の淵のことを語る。

そのきらびやかなお道具類の中で、ぽつんとひとつだけ、蒔絵のない箱があった。開けてみるとずらりと蚕《かいこ》の繭《まゆ》が並んでいた。ひとつひとつが随分大きい。はじめはなぜ、母の化粧道具の中に蚕の繭があるのかよくわからなかった。

詰めものをするためだと知ったのは、随分あとになってからのことだ。

「香、おめでたいこと」

侍女に手伝って貰って白小袖に着替えていると、どこで聞きつけてきたのか、出かけていた母がものすごい勢いで本丸の御館へ戻ってきて、喜色満面で香の手をとった。

「これで、名実ともにそなたが井伊の跡取りじゃ。このように細い腰では、子を産むどころか月のものも来ぬかもしれぬと案じておったが……」

「おめでとうございます、次郎の姫さま」

「ほんに、よかったこと」

亀乃丞が井伊谷から落ち延びていったころから、だれかれともなく、香のことを次郎姫と呼ぶようになった。次郎とは井伊家の跡取りのことだから、亀乃丞がいなくなっても井伊家にはちゃんと跡取りがいるのだ、と今川に向かって牽制《けんせい》しているようでもある。

「三日ほどは部屋に籠もっているとよい。用は樋箱《ひばこ》ですませるのじゃ、よいな」

樋箱とは、いわゆるおまるのことだ。下女の中でも一番身分の低いひすましという女が洗っている。男は女の流す血には決して触ってはいけないという風習からである。

しかし、香たちの住む本丸には井伊谷川の水を引いて作らせた厠がちゃんとあって、みなそこで用を足している。肥取りが三日か四日に一度、大きな肥樽をいっぱいにして出て行くのを香は頻繁に見ていた。なぜあんなに皆が競って糞なぞを取りに来るのかと疑問に思っていたのだが、このあたりは井伊家の重臣がまとまって住んでいるので、出る肥も栄養がたっぷり出ていて高く売れるのだという。

「なぜ樋箱などに？　厠にいけばよいではありませんか」

言うと、母は侍女と顔を見合わせてにんまりと笑った。よほど、娘の体が成熟したことがうれしいらしい。

「動くと漏れるゆえ、汚れるし、そなたも恥ずかしいであろう。なに、三月もすれば腹に力を込めれば垂れずに済み、厠でひりだせるようになる。皆、そうしてきたことじゃ。そなたも慣れよう」

はじめは困惑していた香だったが、なるほど、母の言うとおり三月もすれば、うまく月の時期をこなせるようになってきた。血が流れている間はなんとなく体もだるいし腹もキリキリ痛むが、それを過ぎれば厠でまとめて出してしまえば始末できる。畳紙《たとうがみ》を持ち歩く習慣もできた。

籠もっている間はとにかく暇なので、母に勧められた源氏などに目を通していた。さして面白くもなさそうに紙をめくる香を見て、母付きから自分付きになったおあんが笑った。

「だって、姫さまが、昔から嫁入道具に必ず源氏と徒然草が入っているのは、小屋になったときの暇つぶし、なんておっしゃるから」

小屋になる、とは文字通り小屋に入ることで、月のものになることを意味する。遠州のこのあたりでは、庄民たちは家を出て村に建てた窓もない小さな小屋で過ごした。産屋のない村ではお産をこの小屋ですることもあったという。

昔、あの川の側に隠れるように立っている小屋はいったいなんなのだろうと思っていたが、そのうちだれに教えてもらうわけでもなく所以を知った。おあんのように地主の娘なら、お産をするときも別の棟を建ててもらえるだろうが、貧しい小作の娘たちはそういうわけにはいかぬ。

無言で明石の巻をめくった。母が縁起が良いから明石までは必ず読めという。腹が痛いと言えば金創医の調合した薬湯をすかさず持ってくるので、香は黙って痛みに耐えている。

十二で髪をあげてからも、香の周辺はなにも変わらなかった。

昔、髪をあげれば、すぐに祝言だと言われていた。その相手の亀乃丞もまだ戻らない。あれから彼は、彦次郎の家老だった勝間田藤七郎（いまは今村《いまむら》と名を変えている）とともに、黒田の郷から下伊那の市田郷へと落ち延びた。やはり抜け目のない小野和泉守が、黒田の郷にまで捜索の手をのばしたからである。

いよいよそこも見つかりそうになって、南渓がすばやく手を打った。まずは自らの師である黙宗瑞淵が修行した信濃市田郷松源寺でかくまってもらえるよう、使いを飛ばしたのだ。松源寺は黙宗瑞淵の師、文叔瑞郁が松岡貞正《まつおかさだまさ》に招かれ、開山した妙心寺派の禅寺で、いまは南渓の兄弟弟子が住持を務めている。

血縁と別れ、また妻帯しない禅僧同士のつながりは深い。同じ寺で修行した仲間が、各地の有力豪族に招かれ、寺を開いたり継いだりしているうちに、おどろくほどに縁が結ばれていくものなのだ。南渓は哀れな甥の命を守るべく、できうるかぎり最善の方法をとった。あの夜、亀乃丞は香の提案どおり肥樽に身を潜めて金指の街道を北へ進み、伊平を経て黒田に入ったのだろう。そこから渋川へ向かい、渋川で旅支度をしてから信州へ落ち延びた。

　雪深い信州、厳冬の馬も入らぬ山道を、藤七郎と亀乃丞はどうやって歩いたのだろう。そこからは本当に、かますに亀乃丞を入れて藤七郎が背負ったのかもしれない。正月も、山中で過ごしたろう。いままで何一つ不自由をしたことのない、これこそは井伊の跡取りと大事に育てられた子供が、親を殺され、その弔いもできず、着の身着のままで逃げ落ちていく…。そう思うと、安穏とここで巻物など見ている自分が情けなかった。

　生きていれば、香と同じ十四歳。年が明ければ十五になる。

　亀乃丞もとっくに元服していていい歳だ。

（もう、出家して僧になっているやもしれぬ）

　命の危険を考えれば、可能性がまったくないわけではなかった。今川から目付を申しつけられた小野家では、亀乃丞を井伊谷から出してしまったのは手落ちとばかり、いまも死にものぐるいで行方を捜させている。現に、何度かあの政次が、亀乃丞の行方がわかったゆえ右《う》近次《こんじ》郎《ろう》なる今川の弓の名手を信州に送るとこれ見よがしに伝えてきたことがあった。あれ以降、亀乃丞がどうなったという話は聞かないので、こちらに揺さぶりをかけただけか、失敗に終わったのだろう。

（そう言えば、あの時亀乃丞を隠して黒田へ向かってくれた瀬戸村の源太はどうしたのだろう）

　香は、おあんの側で明石の巻を読むふりをしながら、あのとき垢で汚れた顔で自分を見つめ、大胆にも声をかけてきた若い男の顔を思い浮かべた。

あれから五年、この井伊谷で源太の姿を一度も見かけない。小野の手の者に見つかれば亀乃丞の行方が知れるため、人知れず始末されてしまったのだろうか。哀れなことだが、小野の抜け目のなさを思えば、あの場合の口封じはいたしかたないかもしれなかった。

いや、生きているはずだ。

香は思う。あの男の命には力がある。わずかな間だが、一国一城の主になるかもしれないほどの運気の強さがある。逆に言えばそれを感じたからこそ、香は亀乃丞の命をあの男の生命力に懸けることにしたのだ。

ならばいずれ、自分の前に現れる。かならず。

「次郎の姫さま、あんかはいかがですか」

温めた石を包んだ袋を、おあんが持ってきた。

(次郎の姫、か)

髪をあげ、こうして女になったというのに、あいかわらず人に説明できない不可解なものが見える。体も小さく、肉付きもよくなく貧弱なままだ。寒くなれば熱を出すのも変わらない。髪を結い上げずに外に出ようものなら、庄民に童女と間違われる。同じ年頃でも、とっくに嫁に行き子を次々と産んでいる娘もいるというのに。

(父上も母上も、なによりも井伊の庄のだれもがそれを望んでいる。はようわしが婿を

迎えて男児の跡取りをもうけ、父上の次に井伊を継ぐものを産むのを）

しかし、井伊谷の次郎である香の婿取りは、そう容易な話でないことはわかっている。くさくさとして立ち上がった。途端に、ずる、と塊のようなものが体の中から流れ落ちる。

面倒くさい体になったものだ、と香は顔をしかめた。

＊＊＊

駿府から人が戻ってくると、いつもは静かな井伊谷も人と馬であふれかえり、にぎやかになる。

たいてい、駿府帰りは小野和泉守の一行と相場がきまっている。太守今川義元に目付を仰せつけられてからというもの、和泉守はこれみよがしに駿府へ出向くようになった。本丸の御館を出入りする荷車や馬のいななきがひっきりなしに聞こえてくるので、香は騒々しさを嫌って龍泰寺へ避難してしまうことが多い。

しかしその日は、家老の一人である新野左馬助親矩《ちかのり》も井伊谷へ戻ってきていた。

「香、大きゅうなった！　見違えるようじゃ」

左馬助の伯父は、母安佐の兄にあたる。今川と井伊の仲立ちのために嫁いだ妹を左馬助はいつも案じていて、折を見ては本丸の御館を訪れる。

新野の家は、代々小笠にある舟ヶ谷城の城主を務める古豪である。現在の主君今川家とも縁続きであり、左馬助本人も裏表のない人物として義元の信頼も厚い。最近、娘を北条家に嫁がせた左馬助は、安佐たっての願いでやってきたようだ。

その願いというのも、もとより一人娘香の婿取りのことである。

「では、関口様のお身内で、香の婿によい方はおられぬ、ということですか」

兄の報告を聞くなり、安佐はあからさまに落胆した。香はじっとそばでものも言わずに座っている。こうした大人の話に同席するように言われたのも、初潮を迎えてからである。一人前の大人として把握せよということなのだろうと香は察した。

母の安佐は、大事な娘の縁談を、娘に内密に進めることはしなかった。兄の左馬助に頼んで今川家の血筋で婿を探させていたことも、香につまびらかに話していた。なにもわからず、知らされないまま太守の命令で新野から井伊谷へ嫁いだ我が身を思えば、娘を同じ目に遭わせたくなかったのだろう。

しかし、同席を許されているとはいえ、香の結婚は太守の許しを得るもの。どんなに嫌な相手でも、父直盛が決めた相手と夫婦にならねばならない。

「場合によっては、今川方から婿取りをするやもしれぬ」

と、直盛は内々に言い含めていた。

それというのも、彦次郎、平次郎が誅殺された遺恨は決してなくなってはいない。駿府もとかく井伊谷には神経をとがらせている。香の婿を井伊家の身内から選ぶことは、余計に駿府を刺激することになる。

ゆえに安佐は、今川家の親類からできるだけ新野に近い血筋で香の婿を探させた。関口氏には井伊家かられんが嫁いでいるから、まったく知らぬ仲ではない。

しかし、左馬助が持ってきた返事は、関口から婿をとることは難しいという。直盛らの思惑を邪魔する者がいるのだ。

「小野どのが、いい顔をするまい」

左馬助は男むさいあごひげを摑み、渋い顔をして言った。

あの事件以来、小野和泉守は井伊の親類同士が香の婿取りによってこれ以上結束することに危機感を募らせ、さかんにそれを奏上していた。

和泉守のねらいはただ一つ、長男の政次を香の婿として井伊家に入らせることだ。そうなれば、井伊家の家督を小野が継ぐことになる。

「和泉守はしたたかなやつよ。先だっても次男の玄蕃《げんば》(丑之助)の嫁に我が娘のともをくれというてな」

「なんとまあ」

「表だって断ることもできぬゆえ、さっさと北条へ嫁がせたが、それでもまだ諦めておらぬようだ。今度は小野の三男を、新野に養子に出してもよいなどと言ってきおった」

あまりの図々しさに、さすがの人の良い左馬助伯父も呆れた様子だった。

和泉守はもう五十をとうに過ぎているが、この井伊谷にひとり、駿府にひとり新たに若い側室をもったという。長男の政次は香とは六つ違いの二十で、ほかに玄蕃、太兵衛《たへえ》、正賢《まさかた》という男ばかりの兄弟がいる。

（なるほど、小野家は名を知らぬ者はない名門だが、城持ちではない。彦次郎のおじたちを売って今川にすりよったはいいが、いまさら今川の重鎮達を押しのけて城代を任されることも難しいだろう。

もっとも近道なのは、この井伊谷をそのままのっとることだ。わしの婿を政次にして、井伊家の人間になってしまえば、三岳や引馬の城が自ずと手に入る…）

一度、男に生まれれば、誰しもが一国一城の主たらんと望むものなのだろうか。

そういえば、あの瀬戸村の源太もそのようなことを言っていた。肥汲みという最下級の身分にありながら、それでも男たるもの、夢の上にさらに重ねて夢を見るのか。

（それが、男というものか）

「もっとも、小野どののご自身は体調を崩されておいでのようですけれど」

母が声を潜めて、つ、と含み笑いをした。

「安佐、よく知っているな」

「このあたりに医者などそう多くおらぬのですよ、兄上。小野館に出入りしている医者によると、もはや胃の下が硬うなりつつあるとか」

硬癌がここまで進行すれば、もはや快癒は難しく、長くない。

「なるほど、それで小野のやつ、焦っておるのか」

「先ほども、これ見よがしに駿府からの荷車に珍しき物を山と積んで戻ってきて…。しかも、和泉はれんさまに香の婚礼衣装をそろえて欲しいと申し出たそうなのです。きっと我らは先手を打たれたのですよ」

口惜しそうに言った。香は、和泉守の狡猾さに内心舌を巻いていた。和泉守は、安佐や左馬助が関口氏に婿取りの相談をすることをとっくに見抜いていたのだ。だからこそ、いかにも小野家が婿に決まっているようなそぶりをして見せた。これではいくら婿取りの話を持ちかけられても、れんや関口氏が口を挟めるはずもない。

さらに、左馬助は自分の娘を北条に嫁がせたばかりだった。直盛と同じく男児のいない左馬助とて、どこかの家から婿を取らねばならぬ。そのため、主君義元に許しを得なければならなかった。

新野の家のことを思えば、井伊家の婿取りにまで主君に異を唱えることができぬということなのだろう。

「新野の親類にもよい相手が見つからぬ。かくなる上は、和泉守の思惑どおりになってしまうのか」

「香、そなたはどうなのだ。小野の倅と夫婦になる覚悟はあるのか」

急に話をふられて、香はなにも言えず息をのんだ。

「どうした。やはり小野の者は嫌か」

「嫌ではありませぬが」

「では」

「亀乃丞は、出家したのですか」

今度は、母と伯父が黙る番だった。二人とも一瞬顔を見合わせ、長いこと言葉を選んでいた。やがて、左馬助が口を開く。

「亀乃丞のことを知りたいか」

「はい」

「もはや夫婦にはなれぬかもしれぬのだぞ」

「そういう意味で言ったのではありませぬ。ただ、あのような別れ方をしましたゆえ」

安佐が細かく頷いた。さもありなん、という顔で描いた眉をぎゅっと寄せている。

「物心つくころから許嫁同士だったそなたたちです。できれば娶《めあわ》せてやりたかった。そなたとて、亀乃丞がどうなったのか知らぬまま、ほかの男に嫁ぐのも心苦しかろう」

「母上は、亀乃丞の行方をご存じなのですか」

その問いかけには、左馬助が答えた。

「そのことについて、そなたに会いたいという者がおる。子細はその男に聞くがいい」

「わしに会いたいと」

次の間に向かって左馬助が声をかけた。

だれだろう、と香の心臓は早鐘を打った。

「瀬戸どの」

呼ばれてしばらくして、戸が開いた。現れたのは三十前ほどの男だった。あまり体つきは大きくなく、背丈は大柄な左馬助の耳ほどしかない。しかしなんといっても目を引くのは派手な胴服であった。見たこともない鮮やかな新茶色の上着には、首から裾にかけて濃淡のある金茶の糸で縫い取りがしてある。濃紺の袴に、珍しい南蛮釦《ぼたん》に羽のついた頭巾。同じく首回りをぐるりと囲む南蛮襟、一目で、金もちの商人とわかるいでたちだ。しかも、やや傾《かぶ》いている。

あまりの派手ぶりに、安佐はあっけにとられたように男を見上げていた。

「瀬戸四郎右衛門にございます」

声がよく通る。跳ね返るような名乗りだった。顔にも姿にも覚えはない。ただ、同じ目でじっと見られたことがあると思った。

そして、この太鼓のように腹に響く声。

「そなた、まさか瀬戸村の…」

香がすべてを言い切らぬうちに、男は弾かれたように顔をあげた。

「おお、さすが次郎の姫さま。某を覚えておいでとは！」

叫んだ。あまりの声の大きさに、安佐が目を剝いている。

「いやこれはご無礼つかまつりました。某は気賀《きが》にて商いをいたすもの。昨年受戒いたしました。方久《ほうきゆう》とお呼びくださいませ」

この歳で法名をもっているということは、僧侶とはならず在家のまま得度したということである。明らかに商人であるこの男が禅門に入ったのは、生まれが貧しいため信用を得難かったということだろう。商人が、雲水らのように修行をせず在家のまま法名を名乗ることはままある。

やはり、あの肥汲みの男だ。香は確信した。方久がまことあの神宮寺川の橋の上で声をかけてきた肥汲みなら、亀乃丞の行方も知っているはずである。

左馬助が安佐に方久が亀乃丞の信州落ちに協力したことを告げると、母の顔色がかわった。

「あれから、亀乃丞様はすぐに黒田の郷にお入りになりました。目立たぬようされておいでででしたが、すぐに御家老の…、小野様の追っ手がかかり申した。某は今村様とともにいったん井伊谷へ戻って南渓禅師にお会いし、亀乃丞様が信濃に落ちる手はずを整えるため、昊天様とともに一足先に東光院へ。ご住職だった能仲様に、松源寺へ連絡をつけていただくためでござる。年が明けて三日に渋川をお発ちになり、お二人は信濃に向かわれました。あの年は雪が少のうてなによりでござった」

その時の過酷な状況を思い出したのか、ほがらかだった方久の表情が一瞬苦くなる。

「獣も横切らぬ尾根道でありましたゆえ…。あのあたりは霧山と申すほどの霧深い山中なのも、まこと幸いでございました。それもこれも、御仏となられたお父上のお導きでございましょう」

「本当に、よくぞ無事で」

安佐が袖で口元を押さえた。

「して、いま亀乃丞はどうしておいでる?」

「まだ落飾はせず、今村藤七郎正実様が変わらず身辺のお世話をしておいでです。松源寺にて修行僧に混じって五経を読まれ、時折松岡の御館に出入りもされ、貞利《さだとし》公と語らいの機会をもったりされておるとか」

落飾していない、という言葉を聞いて安堵したのか、安佐が大きく息をついた。しかし、こうして無事が確認できたにもかかわらず、なんの助けの手も施してやれぬことを歯がゆく思ったのだろう。声を詰まらせた。母にとって、亀乃丞は幼い頃から香とともに育ててきた、我が子同様なのだ。

「息災と聞いてこうも胸がつまる…。十五になるというのに元服もままならず、なにもしてやれぬゆえ。今でもあの時のことは悪夢に見ることがある。彦次郎どののご無念…。十前の幼子が、どうやってあの冬の山道を落ち延びたかと思うと…」

「そうそう」

ふいに、方久が朗らかな声をあげた。

「あの冬の山道と言えば、亀乃丞様があまりに寒がられるので、とうとう今村様があの大かますの中に亀乃丞様を入れて背負われて…。その大かますも元は某の商売道具。馬糞の入ったものにございます」

「馬糞」

いったい急に何を言い出すのかと、香と安佐は目をしばたたかせる。

「それが、馬糞というのは姫様、放っておくと発酵して熱をだしおる。それで、臭さも忘れて亀乃丞様もあたたかくなり、やがてくうくうと寝息をたててお休みになられた」

「まあ」

方久のおどけた物言いに、曇った安佐の顔も思わずくしゃりとなった。この方久という男、さすが商いをしているだけあって話がうまい。しんとなりつつあった場の空気が、この男の意図するままに一瞬で変わる。

（なるほど、たった五年で左馬助の伯父上に目を掛けられるほど出世するはずだ）

香は内心注意深く方久を見た。

それから方久は、四方浄の谷で肥樽を捨てて瀬戸の村には戻らず、伊平から川名の郷へと逃亡したことを話した。戻れば口封じにあうか、小野の家人に捕まればただではすまないことがわかっていたのだろう。

方久が言うには、そのまま逃げるように駿府へ向かい、行き倒れになっていたところを宇布見郷出身の塩商人、中村源左衛門《なかむらげんざえもん》に拾われて、彼の元で商いを覚えた。力を付けた彼は源左衛門の妹を嫁に貰って縁戚となり、義兄と組んで浜名湖近郊で手広く交易を行い、莫大な富を築いたのだという。その後、交易で得た富を利用して武家に近づいた方久は、松井郷八郎宗信《まついごはちろうむねのぶ》という今川の家人にとりたてられて、駿府にある松井の館に出入りするようになる。松井郷八郎は今川義元の幼い頃からの近習で、鎌倉の御家人出身の家柄を持つ、今川家の親戚である。左馬助と出会ったのも、この松井氏の引き合わせであった。

「いまでは鯉田のあたりはすべてこの男の土地だ。たいしたものよ」

鯉田祝田の代官を務める左馬助が言うのだから、方久がこの井伊谷でかなりの力を持つ銭主であることは本当なのだろう。

たった五年。肥汲みが駿府で一旗揚げて、この新野左馬助と肩を並べるまでになって戻ってきたのだ。

香は方久のぎらぎらとした浜名湖の夏の湖面のような目を見ていた。この男は危険だ。身内でもないのに井伊家の情報を知りすぎている。亀乃丞の行方を知ったまま、いつ、小野に寝返るかわかったものではない。

(なのに、不思議とあのいやな黒い靄が見えない。敵ではないのか。それとも、あの靄はそもそもわしに危険を察知させるものではないのか…)

むっつりと黙り込んだまま、顔色一つ変えない香を、左馬助と安佐はどこか奇妙なものを見るように見ている。すると、ふいに方久が笑った。

「さては、次郎の姫様はこの方久が、御家老に亀乃丞様の居場所を売るかもしれぬとお思いですかな」

左馬助がぎょっと目を剝く。

「方久どの、そのことは」

しかし、方久は左馬助の咎めもさして気にとめた様子もなく、

「懸念ご無用。御家老はとっくに亀乃丞様が松源寺におられることを感づいておられる。それでいて手を出さないでいるのは、駿府の太守が尾張攻略に手一杯で、これ以上井伊と事をかまえたがっておられないからです。禅寺にかくまわれている亀乃丞さまに手を出せば、さすがに井伊家郎党が黙っておらぬことを、義元公はよくご存じだ」

誰もが口にするのをはばかっていることを、何のためらいもなく話し出した。

「つまり、御家老には太守の待ったがかかっておるのですよ。それゆえ、次郎の姫様、あなたの婿に政次どのをごり押ししようとなさっている。今回の駿府行きも、太守にじきじきにお願いにあがったのでしょうな」

安佐が、兄上、と左馬助に救いの目線を向けた。

「次男の玄蕃どのにも、新野様の姫君をもらえぬとわかると、今度は井伊家の親戚である奥山氏の娘をもらう段取りを進めておられるようです。自分の命のあるうちに息子たちの身を固めてしまいたいのでしょう」

「やはりそうなのか…」

安佐の案じるとおり、和泉守は着々と嫡男政次を香の婿とする準備を整えつつある。

「御家老が手こずっておられるのは、次郎の姫さま、あなたさまのお心が読めぬからでしょう」

「わしの？」

「〝井伊谷の小法師〟」

香ははっとした。久方ぶりにその言葉を聞いた気がした。

「御家老に頼まれましたよ。次郎の姫さまがお好きなものならなんでも買うと。姫様は京下りの文物も辻が花の打ち掛けにも京紅にもまったく興味を示されぬゆえ、困っておるのだと」

方久は実に可笑しそうにくつくつと喉を震わせた。

「身一つで豊田からこの井伊谷に分家し、一代で井伊の小野家を作り上げたあの小野和泉守が、わずか十四の、髪上げをしたばかりのあなた様を本気で恐れておられる。理由は知れたこと。あなた様が小法師だからだ」

「そのようなこと…」

「覚えておいでですかな。かつて、神宮寺川の橋の上で、姫様はわしを笑わなかった。汚らしい肥汲みが一国一城の主になれるかと聞いて、笑わぬものはなかったのに、ただひとりあなた様だけはお笑いにはならなかった。わしはそのとき、天命を得たと思った」

方久は改めて膝の前に手をつき、香の方に向き直った。そして深々と頭をさげる。

「肥樽を積んだ車を引いて亀乃丞様を運んだのも、そのあと瀬戸には戻らず駿府へ逃げたのも、あのときあなた様が某を笑わなかったからです。わしはこのままでは終わらぬ。きっと、自分で切り開いた先に輝かしいなにかがあると信じられた。わしはあなた様に二度救われたのです。

このご恩のあるかぎり、瀬戸方久は次郎の姫様に報いる所存にございます。なに、小野の老いぼれなどに助力は致しませぬよ」

そして、話が見えずあっけにとられている母安佐と左馬助を尻目に、ぬけぬけと言った。

「――して、某いつほどに、一城を持てましょうや」

＊＊＊

天文十五年、武田と和睦し北条対策を十分に施した今川義元は、ついに念願だった三河制圧に本格的に乗り出しはじめた。

まず義元は、犬居城の天野《あまの》安芸《あき》守に三河今橋城を攻めさせ、この戦で香の祖父直宗が討ち死にした。

さらに十八年には三河安祥城を攻略して織田信広《のぶひろ》を捕虜にし、織田氏の人質となっていた松平竹千代《まつだいらたけちよ》と交換、救出した。しかしいったんは岡崎に戻った竹千代も、今度は駿府に人質となってくることになった。ここにきて、岡崎の松平氏は完全に今川の軍門に下ることになったのである。

義元のねらいは、同じく三河に侵入せんと企てている織田家を滅ぼし、完全に三河・尾張を勢力下におくことだ。そしてその尾張を押さえれば、天下に号令をかける日ノ本の都京は目前である。

相変わらず、駿府からの目付はひっきりなしに井伊谷に出入りしていた。小野和泉守が体調を崩してからは、嫡男の政次が家老職を引き継ぐ準備をはじめた。父親に似て冷静沈着、さらに父親よりも剛胆だと噂の小野の若当主は、駿府との連絡役を引き受けつつも、ここ西遠州に着々と足場を築きつつある。

というのも、政次の弟玄蕃が奥山朝利《おくやまあさとし》の四女輝《てる》を娶り、兄よりも早く妻を持った。ついに小野家がこの井伊谷で、井伊家の親類衆と血縁関係をもったのである。この縁談に関しては、政次が父和泉守の名代で熱心に奥山に通い、何度も当主朝利と話し合ってすすめたのだという。

「とはいえ、そなたの母、お安佐様のご実家も元は今川の目付。左馬助と直盛の仲を思えば、婚姻によって小野と縁を深めておくことは悪いことではない」

あいかわらず、縁談話から逃げるように寺へやってくる香に、南渓は黙々と書状に目を通しながら言った。側では見たこともない顔の雲水が、太い指でちいさなそろばんを弾いている。

雲水は、香を見てぱちぱちぱちと瞬きした。いったいだれだろうと怪訝に思っていると、白湯を運んできた傑山がそっと耳打ちした。

「先日、御師に挑むため槍を百本かかえてやってきて、筆一本で返り討ちにされた修行僧です」

なんとまた、南渓にしてやられた弟子が増えたらしい。

この松下常慶安綱《まつしたじょうけいやすつな》なる者は、遠州頭陀寺の地侍、松下源左衛門清景《げんざえもんきよかげ》の弟であるという。荒くれ者の多いといわれる秋葉山の僧兵らしく、眼力があり大柄で立派な体格をしている。天竜にある秋葉大権現を本社とする火防の神はこのあたりでも広く信仰されており、そのお札は失火を防ぐとして珍重されていた。

傑山が言うには、近年南渓を慕う弟子が増えすぎて寺の出費が嵩《かさ》み、逆に南渓の頭を悩ませているのだとか。

そういえば、こうして寺内に響く雲水たちのかけ声も、以前より増している。

「この常慶なるもの、粗暴にみえて意外にそろばんが達者なため、いままでは勝手向きのやりとりを任されております。弟子をまかなうために開墾を増やしておったのですが、そうするといろいろやりくりすることも増えまして。雲水らが寝起きする僧坊も足らぬありさまでして」

傑山は苦い顔だ。

「ここ一年で、増えすぎではありませぬか、おじ上」

「そうは言うても、向こうから来るのだからしかたがない」

「追い返せばよいのに」

「そうは言うても、帰らぬのだからしかたがない」

南渓は有無有無と頷くばかりである。傑山と香は顔を見合わせた。いくら仏弟子となって修行をつんでも、銭の悩みとは縁が切れぬものらしい。

「しかし香。そなたもあまりここに来るのはどうかと思うぞ」

「したが」

「聞いておる。小野の倅と、いよいよ娶せられそうになっておるのだろう」

南渓は筆を置いて、ふうっと息を吐いた。

「小野が奥山の姫をもらうと聞いてはいたが、跡取りの政次ではなく弟の玄蕃とは意外だった」

奥山家は家老の一人で、古くから井伊家と縁をもつ遠州の古豪である。奥山朝利には姫が四人もいるため、小野家は弟玄蕃の嫁取りを皮切りに、一気に井伊家の親類全体に関わりをもつことになった。

「中野家にも、奥山の布津《ふつ》どのが嫁いで来られるという話です。いま、奥山家では布津どのの姉ぎみ、日夜《ひよ》どのの嫁ぎ先を大急ぎで探しているのだとか」

「有無。しかしその日夜どのが政次に嫁してくることはあるまい」

奥山家と小野家の縁組みは、夏のころと決まった。しかし、兄政次の嫁取りは、いっこうに決まる気配がない。これについて、井伊の家臣団の見解は同じだった。小野和泉守は、なんとしても井伊家にこの政次を婿として送り込むつもりなのだ、と。

「小野のこと、お母君はなんと言うておられる？」

「母は…、わしの婿には政次でもよいのではないか、とすすめてまいります。以前はあんなに嫌うておったのに」

安佐はあいかわらず駿府のれんを頼りつつ、兄の新野親矩とともに香の縁談相手を探っていたが、ことここに至って、徐々に小野のごり押しに折れつつあった。

「なにより政次どのなら知らない相手ではなし、ここで駿府の今川を笠にきた高慢な公家かぶれの男がくるよりずっとましではないか、のう香」

今川義元の嫡男氏真は学問より蹴鞠を好む京かぶれの若者で、近習にも同じような重臣の息子達が取り立てられていた。――そんな男と娶せられるより、幼なじみの政次を夫としたほうが、より娘にとって幸せではないかと、母は思いはじめたようだった。

「なるほど、政次は知恵者だからのう」

もちろん、安佐が折れた理由には、政次がなにかにつけ母への気遣いを見せたこと、兄左馬助から、父に代わって評定の場に出てくるようになった政次の有能さを聞かされたことなどが大きいだろう。

しかし、それすらも政次の策略ではないかと香は睨んでいる。

「政次は、まだなにかを仕組んでいるはずです」

「なにか、とは」

たとえば、政次は左馬助になんとはなしに駿府の話をする――たとえば、ご嫡男氏真君に嫁がれるだろうといわれていた関口氏の長女瀬名姫が、どうやら人質としてやってきた松平元信のご内室になられるらしい。娘がいずれ遠い岡崎へいってしまうことを母君は心配し、反対したが、太守の下知とあっては仕方がない。遠からず瀬名姫は駿府から岡崎へ向かわれるだろう――などということも。

その噂を聞いた母はどう思っただろう。ぐずぐずしていては、太守は香を遠い北条家などに嫁に行けと言い出すかも知れない。そんなことになれば、井伊家には明確な跡取りが居なくなってしまう。

有無有無と南渓は頷いた。

「そうなるよりは、嫌っていた和泉守の息子を婿取りするほうがましだ、と考えられたのだろうな。…おそらく次郎も」

すべて、政次が意図的に井伊家中に流したのだとしても不思議ではない。政次という男をよく知っている香はそう考えているが、考えたからといってなにか物を申せる立場でないことも知っている。

おなごは、ただのおなごだ。井伊家の総領姫と呼ばれながら実の棟梁になれるわけではない。今川義元公の母君、寿桂尼《じゅけいに》のように今川家を裏で支配することができるのも、彼女が前当主の正室で、しかも正真正銘京の公家の姫であり、現当主である義元を産んだ人物だからだ。

女が物を申せるようになるためには、そこまでの手順が必要なのだ。安佐が気鬱の病になったのも、香の体をことのほか案じて薬ばかり飲ませるのも、いつも父の前で小さくなっているのも、すべて跡取りをあげられなかったということに尽きる。

「さて、政次を婿として小野の血を入れる。この策、井伊家にとって有りや無しや」

南渓はしばらく目を細めて考え、やがてすっと背筋を伸ばして香を見た。

「香」

「はい」

「そなた自身は、それでもよいのか」

言われて、香は黙って俯いた。昨日、おあんが持ってきたつけ文のことを思い出していた。

花の枝に結んであるなど田舎にあるまじき風流さが目について、中を開けずとも差出人がわかってしまった。

（政次だ）

この井伊谷に、香に付け文などよこす人間（しかも橘の枝というのが意味深だ）がほかにいるはずがない。

われをきみ　思ふ心の毛の末に　ありせばまさに逢ひみてましを

（貴女が私を想ってくださる心が毛の先ほどもあれば、かならず会いにいきましょうに、か…）

あいかわらず、小野家の人間らしい取り繕ったやりかただと香は思う。言いたいことがあれば自分の言葉で手紙を書いてよこせばいいのに、わざとそうしない。その上この歌そのものも自分の作ではなくて、小野小町の歌だ。

政次はそれほどまでに小野の家を誇りたいのだろうか。それとも小野の人間だからこそ、和歌をたしなむのだといいたいのだろうか。自分が井伊家に相応しい家柄であると、香の夫となるのになんの不足はないのだと。

（政次が、わしの夫に）

不思議なことに、香は政次が嫌いなわけではなかった。冷徹で計算高く、抜け目のない男だとは思うが、逆を言えばそれくらいでないとこの井伊家の家老はつとまらぬ。

ただ、香は気がかりだったのだ。政次が近くにいるときに見えるあの、白い帯。この井伊谷川の上流あたりにふらふらとたなびく、ぼんやりとした白い、空を泳ぐ鯉のようなもの。

香に不吉なことを知らせる黒い靄ともちがう。

あれは、政次がいる時にしか見えぬ〝奇妙なもの〟。

そして、事態は香の思っていた以上に忙しなく動いた。

潰瘍を患い、表舞台に姿を見せなくなっていた政次の父和泉守政直が、病をおして駿府へ向かった。父直盛には、正式に家督を政次に継がせ、家老職を譲るための許しを得にいくと説明した。直盛は和泉守の体を心配したが、最後の願いだという彼の気迫に負けて駿府行きを許した。

しかし、和泉守が義元から貰ってきたという許しは家督のことばかりではなかった。なんと彼は、義元から、嫡男政次を香の婿にせよという下知まで貰ってきていたのだ。

これを聞いて、井伊家家中は騒然となった。

ここにきて、己の命数が迫っていることを知って、いよいよ手段を選ばなくなったということか。和泉守らしいあまりにも強引なやりくちに父直盛は絶句したが、太守の下知とあっては逆らえるはずもない。

「いったいなんの騒ぎぞ、これは」

いつもは静けさに包まれている本丸の御館に、牛や馬のいななきが響き渡った。香は、この行列を後ろから見ていた。いつものように龍泰寺から戻ってくる途中、小野村のほうからいくつもの荷車が連なって、城を目指しているのが見えたのである。

華やかな漆塗りの御車行列を先導してきたのは、ほかでもない政次だった。

「父和泉守政直より、家老職、家督ともにこの政次に譲る、そのご挨拶にございます」

いつもの気楽な小袖袴姿ではなく、さりとて評定の場での大紋姿でもなく、正式な家紋入りの直垂を着ている。

侍女達も、とうとうこのときが来たと顔を見合わせた。

それらの荷は開くまでもなく、部屋が二つ三つ埋まるほどの長持ち、かますに包まれた荷の中には、ありとあらゆる女人のお道具類、小袖や打ち掛けが納まっているのに違いないのだ。

まるで、嫁入り行列だ。と香は思った。

嫁入り道具は、本来ならば嫁の親の側が用意するもの。それを婿入りする小野家がすべてそろえたというところに、相手側の並々ならぬ意志が感じられた。

これで、遂に決まったのだ。女である香に、太守の下知をはねのけることはできない。香は亀乃丞ではなく、この小野三郎左衛門政次と夫婦になる。

ゆっくりと政次が振り返った。その満足げな顔を認めたとたん、香は無意識のうちに体を反転させ、走り出していた。

「あっ、姫様！」

「香や、どこへいきやる」

香は走った。

本丸を飛び出し、灰色に枯れた田の間のあぜ道を駆け抜け、無心に南へ南へとひた走る。侍女が止めるのも聞かず、家人が追ってくるのも待たずにただ、ただ、唇を引き結んで走る。走り出す。山からわき出した水のように。

相変わらず抜いても整えてもいない眉の下にある目を見開き、水のように走る。足にはいつもの粗末な足半。午後に遠乗りに出かけるつもりで穿いていた袴が、いまは皮肉にも香の足取りを軽やかなものにしている。

（亀乃丞！）

神宮寺の川が見えたとき、川をさかのぼって亀乃丞のいる信州へいけたらと思った。

暴れるあまり天を駆け上ったという天竜川に住む大蛇のように。恋しいわけではなく、ただ会いたかった。香の中で亀乃丞は、あの恐ろしい師走の夜に別れたときのまま、一寸たりとも大きくなってはいない。だから、自分は眉を抜かなかったのだろうか。髪をあげても鉄漿もいれず、かたくなに大人になることを拒絶していたのだろうか。

それでも、いくら香一人が強情を張っても、時は止まりはしないのだ。天に昇る竜はいない。川の水はとどまることはない。

駆けて駆けて、龍泰寺の門の前まで戻って来た。上がった息を整えながら井垣に近づいていく。

年が明けたばかりの冬。深田に覆われた龍泰寺周辺は、土起こしが始まる前の活気もなく、水も引かれることもなく閑散としている。その向こうは見渡す限りの固い土ばかりの粟田。冬に収穫する生姜畑ですら目を奪うような色はない。

その中で、井戸端に生える二本の橘は、香が子供のころとかわらない、艶のある常緑を保っていた。

香は、そっとその葉を手のひらにのせた。大きなもので香の指より長いものもある。いにしえの時代、垂仁の帝が田道間守を常世の国に遣わして探させた〝非時香菓〟。永遠に生きるという象徴。食べれば老いもせず死にもしないあの世の霊薬。

(井伊を永遠に生かすための、わしは、霊薬か)

香には、この橘が恐ろしい。すべてのものが枯れ、色を失う冬にあって、なぜこのように変わらずにそこにただ在るのかわからぬ。それこそ、この木が常世のものである証ではないのか。

「香さま」

声がかかった。振り返らずとも、近づいてくる無数の足音で誰か来るのかはわかっていた。香に気遣ったのか、井戸まで来たのは政次一人だった。

香は、橘の葉から手を離して井桁に手をかけた。

「一條《いちじょう》の帝のころ、寛弘の年にここで共保公がお生まれになったという。知っているか三郎左」

政次はやれやれという顔をした。今更この井伊谷でこの話を知らぬ者などいなかったし、香がいつまで経っても政次のことを三郎左と呼ぶのにうんざりしていたのかもしれなかった。

「藤原鎌足《かまたり》十二代の子孫、備中守共資公が遠江守として村櫛へ下向の際、元日の朝にここにお参りされたと聞いています。そして、共保公を拾われた」

「井戸から生まれたという伝説もある」

「ただの言い伝えですよ、ありえない」

井伊家の人間、しかも己の主家を半ば侮辱するようなものいいに、香は驚いた。

「共保公は拾い子だった。つまり、寛弘の年から井伊家の歴史は始まったといえる。わが小野家は春日皇子《かすがのみこ》の流れを汲む。我らが和泉守や但馬《たじま》守といった称号を名乗れるのも、それが許される血統と歴史があるからです。我らは井伊家よりもずっと古い」

「それが本音か」

あっさりと言われて、政次は一瞬目をぱちくりさせた。次の顔は笑っていた。

「まったく、あなた様にはまるで敵わない。父もあなた様には一目置いている。人のよい直盛様や、引馬の大御所など怖くもないが、香さま、あなたさまだけは底知れぬ。その井戸ほど浅くはないようだ」

「そう言えば、そなたは昔から、わしが視えるというものに関心があったな」

政次は頷いた。

「はたして、井伊の小法師は本物なのか、それを見極めたいと思っていました。もし、あなた様に伊勢の巫女のような力があるのなら、敵に回すべきではない。我らがなにかを画策しようとも、それが井伊家に害をなすことならば、ことごとくあなたさまに見抜かれてしまうやもしれぬと思うたからです。

あの彦次郎殿たちの野辺送りの夜、本当はあなた様に声をかけるのをためらっておりました。恐ろしゅうて」

「恐ろしい？」

「あなたは、人ではないやもしれぬ」

政次の香を見る目には、ほかの人間を見るときとは違う、明らかな畏怖がある。

「覚えておいでか？　あなた様は連歌師宗匠宗牧が井伊谷にご到着になる日、もうすぐ雨が降ると言っておられた。まっ黒い雲が仏坂のほうから迫ってくると」

自分が、南渓に雨になると教えた日のことだ。

「あの日、たしかに井伊家にとって災いをなす者が三信（三河・信濃）の街道を下ってきていた。宗牧殿は太守義元公の間者でした。あなたの曽祖父直平どのと彦次郎どのらが結託して、太守の許しも得ずに勝手に武田と事を構えようとしていた。井伊家は謀反を疑われていたのです」

「それで、わしがその災いを雨雲と言い間違ったと？」

「然り」

政次は香に一歩近づいた。不思議なことだが、この男と相対するとき、香は頭の芯が深いところにある水に浸されたように、しんと冷える。

「その時に思ったのです。あなた様がおられる限り井伊家は霊薬に守られるだろう。では、我ら小野の一族が生き残るためには、井伊家の霊薬にあずかるしかないと。――その〝非時香菓〟」

彼が身動きしたことで、かすかに柿渋の匂いがした。絹を食う虫を寄せ付けぬために、柿渋は衣類の保存に使われる。それだけでこの直垂は、あまり頻繁に使うものではないことが知れた。

「帝でなくとも欲しいものだ」

香は、その政次の纏った直垂の紋が、小野家の桐紋でないことに気づいた。元々、遠州豊田に分家した小野家が、さらに井伊家の客分家老として迎えられ分家したのが、ここ井伊谷の小野家だ。そしてその紋は桐。和泉守も桐紋をもちいていた。なのに、いま政次の直垂にあるのは、見慣れた橘紋のぬいとりである。

「もともと、小野家は橘姓でもあり橘紋を多くもちいていました。ここ遠州とのかかわりは、かの参議小野篁が流罪となったおり、遠州赤狭郷に住み着いたのがはじまりです。ならば、我らがこの期に橘紋に改めてもなんの問題もありますまい」

この期、とはもちろん、政次が井伊家に婿に入り、香の夫となることを指すのだ。そのために敢えて井伊家と家紋を同じにしたと言っているのである。

政次は懐に手をつっこむと、白い息を吐きながら取り出した。手のひらに小さな紅箱があった。漆塗りの小さな箱に、金蒔絵と鼈甲の飾りが施されている。香ははっとした。その鼈甲で表されているのは、まさしく橘の木と実。〝非時香菓〟だ。

「めずらしい武州臙脂の京紅ですよ。最上のものとは少し色が違う」

「なぜ、わしに？」

「ご内室さまが、あなた様がいまだかたくなに紅も鉄漿もお入れにならない、と。しかし、もうよろしいでしょう」

もう、と彼は言う。政次は、どうやら香が紅をささないのは、いまだ亀乃丞のことを想っているからだと考えているらしい。

香は政次の差し出した小さな紅箱の蓋をじっと見た。橘の実を鼈甲細工で作るとは、わざわざ腕の良い京の、もしくは京から駿府へやってきた蒔絵職人に発注して作らせたに違いなかった。

「いかぬよ、三郎左。それはだめだ」

「受け取れないと?」

「違う、そなたもだ。申したであろう。紅など武士が持つものではないのだ、たとえ一時たりとも」

かつて、彦次郎と平次郎のおじが首だけになって戻ってきたのを見た。その黒ずんだ顔に白粉と紅を混ぜ、化粧をしたのは母だ。武士に紅は、それだけで死を意味する。

「しかし、われらの祝言は太守のお下知にございますぞ。いかなあなた様とてお下知に逆らうわけには…」

「逆らいはせぬ。ただ、そなたは駄目なのだ。そなたはいかぬ」

政次が嫌いだからという理由ではない。黒い靄のかわりに見える、あの空を泳ぐ、白く細長い鯉。

よくないものだとだけはわかる。言葉にするのは難しいが、香にはあれが受け入れがたいのだ。政次ではない。

なぜ、視える。

人には視えぬものが、なぜわしにだけ。

自分でも説明できない感情が潮のように寄せてきて、香は息が詰まった。一方政次の顔は強ばっていた。強く拒絶されたと思ったのだろう。怒っている。

「お受け取りなさい」

「いらぬ」

「香さま！」

「いらぬ。紅はいらぬのじゃ」

「では、なにを」

「──剣を」

今までどこか熱を帯びた目で香を見ていた政次の顔から、すうっと色が抜けた。

「紅はいらぬ。剣を持て政次。そら、そなたの腰にはいているその刀じゃ」

言うが早いか、政次の懐にとびつくようにして、腰の刀を抜き取った。まるで自分ではないような素早い身のこなし。抜き身は雲間から指す月光のように鈍く、ひらりと香の手によって振り上げられる。

あっという声が、しばらく離れたところで控えていた小野の家人たちの間からあがった。かまいはしない。

「これはどうした騒ぎか」

南渓の声がした。門弟に言われて慌てて飛び出してきたのだろうか、草履がうまく履けていない。

詳しく言えば止められるのはわかっていた。香はためらわずに垂れたままにしてあった己の髪をむずとつかみ、その根元に刀の刃をあてた。目をつむり力を込める。

なにか、べつの人物が乗り移ったかのような動きであった。

悲鳴のような呻きがあがった。見ると、前で政次がまるで瞬きもできぬ人形のように、目をひん剝いて突っ立っている。

「髪が……」

香の髪は、ちょうど肩にかかるかかからないかぐらいの短さでばっさりと切り取られていた。

「おじ上、これはよいところに」

身をよじるたびにばらばらと音をたてて落ちる髪にもかまわず、香はまっすぐに南渓を見た。南渓が厳しい顔で駆け寄ってくる。

「見ての通り、井伊直盛が一子、香、ただいまこの場にて髪を下ろしました。かくなる上は明日より仏弟子になるための修行をいたしたいと存じます。よろしくお導きくださいませ」

香の足下に溜まった黒く長い髪を見て、南渓は叱咤した。

「この、おお馬鹿者が！　このこと、次郎が知ればなんというか……！」

「なんといいますでしょうな」

いつの間にか香は声を上げて笑っていた。怒号すら心地よかった。

香は剃髪したのだ。それも自ら、井伊家発祥の井戸の前で。俗世のすべてを捨て去ったのにもかかわらず、たったいま、香は生まれたときからずっと、きつく締めていた帯を解いたような解放感を得ていた。

「そなたには悪いと思う、政次。だが、わしは紅はいらぬのじゃ、生涯」

刀を政次に手渡した。

「生涯、飾らぬ」

わずかに手に触れても、彼はまだ呆然として言葉もないようだった。香はほんの少し政次と、そして自分を哀れに思った。時折政次と会っているときに現れる白い鯉。あれさえなければ、政次と夫婦になると言われてもこのような暴挙に出ることはなかっただろうのに。

(勝手に、この手が動いた)

目の端に、つるつるとした橘の葉の緑が目に入った。

〝非時香菓〟

人を、そして井伊家を永遠に生かすという霊薬、常世の黄金の実。

まるで操られている。

――もう、自分は紅を口にすることはないだろう、と香は思った。

三　伊那の青葉

「成る程のう、万千代。そなたの持ってきた薬が、やけに癰に効いたわけはわかった」
愛用しすぎてぼろぼろになった和剤局方を文台の上に広げ、家康は漫然として言った。背中に酷い癰を患い、浜松の城でお気に入りの井伊直政に昔語りをさせてから、はや数ヶ月が経っている。

天正十四年（一五八六）十二月四日、家康は自ら大改築を施した浜松の城を出、駿府城へ移った。秀吉の妹朝日姫を娶った直後のことである。

ここ駿府はかつて今川領の中心地であり、東の京とうたわれた大きな街だった。もちろん家康にとっても因縁浅からぬ場所だ。彼は八歳のときに人質として三河から連れてこられてから、桶狭間で今川義元が急死するまで実に十一年の長きを、ここ駿府で過ごしたのである。

「今川の流れの末も絶えはてて　千本の桜散りすぎにけり」

と、家康はしみじみとつぶやいた。家康の歌ではない。天正十年の四月、甲府からの帰り、駿府に徳川家康を訪ねた織田信長《のぶなが》が、今と川を今川に掛けて詠んだと言われるものである。

人質と聞けば、さぞかし家康は今川氏を恨んでいただろうと思うかもしれないが、意外にも家康は義元に対してまったく遺恨をもっていない。父親を家臣に殺され、織田家に人質にやられ、また今川の人質と苦労したのは確かだろう。だが家康はここで太原雪斎《たいげんせっさい》ら最高の教師陣のもと、武将として必要な知識を身につけた。

ともあれ、四月ほどかけて因縁深い城に手を加えたのち、家康は浜松から身を移すとになった。直政と会うのは久しぶりである。家康は、部屋に呼びつけるなり共に食事をとろうと言い出した。

「ついては、そなたに褒美をつかわしたい。あの気むずかしい大政所をよう相手してくれた」

それというのも直政は現在ここ駿府ではなく、三河岡崎城につめている。人質としてやってきた秀吉の母大政所のお世話役をつとめているのだ。初めて顔を合わせてからというもの、大政所は直政の細やかな接待に大変満足し、直政はこののち秀吉からじきじきに感謝状をもらうことになるほどだった。

「褒美、ですと」

主君と食事を同席するのは家臣の誉れである。本来なら素直に喜ぶところであったが、直政は違った。

「――殿」

「なんじゃ」

「まったくもって懲りておらぬようですな」

十五の時から家康の小姓として側近くに仕えていた直政である。家康がなにを考えているかなどお見通しであった。

なんと、家康がいそいそと取り出してきたのは、いつもの和剤局方と愛用の薬道具一式、薬箪笥である。

「薬はおやめくだされとあれほど申しあげましたぞ」

直政はすごんだ。

「ま、万千代」

「癰をこじらせたせいで高熱が出て命まで危ういところでしたのに、またご自分で妙なものをお作りになっておるとは！」

一瞬、団栗眼を最大に見開いた家康は慌てて取り繕った。

「それ、それじゃ。そなたのくれた癰の薬を調合しようと思ってな。あの薬はじつによう効いたのでな。翠竹院に井伊谷あたりで名のしれた金創医のことをきいたら、田代《たしろ》三喜《さん き》かもしれぬというではないか。それはぜひ調合の仕方を残さねばならぬと話し合っておったのよ」

どうやら家康は、自分の命を救った薬が井伊谷などという田舎にあった理由は、直政の義理の祖母である安佐が、娘のために有能な医師を駿府から呼んだためだと考えたらしい。

薬好きというよりは、なまじの医者より知識のあった家康である。とうとう好きが高じてこの駿府に自分の薬草園を作ってしまった。そこで百種類以上の薬草を栽培させ、京から有名な医師を次々呼び寄せて頻繁に会合を行った。それだけなら良いのだが、薬草園を作ったことで調合趣味に拍車がかかり、家臣たちはありがたくも主君手ずから調合した、中身のよくわからない薬をいただくことになったのである。

「これはわざわざ蝦夷の松前《まつまえ》殿が送ってくれてな。大変貴重な薬で腎気を増し養気を助くという。万千代、そなたにやろう」

大坂との間を奔走する直政をねぎらいながら、自分が調合した謎の丸薬を奨めてくる家康を、奨められた家臣のほうは冷ややかに見つめた。

「……なんですか、これは」

「よくぞ聞いてくれた。なんと、世にも貴重な膃肭臍《おっとせい》じゃ」

「…………」

膃肭臍というのはオットセイの陰茎から作る滋養強壮剤のこと。家康の漢方好きを聞きつけた松前慶広《よしひろ》が送ってきたもので、松前は蝦夷地の大名であった。

直政は険しい顔のまま絶句した。このとき、直政はまだ二十六歳の男盛りで、ほかでもない家康の養女と祝言をあげたばかりである。

「いいかげん、家臣に妙なものをお配りになるのをおやめなさいませ！」

主君相手に一通りいつもの説教をしたあと、直政は浜松で途中になっていた井伊家の話を再開した。

直政の機嫌を損ねたのがわかった家康が、話題をむりやり変えたためであった。

膳が運ばれてきて、少し早めの昼食となった。最近家康は、麻機《あさばた》の蓮根と山芋をすったものを麦の飯にかけて食べることが多い。

「以前、そなたの話に蓮根が出てきたゆえ、これを用意させたのよ」

家康は満足げに飯をかっくらう。

「そなたの養母――次郎法師どのは、瀬名とも頻繁にやりとりしておったようだ。瀬名の母れんどのと直親どのは叔母と甥。瀬名とは歳も近かった。人質を出したことといい、徳川と井伊はなにかと似ておる。同じ、今川という大きな傘の下にいたのじゃからの」

直政の話の中に出てきた今川という家の名に、家康は何度も興味深げに目を動かした。

中でも家康が関心を示したのは、まだ亀乃丞と名乗っていた直政の父直親が小野和泉守に追われて信州に落ち延びるくだりだった。

「縁の深い禅寺を頼って落ちられたあと、直親どのはどうなされたのだ?」

「二十《はたち》で井伊谷に帰還するまで、市田の郷に居を構え、おもに松源寺で修行をしておったそうです。そのうち、庇護を受けていた下伊那領主である松岡兵部大輔頼貞《まつおかひょうぶだゆうよりさだ》の館に出入りするようになったとか。父はもしや、井伊谷に戻れぬ時のことを考えていたのかもしれません」

家康は黙ってうなずく。このとき、直政の父が松岡氏の家来になろうとしたということは考えられなくもない。井伊谷に小野和泉守のある限り、直親は天竜川を下って信州を出ることはできないのだ。二十になっても元服もできず、むろん婚約者と夫婦になることも、家督も継げないとあっては、別の道を模索していたとしても不思議はないだろう。

「儂もこの駿府で同じことを思うた。いつまでここにおればよいのだろうと。義元公はご自分の子と同じく儂に目をかけてくださったが、松平の嫡子が岡崎におれないのでは意味がない。かといって、あのころの今川に逆らえる土豪は遠州にも三河にもおらなんだ。信長公が桶狭間で義元公を討たれるまでは」

歳をとったせいか、今川のことを語るとき、家康はどこか遠い目をした。

桶狭間は、いままで今川という大きな重石《おもし》の下、蓋をもちあげられないでいた遠州の領主たちの運命を急激に変えることになった。

そして、今川被官であった井伊家もまた、その混乱の渦にいやおうなく巻き込まれていった。

「弘治元年（一五五五）に、わが父直親は井伊谷に帰還いたしました。きっかけは、目付家老であった小野和泉守政直が死に、家老が年若い息子の政次に替わったことでございます。いくら知恵者とはいえ、まだこわっぱの政次に和泉守ほどの影響力はないと、祖父直盛は考えたのでしょう。あっという間に呼び戻す手はずをととのえました」

「あのころは、川中島で武田と上杉《うえすぎ》がやりあっておったのだ。義元公は仲介役をまかされ奔走されておられた。そなたの祖父は、その隙にうまく動いたのだな」

「はい」

「もっとも、井伊家にとっても苦渋の決断だったはずだ。下伊那では信玄《しんげん》公の勢力が日に日に強まっていた。武田と今川は同盟関係があったため、松岡が信玄公に屈服すれば、駿府に直親どのを引き渡されかねない」

実際、このとき松岡頼貞は、近郊の国人たちが次々に信玄に滅ぼされていくのを見て抵抗を諦め、五十騎の軍役を課されることで早々に武田の軍門に下ったのである。

「松源寺で父は修行僧たちに混じって武芸や五経を修めましたが、ことに笛をよくしたと伝えきいております。その時の笛は青葉の笛と呼ばれ、井伊谷に帰還する際、世話になった渋川八幡に納めたそうです」

「ほう、笛を」

青葉の笛といえば、敦盛《あつもり》の一ノ谷のくだりが名高い。〝笛の名は多けれども。草刈の吹く笛ならばこれも名は。青葉の笛と思し召せ〟とは武家ならば誰でも知っている。

「父が下伊那へ落ち延びた日は、偶然にもこの寺野で火祭りが行われている最中であったとか。父はこの逃亡の際に見た火祭りのことを強烈に覚えていた。もともと勉学や体術訓練よりも歌舞音曲が好きだった父は、落ち延びた下伊那の湯立神楽を見てこの寺野を思い出し、笛を始めたそうです」

「なるほど」

「当時、下伊那の左閑辺《さかんべ》には笛の名手と呼ばれる娘がいて、その娘がこの祭りで笛を奉納するのを、松源寺に来たばかりの父が偶然見ていた。その後、その娘は地元の豪農の出とわかり、情をかわして子ができたそうです」

とろろ飯をずずりと飲み込みながら、家康はふと怪訝に思った。直政はこの父とは物心つく前に幼くして死に別れている。養母であったという香姫――のちの井伊次郎法師直虎ももろんのこと下伊那にはいない。そして、直親は井伊谷に戻ってすぐ、井伊家の縁戚である奥山朝利の女《むすめ》日夜と結婚している。

直親が、井伊谷に戻ってから次郎法師にこのときのことを語ったのであろうか。しかし、直政が言うには、直親には下伊那に女がいたという。そしてその女は直政が生まれるよりも早くに子を産んだというのだ。婚約者だった女性に、ほかの女のことをこうまで詳しく語るだろうか。

ただ伝え聞いたにしては、直政は面影もないであろう父の、信州での暮らしを知りすぎている。

家康が箸を動かさずにじっとしているのを、直政は同じくとろろ飯を嚙みながら見ていたが、ふいに、

「ははあ、殿」

なぜかしてやったりという顔で、にやりと笑った。

「さては、某が何故、父のことを知っているのかとお疑いですな」

「疑っておるわけではない。だれぞに聞いたのであろう」

「では、某がこのとろろ飯を食い終わるまでに、そのだれかをお考えくださいませ」

思わぬ頓知を投げかけられ、家康は団栗眼をさらにぎょろりとさせる。

「おい、万千代」

とまどっている間にも、直政の椀の中からうす茶色のとろろ飯がどんどんと無くなっていく。

ああ美味かった、と直政は一息つき、問いを投げかけたまま放置していた主君のほうに改めて向き直った。

「簡単なことです。某が、その父と情を通じた女に直接聞いたのですよ」

十分に考えられることだったが、家康は非常に驚いた。

「では、直親どのはその女を側室として下伊那より連れ帰ったのか」

直政はまたあっさりと首をふる。

「井伊谷に戻る道中、父はのちの義父となる奥山朝利公、つまり某の祖父に世話になり、元服の際には烏帽子親をも務めてもらっております。祖父は当然、井伊家の家督を継ぐために呼び戻された父に、多くいる娘の一人を嫁がせたいと思っていたのでしょう。事実、我が母日夜がすぐに父に嫁しました」

「では、直親どのは女連れではなかったのか」

さすがにそこまで分別のつかぬ男ではなかったということだ。女は信州の里に捨ておかれたのだろう。しかし、それではまだ疑問が残る。その後いったいどのようにして直政はその女から、父とその笛のことを聞いたのであろうか。

直政は煮物にされた麻機の蓮根を箸でもちあげ、まるで漬け物のように口の中でじゃくじゃくと音をたてた。浜松近くの麻機は古くから湿原としても知られており、蓮や高級蓮根が栽培されている。ここの蓮根はほかのものと違って細身で節がくっきりとしており、納豆のようにねばねばと糸をひくのだ。

「きぬは激しい性質《たち》で」

「ほう。きぬ、と」

「わが乳母にて。たいそうな笛の名手でございました」

にこりと直政は笑ってみせる。ここから先は、その気の強い乳母に聞いた話になるのだろう。家康もまた、口の中にねばりけのある蓮根煮を放り込む。

「――里を捨て、生まれたばかりの子まで親類に預け、ほとんど身一つで下伊那から井伊谷へやってきたのです。女とはまこと、存外粘るものでございます」

＊＊＊

取り上げ婆がもうもうと白い湯気をあげる盥を運んできた。とたんに、きぬは見えない布で口を塞がれたように息苦しくなった。月夜だが、あかりはない。この産屋に窓はなく、人界からは隔絶されている。お産や月経は不浄な血を多く流すからだ。

きぬの住む下伊那では、お産は窓のない納戸で行うのが習わしだった。しかしきぬの家にはそれ用の離れがある。竈まで備えていて、なまじその辺の百姓の家より立派かもしれない。代々、ここできぬの家に嫁に来た女が子を産んできたのだろう。畳はなく、穀物を入れる袋に使うシナ布をかさねたものが敷かれているだけだが、腰につめる真綿の布はたくさんあった。それもきぬの家が裕福なせいだ。竈を別にして火を分けるのもお産が不浄とされるからで、いくら腹の子の父とはいえ近づくことは許されぬ。

(どうせ、腹の子に父などないが)

体は熱を帯びて火のように熱いが、頭の芯はさめていた。もう丸一日、このにおいの籠もる産屋で耐えている。

苦しい。痛い。呼吸は荒く不規則で、いくら深く吸うのだと言われても思ったとおりにはできない。腹の子は、さっきから足の裏できぬの腹を蹴っている。まるできぬが憎くてならぬように。地団駄をふんで悔しがる。だんだん、だだん、まるでお神楽の囃子のようだ、ときぬは思った。

「苦しいか。そうじゃろう。お産とはそういうものじゃ。たった一人で戦う女の戦だからの」

婆が枯れ木のように硬く皺だらけの手できぬの股をなでた。

「なあに父なし子などようけおる。おまえさんも子さえ産めればどこにでも嫁にいける。そういう女をほしがる男はようけおるんじゃ」

慰めにもならぬことをぶつぶつ言って、勝手に笑った。

「このぶんだとすぐじゃ。初子は時間がかかるが、ほうれもう股の穴が拳ほどに開いておる。あと小半時もすればごっそりと出てくるぞ」

そう言って、取り上げ婆は小屋を出ていった。湯がもっといるから、と外で待っている女たちに告げているのが聞こえる。

ごっそりと出てくる、という婆の言葉がどこかそら恐ろしかった。きぬは子産みは初めてである。年があければ十八。特に早い遅いという歳ではない。だが、きぬが子を産むことに対して家のものがあまり熱心でないのは、腹の子の父がいないからだ。正確にはいたが、いなくなった。おそらく亀乃丞はきぬの腹に自分の子がいたことを知るまい。

知っていれば、連れていってくれただろうか。それともここに…、伊那に自分といっしょに所帯をもち、伊那の人間として生きてくれただろうか。きぬは一定の間隔でやってくる腑腸《ふわた》をねじくられるような痛みを紛らわすために、あれこれ脳裏に思い描いた。

しかし、それもまたうまくいかなかった。夫婦に…？　いや、そうはならなかっただろう。あの方はそういう人ではない。遠州の名門井伊家の人間であり、いずれは家督を継ぐだろうと言われている。あの時こそ人目を忍んで寺に隠棲していたが、井伊谷に戻れば婚約者だという本家の姫様が待っていたのだ。……たかだか地主の娘が本気で相手にされるわけがない。

(違う、違う。そんなことわかっていた。手に入れられないことはわかっていた)

あの方は、左閑辺のお神楽で焚かれる湯立の煙のようなものだ。熱すればぶわりとたつが、それも一瞬のことで、やがてなかったように霧散してしまう。この手につかむことはできない。

きぬの家は下伊那の郷、左閑辺の大名主で、領主である熊谷《くまがい》家とのつながりも深い豪農である。伊勢の宮司の出ゆえ青谷《あおだに》という名字を名乗ることを許され、近くの大森神社の禰宜《ねぎ》も出している。

きぬはこの青谷の家の四女として生まれた。

山のお神楽と桑畑の間で育った。青谷の家の子は産着までお蚕ぐるみで、熊谷家が治める領地の中でもいっとう裕福だった。左閑辺の郷ではほとんどの家が林業を営んでいたが、自分たちが食べるぶんの米や粟は作っていた。年貢は木材であり、ほかには急斜面を切り開いて植えた桑畑が多く、真綿《からむし》を作っていた。

幼い頃は、この蚕を供養した塔にだけはよじ登ってはならぬときつく言い聞かされた。金に代えられる産物で、雪深い冬の間の女の仕事として、養蚕と紬糸は大事な産業だった。

いまも響いている、こーんこーんという木を切る山の音。夏になれば切り立った山一帯に桑の青葉がしげり――、遠州街道を通って飯田の紅、下條のたばこ、さまざまなものが材木とともに荷車に積まれて行き来する……

そして、冬のお神楽。

（ああ、お神楽。お神楽が見たい）

目を閉じて、痛みをやりすごした。瞼裏に蘇ったのは、腹の子の父の顔ではなく、もうもうと焚かれる湯煙の白さだった。

きぬの父青谷半兵衛《はんべえ》は、自らの家が伊勢の神官の縁をもつことを誇りとしていた。そもそも、ここ左閑辺はあまりの山里のため、さまざまな地方から落人がやってきて郷人として住み着いた場所である。代官である熊谷氏のほかに、隣の富山村の多田《ただ》家、田辺《たなべ》家は木曽義仲《きそよしなか》縁の源氏の落人であり、そして但馬国から村松家などの浪人も流れ込んできて、一気に開墾されていった。きぬの家はどの家とも縁戚関係を結んでいるが、もとは伊勢の人間である。名門関《せき》氏を筆頭に、伊勢から流れ込んできた神官の一族は、伊勢風の神楽をこの地に持ちこんだ。それがいつしか、この地にもともとあった土着のものと融合して、格式のある奉納舞となったのだ。

きぬは、七つのときに初めてこの神事に参加することを許された。あまりに篠笛が上手かったため、禰宜を務める叔父がぜひともときぬを推薦したのだ。そのころからきぬは、笛はおろか男舞をよくし、女文字だけではなく漢語も読む才気走ったところがあった。

そして、ある年の神楽の笛を吹いていたとき、亀乃丞に会った。亀乃丞は十歳。この下伊那にある松源寺という寺に落ちてきた井伊家の人間で、寺で一年ぐらい修行をしていた。

（あの方、恐ろしげに顔を強ばらせていた。だけど、一心に剣の舞を見ていた。目をそらさずに）

お供に連れられた少年は、光沢のある単衣に天冠をかぶり、頰にも口にも紅をさした巫女たちよりずっと可愛らしかった。目は大きく黒く、星を秘めたように輝いていた。きぬは自分でも驚くほど詳細に、昔のことを覚えていた。おそらく、亀乃丞がこういった閉鎖的な神事では目立つ、よそ者だったからだろう。

（きっと藤七郎が亀乃丞を慰めるために連れてきたんだ。わずか十歳の子供が故郷を離れ、家族と引き裂かれ、ひとりぼっちで寺にいるしかなかったんだもの）

きぬの知る限り、あの今村藤七郎はよく気が付く人間だった。亀乃丞のためならなんでもするし、どんな苦労もいとわない。思えば、一番はじめに亀乃丞に笛を教えてやってくれないかと父半兵衛を介して頼んできたのもあの男だった。

（そう、若君は音曲がお好きだから、ぜひ教えを請いたいと）

きぬが亀乃丞と再会したのは、十三になったころのことだった。きぬはそのとき座光寺にある親戚の家に住んでいて、叔母から行儀作法を教わっていた。母は早くに亡くなったため、青谷の家には女手がなかったのだ。きぬの父は、きぬが四女で姉妹たちの中でもことさら器量がよかったこともあって、その叔母の養女にしてゆくゆくはどこぞに嫁にやってもらおうと思っていたらしい。

今村藤七郎は、座光寺の屋敷で笛の音を聞いた亀乃丞が、自分に興味をもち、ぜひこちらのご息女に教えを受けたいと請うていると言った。きぬには心当たりがあった。いつも松岡の城あたりできぬが笛の練習をしていると、寺の稚児らしき少年が、ちらちらこちらを見ていることがあったのだ。

一月に一度か二度、亀乃丞は松源寺の住持の許可を得て、座光寺の屋敷へ笛を習いにくるようになった。

「そなたの笛を聞いたことがあると思った。あの左閑辺のお神楽で、笛を吹いていた子巫女がそなただった」

あのとき亀乃丞は修験僧に化けた井伊家からの使者と会うため、わざわざ左閑辺まで来ていたらしい。そこを、今川の刺客である右近次郎という弓の名手に狙われ、九死に一生を得た。

「それからは、藤七郎も松源寺からなかなか私を出してはくれない。せめて笛でも習いたいと言ったら、そなたのことを教えてくれたのだ」

なにが笛だ、ときぬは思ったが、この亀乃丞という少年が大人たちの企みに気づいていないことを知って逆に興味を持った。

笛など口実だ。ようは今村藤七郎とて、亀乃丞になぐさめを与えたいのだ。この山に閉ざされた寂しい地にとどまらざるを得ない井伊の貴公子の無聊《ぶりよう》を癒すための、側女。

もともと座光寺の叔母の家は飯田の脇坂《わきさか》家の縁続きで、広い土地を貸して延丹《のべに》を作っているたいへんな豪農だった。叔母はこのあたりの国人座光寺《ざこうじ》氏の一族の誰かにきぬを嫁がせようとしていたが、相手があの井伊家の跡取りとくれば拒むわけもない。あれほどしつこくきぬに奨めていた結婚話をとんとせぬようになった。叔母としては、ここで亀乃丞ときぬがうまく情をむすび、亀乃丞が井伊谷に戻ったあと側室の一人にでもしてもらえれば大出世であると考えたのだろう。笛を習いにちょくちょく屋敷を訪れるようになった亀乃丞を、下にも置かぬもてなしで快く迎えた。きぬはそんな叔母の野心を知りながら、気づかぬふりをして亀乃丞に笛を教えた。

美しい稚児だと思った。六年前にお神楽を見ていたときも、星のような目をした子供だと思ったが、その面影は不思議なほど変わっていない。ただ、背はうんと伸びてきぬよりはるかに高く、手も足もひょろりと長くなっていた。顔以外の部位を餅のように伸ばしたようだときぬが言ったら、亀乃丞は顔をくしゃっとさせて吹き出した。その細めた目からも、光の粒がこぼれるようだった。

そのこぼれた粒でいいから欲しい、ときぬは強く思った。

きぬが亀乃丞に笛を教えて、長い月日が経った。

亀乃丞はその後もするすると背を伸ばし、あっという間に今村藤七郎を追い越して大の男と変わらぬようになった。

笛の腕も上達させ、その音色は松源寺近くの松岡の城に、わざわざ聞かせにいくほどになった。きぬが教えることはもうなくなったが、変わらず亀乃丞が座光寺の屋敷へやってくるので、きぬは亀乃丞の笛に合わせて舞を舞った。

亀乃丞は男としてまったく屈託のない性格で、きぬの前でも平気でほかのおなごの話をした。井伊谷城主井伊直盛の娘、香と婚約していたこと、この同い歳の従兄弟違いとは本当の姉弟のように育ち、いずれ祝言をあげる予定だったこと。そのいずれも叔母からすでに聞いていることだったが、亀乃丞本人の口から聞かされると、自分自身がおなごとして見られていないことを思い知らされるようで歯がゆかった。

「いまも、井伊谷が恋しゅうございますか」

「いや」

と言って、亀之丞はその先を言うのをやめ、首を振った。

「自分の心を偽るのは良くないな。恋しくないというのは嘘になる。だが、井伊谷にいれば笛など吹けなかった。それだけは確かだ」

「なぜ」

「お屋形さまには香どの以外お子がおられぬ。ゆえに儂は、幼い頃から井伊家を継ぐものとして周りから期待されていた。武芸に秀で、遠州の鬼武者と呼ばれた直平公に劣らぬ武将となることを。それに許嫁の香どのは、南渓禅師を言い負かすほどの才をお持ちだったのだ。一方で儂は勉学嫌いで、武芸も決して得意とは言えず…。儂が舞や笛が好きなことを知っていたのは、南渓の叔父上と香どのくらいだった」

亀乃丞は懐から、扇を取り出してゆっくりと広げてみせた。金地に松の緑が映える美しいもので、表は日、裏に月が描かれている。日月松の扇と呼ばれているものだときぬに教えた。

「井伊を去るときは儂はまだ幼く、急を要していた。身ひとつで落ちねばならなかった儂に、叔父上が龍泰寺に伝わる扇を、せめてもの守りにと持たせてくれたものだ」

「縁あった故でしょう。亀乃丞さまは、歌舞の才能がおありです」

「では、ここへ流れ来たのも縁というものか。どれほど好きでも、習いとうても、井伊では周りがそれを許してはくれなんだ。なにもかも香どののほうが優れていて、儂はいつも香どのについていくので必死だった」

井伊谷にいたころのことを話すとき、亀乃丞はかならず、この香姫のことを口にした。

「それに香どのは、井伊谷では特別な存在だったのだ。昔から、香どのにはほかのだれにも視えぬモノが視えるとおっしゃっておられた。じゃから、みな香どのを井伊谷の小法師さまと呼んでありがたがっていた」

「小法師」

「そうだ」

彼は短く頷いた。遠州のほうでは、そのような千里眼の持ち主を小法師と呼ぶらしい。

「特に疫病の流行した集落では赤い顔をした小鬼が田楽を踊っておったり、橋の上から蝗の大群のような黒い靄が視えたりするとか」

なるほど、それはまったく希有な力だときぬは感心した。まことなら井伊家は卜問などせずとも、香姫という比類なき巫《かんなぎ》を得ているということになる。

「香姫さまは、きっと神を降ろす大祝《おおはふり》の器でいらっしゃったのでしょう」

きぬがもっと童女のころ、その能力を請われて諏訪の大社に一年の間、大祝として行ったことがあると話すと、彼は興味深げに耳を傾けた。

「なんと。諏訪では童子が大祝になるのか。童子でなければ神が降りぬからか」

信州にある諏訪のお社《やしろ》は神代から続く精霊信仰の中心で、このあたり一帯から集められたよりしろに相応しい幼児らに、ミシャグチと呼ばれる神を降ろす。山神であるチカトの鹿の神やソソウの蛇神、木石の神が降りるときもある…

なにぶん大昔のことなので、きぬは少しずつ思い出しながら語る。すると、亀乃丞は驚いたように、香姫は橘の神木の化身と呼ばれていたと話し出した。

「そもそも香という御名は、不老不死の霊薬である橘の別名、非時香菓から付けられたという。だから、井伊谷のものは皆、香どのは、我が井伊家に伝わる橘の木の化身なのだと思っていた。こうして、香どのが通るたびに皆が手を合わせてな。南渓の叔父上も、お父君のお屋形さまでさえ、香どのの言うことには一目置いていた。香どのは嫌がっておられたが、儂はどこか誇らしかった」

きぬは黙って何度も頷いた。神仏に祈ることや占いが政治のあり方や、時として戦の行方を大きく左右することは珍しいことではなかった。どの領主もなにか大きな決断をする前に、寺領を還付し、あるいは社の修理料を寄進してゆくえを占わせた。筮《めどき》を取ったり神籤《みくじ》を取らせたりと、方法はさまざまであったが、神意を得たいと思う心は同一であった。

もともとは伊勢の禰宜の出。きぬとてそのあたりの事情はよくわかっている。どれほど勢いのある武将とて、神仏の意図に心を配るものなのである。井伊谷でその香姫がどのような存在感を放っていたか想像に難くない。ましてや姫は、領主の一人娘だというではないか。

(会ってみたい。まことその姫、先を読む眼の小法師なのか)

いつしか、きぬは亀乃丞という男を介さないところで、まだ見ぬ井伊家の総領姫へのあこがれを募らせていった。

「あの左閑辺の神事を見たとき、香どのにも見せてやりたいと思った。きっと香どのには伊那の神々が視えるに違いない」

それから、たったいまきぬの存在に気づいたように彼女を見、ふっと表情を崩す。

「それから、そなたの笛も」

きぬに香姫のことを語ってからしばらく経った後、いつものように藤七郎を伴って屋敷へやってきた亀乃丞は、繻子の袋からきぬが見慣れぬ横笛をとりだした。聞けば、松岡の領主さまに笛を上奏した際、下賜されたものであるという。

「なんでも、左閑辺の熊谷家ゆかりのものであるらしい。お神楽で使われたものであろうか」

銘はないというので、きぬは言った。

「では、まこと青葉の笛やも」

「青葉の？」

「あのお神楽の奉納される左閑辺はもともと、平家の敦盛《あつもり》を一ノ谷で討ち取った熊谷次《じ》郎直実《ろうなおざね》の子孫が開いたとされる土地なのです」

きぬは語った。観世の能にある敦盛は、熊谷次郎直実が出家して蓮生《れんしよう》と名乗り、自分が手をかけた敦盛の霊を弔うために一ノ谷へやってくるところからはじまる。直実は平家の若武者敦盛があまりに美しく、若く潔くあったため殺すことをためらうが、武功に逸る源氏方の武士が大挙して押し寄せてきたため、無惨に首を取られるよりはと泣く泣く手にかけるのである。

そのとき、敦盛が兜に忍ばせていたのが青葉の笛と言われるものだ。

きぬの語りを、亀乃丞はひどく興味深げに聞いていたが、やがて微笑んだ。

「では、これはまさしく青葉の笛だ。そう呼ぼう」

そう悪戯っぽく笑った目からまた銀がこぼれ、きぬはやはりそれを両手ですくいあげて自分のものにしたいと思った。

きぬが亀乃丞と敦盛をあわせるようになってから、またしばらく時がたち、桃が咲き、冬がきてまた左閑辺ではお神楽が舞われ、きぬは故郷に帰れぬ亀乃丞のために刀を抜いて剣の舞を舞った。右手に鈴を、左手に抜き身を持って舞う、激しく長い舞で、上衣、やちご、剣、抜き身と四つの採り物に代えて舞う神子舞である。

十八になった亀乃丞は、たびたび松岡の城を訪れ、城主兵部大輔頼貞と笛だけではなくほかの話をするようになっていた。

「きぬ、そなたももう十六え。亀乃丞様がそのおつもりでないなら、嫁ぎ先を急いで探さねば」

座光寺の叔母は二人がまだ情を交わしていないことに少し苛立っているようで、亀乃丞が松源寺へ帰ると、どうなっているのかとせわしなく問いつめた。

「亀乃丞さまとて十八。なのにまだ元服も許されず、井伊谷へお帰りになるそぶりもない。いっそ、このまま松岡様の家臣になってしまえばよいのに」

そうして、きぬのためにとそろえた嫁入り道具がなかなかこの家を出て行かぬことを嘆いてみせるのだった。

（あの方は、私と契るつもりはないのだろうか）

叔母の血相を変えた様子に、きぬは夜一人になって、月明かりの下、鏡をのぞき込んだ。

幼い頃から、美しいと言われてきた。特にふっくらとした頬に瓜形をした涼しげな目元、椿の油など塗らなくとも十分に艶のある量の多い黒髪。中でも、光沢のある白い肌は誰もが賞賛するところで、生まれたときからこの子は器量がよいと評判だった。きぬという名は、左閑辺で紡がれる上質の絹よりも美しいというところから、父が名付けたのだ。

肌だけではない。十を過ぎたころから眉を抜き、鉄漿をいれ眉をつくった。頬の紅すら、紅粉溶きという職人が作ったできあいのものではなく、自分で調合した。こんな閉ざされた山奥ではあったが、それでも、だからこそ女達は出来る限り美しく着飾った。叔母がきぬのために用意した化粧道具は多岐にわたった。十二の手箱、櫛箱、角盥、鍍金、塗桶、毛抜き、眉作りに櫛三種。ただ、これらの中でも白粉包みだけは一度も開けたことがないのが、きぬの密かな自慢であった。

なれど、何を考えているのか亀乃丞はなかなかきぬと情を交わそうとはしない。叔母が気を利かせて酒を運ばせても手を付けず、熱心に笛を吹き、話をするだけである。それでもきぬは、亀乃丞に愛想を尽かしてほかに嫁ぐ気にはなれなかった。亀乃丞は得難い男だった。この下伊那を出ることになっても、あのような男に会うことはできないだろうという確信があった。

このまま、亀乃丞に愛されることなく、この山奥で老いていくのだろうか。きぬは「痛はしやなう小町は、さも古は遊女にて」と口ずさんだ。卒塔婆小町の一節である。「花のかたち輝き、桂の眉墨青うして、白粉を絶やさず……」あの絶世の美女と謳われた小野小町ですら、最後はしわくちゃで染みだらけの老婆となって孤独を嘆くのだ。ぞっとした。

そうはならぬと強く心に決めた。

きぬの決意は、思いがけないかたちで叶うことになった。

ある夜、亀乃丞がいつもの通り座光寺の屋敷へやってきた。きぬは念入りに眉を抜き、新しい十六変わりの小袖に腕を通して亀乃丞を迎えた。どことなく、様子がおかしいことは一目見てわかった。

「敦盛を」

ただそれだけ言うと、きぬにあの日月松の扇を持たせて音も立てずに座り込み、繻子の袋から青葉の笛を取り出した。

九重の。

雲居を出でて行く月の。

雲居を出でて行く月の。南にめぐる小車の淀山崎をうち過ぎて。昆陽《こや》の池水生田川。

波こともとや須磨の浦。一ノ谷にも。着きにけり一ノ谷にも着きにけり…

鏡のようなる月の下、きぬは請われるままに敦盛を舞った。

〝須磨の浦。藻塩誰とも知られなば。藻塩誰とも知られなば〟

須磨の浦を寂しくさまよう直実に、ここに居ることを誰にも知られてはならぬ我が身を重ねているのか、亀乃丞の笛にはいつになく力が込められている。

いったい、なにがあったのか。

〝草刈の笛木樵の歌は。歌人の詠にも作り置かれて。世に聞こえたる笛竹の。不審な為させ給いそとよ
げにげにこれは理なり。さてさて樵歌牧笛とは〟

（笛）

不思議な因縁を経て、いま亀乃丞の手の中にある青葉の笛。請われるままに吹き、今また請われるままに舞う。ああ、自分はこれほどまでにこの人のいいなりだ、ときぬは思いにふけった。

どうでもいい。どうでもいい。自分がだれに嫁ごうと、だれの妻になって子を産もうと、亀乃丞がどこへ行こうと。結局は、この先などだれもかれも自分の意のままにはならぬことだけははっきりしているのだ。

（なれば、いまはただ舞うのみだ。憂き世を渡る一節を）

謡うも
舞うも
吹くも
遊ぶも

「香どのが、髪を下ろされた」

ふいに笛を膝の上におろして、亀乃丞がぽつりと言った。

「もう二年も前に。私はなにも知らなんだ」

扇を閉じて、きぬは亀乃丞にそれをもたせた。

「是非もないことでありましょう。剃髪されたのも、なにか深いわけがおありでしょう」

「むろん、理由があったのだ。だが寂しゅうてならぬ」

「亀乃丞さま」

「もう、あの井伊谷にだれも儂を待っている者はいない」

寂しゅうてならぬ、とあの美しく曇りのない目から、大粒の涙をこぼした。

それを、きぬは手のひらで受け止めた。ずっとこうしたいと思っていた。亀乃丞が驚いて顔をあげた。大きな黒目が、涙に潤んでさらに大きく輝いて見えた。

「〃然るに平家。世を取って二十余年〃」

と、きぬは敦盛の一節を口にした。ほぼ反射的に、亀乃丞が続きを口にする。

「…〃まことに一昔の。過ぐるは夢の中なれや〃」

「そうです、いかな栄華を誇った平家の天下も、たかだか二十余年。今川の栄華もいずれ終わります。亀乃丞さまはすぐに、井伊谷にお帰りになられます」

ああ、と亀乃丞が息をついた。その手が笛を離れてきぬに伸ばされるのを、きぬは満ち足りた想いで見ていた。

＊＊＊

やはり冬が来て年が明け、左閑辺でお神楽の湯煙がもうもうとあがるころになり、きぬは十七になった。

白い糸のような桑の花が咲き、垂れて桃色にすきとおった桑の実をつけ、夏が来る。

下伊那の夏は山風が吹いて寒いくらいで、亀乃丞は座光寺の屋敷にやってくるたびに、風邪をひいていないか、かわりないかとしつこいぐらいにきぬに言う。

そのころになるとすでに、きぬと亀乃丞は夫婦も同然だったが、武士の結婚は必ず主君の許しがいるのが習いだ。井伊家の当主直盛に伺いを立てられぬので、きぬは亀乃丞と正式に祝言をあげられなかった。亀乃丞はあいかわらず松源寺内の小さな塔頭《たっちゅう》に住み、きぬとは別居している。それでも、座光寺の叔母も、そして亀乃丞もまたきぬのことを妻としてあつかった。ただひとり、きぬに丁重にしながらもどこか態度が頑ななのが側近の今村藤七郎で、座光寺の叔母など、このままでは側女あつかいされてしまうからはよう子を作れ、ときぬを急かす。

(子を、つくる)

こーん、こーんと木を切る音が山に響く。ここ下伊那の年貢は、主に椹《さわら》・檜・黒檜《くろべ》の三木である。きぬの生まれた左閑辺でも、木はさかんに切られ筏に組んで天竜の川を下っていく。榑木《ふぼく》一丁に対して、米が六合といわれ、農作のできぬ冬場は郷の男衆総出で木を切りにいくのだ。

こーん、こーん、

こんこん、こーん。こぉーん。

(あの方も、もう、伊那の人間のようにこの音を住まわせているだろうか)

お神楽を聞くのは正月だけではない。伊那では、すべての時期にお神楽はある。この山の神の響きは、きぬだけではなく、すべての伊那の人間の体内に息づいている。この十年も伊那に住んでいるのだ。きっと、亀乃丞とてこの自然の太鼓を聞き続けているうちに、布が色をすうように染まっているだろうときぬは思った。

あるとき、きぬが亀乃丞から青葉の笛を借りて吹いていると、夏の宵闇が迫りせっかくの満月に紗をかぶせてしまって、手元が暗くなった。灯りを持ってこさせようと笛を口からはずす。ふいに側でゆったりと音色に聞き入っていた亀乃丞が言った。

「昨日、松岡さまがそろそろ元服してはどうかとおっしゃった。いつまでも名を改めず前髪があるのはどうなのかと」

亀乃丞は、気恥ずかしそうに前髪を引っ張った。もう十九になるというのに、いまだに隠棲の身ゆえ元服を許されず、前髪のある稚児姿のままである。身の丈などとうに今村藤七郎を追い越したというのに前髪があるのは、やむをえないとはいえさぞかし気後れがしているに違いない。

松岡のお屋形さまは、自分が烏帽子親になるから家臣となれともちかけたのだ。

亀乃丞の言葉をそのまま叔母につげると、叔母はとうとうこの日がきたとむせび泣いて喜んだ。

「亀乃丞さまがとうとうお前とともに、下伊那に骨を埋めてくださる気になったのじゃ」

うれしくないといえば嘘になる。だがことさら驚かなかったのは、そのことがきぬにはとうに予測がついていたからだ。心配性の叔母が、遠州街道を通る物売りや修験僧たちをもてなすかわりに、その者が見聞きした井伊谷の情報を得ていた。

武田と同盟した井伊の主家、駿河の今川義元は心おきなく三河に手を伸ばし、ますます三遠で勢力を伸ばしている。そして亀乃丞は今川にとって罪人の子だ。たとえ井伊直盛が亀乃丞を呼び寄せたいと訴えても許可されないだろう。もとより、井伊谷より亀乃丞を追いやった家老の小野和泉守がそれを見逃すはずはない。

亀乃丞には、行き場がない。

桑の実がすっかり熟し切って子供達がそれをつまんで口の周りを真っ赤にする。やがて熟れ落ち、葉がくったりと首をもたげてくると山里に早い秋がやってくる。祭りの季節である。藁で笠を編んだり祠の掃除をしたり屋根をつけかえたりと、それぞれの郷が忙しげに実りの季節を謳歌するころ、亀乃丞は何度も松岡の城へ身を運び、当主頼貞と会談を行っていた。なかなか前髪を落とさないのは、戻れないとはいえ井伊家に念入りに前置きしておくことが必要なのかもしれないときぬは思った。その証拠に、松源寺には遠州からやってきた多くの僧が出入りしていた。物売りは荷を運ぶが、修験僧は知らせを運ぶ。亀乃丞たちは万が一にも井伊家への謀反を疑われないよう、何度もやりとりを繰り返しているのだろう。

きぬはじっと待った。七歳の時にお神楽の場で出会い、十三から三年間自分になかなか手をつけようとしない男に笛を教えた。いままでずっと待ってきたのだ。半年やそこら待つことなどどうということはない。

しかし、さすがの叔母もこのとき、下伊那にかつてない危機が――、甲斐の雄武田晴信の手が迫りつつあることを知ることはできなかった。

夏の盛りを過ぎたころ、武田軍は突如として木曽・伊那へ侵攻し、鈴岡城の小笠原信定《おがさわらのぶさだ》を攻めた。

これに伴い、近隣の国人である宮崎《みやざき》氏や坂西《さかにし》氏、松岡氏は武田晴信に屈し、武田家の被官となった。

松岡頼貞が武田に屈したという知らせは、禅僧を介してすばやく井伊谷の龍泰寺にもたらされたろう。そして、ここでだれも予想し得ないことが起こった。当主直盛は武田と今川の同盟が破れたときのことを考え、一か八かで亀乃丞を井伊谷へ呼び戻すことにしたというのである。

「井伊谷に帰ることになった」

亀乃丞が久しぶりに座光寺の屋敷を訪れた夜、きぬはついにそのことを亀乃丞本人の口から聞いた。きぬはしばらくの間、言葉もなくじっと黙って己の膝を見ていた。なんと言っていいのか、とっさにかける言葉が出てこなかった。ただ、戸の向こうで様子をうかがっているだろう叔母が卒倒した音がした。

はっと我に返った。

「それはようございました。おめでとうございます」

きぬの言葉を聞いてほっとしたのか、亀乃丞が肩の力をぬいたのがわかった。しかし今度は力無くうつむき、なにも言おうとはしない。

それでわかってしまった。連れて行ってくれるのか、という問いは無駄なのだときぬは悟った。

「武田は伊那を平定したあと、木曽へ侵攻するだろうと。晴信は娘を北条へ嫁がせ、今川と三国同盟を結ぶつもりだという」

わざとだろうか、きぬに表のことを話した。あくまで井伊谷への帰還は自分の意ではないのだと言いたげに。

「この春、家老の小野和泉守が死んだそうだ。儂の父と叔父を死に追いやった憎き敵だが、跡目を継いだ政次はまだ若輩。儂を呼び戻すのはいましかないとお屋形さまは言うておられる」

「それも、ようございました」

「うん」

亀乃丞は頷いた。

この方は井伊谷に戻ってすぐに元服するだろう。そしてその元服には今川の許しがいる。三河平定に着手している今川としては、その手前の井伊谷を敵に回したくないに違いない。亀乃丞の元服は許される。そして、おそらく元々の予定であったとおり井伊家の当主直盛の養子となるに違いない。もしかすれば、出家したという井伊家の姫も還俗して、彼と祝言をあげるかもしれない。

きぬはわざとぼうっとしていた。なにも悔しがることはない。悲しむこともないのだ。いずれこうなることはわかっていた。亀乃丞は帰る人だった。それにきぬとは身分が違う。元からの予定が少しばかり遅れただけに過ぎない。

「そなたのことは、頼貞どのによう頼んでおいた。そなたの笛の音は忘れぬ。下伊那の桑の茶、青い畑。儂の青葉は伊那の桑だ。生涯愛おしゅう思うだろう」

そなたも。と手を伸ばし、不器用にきぬの頰に触れた。不思議なことに別れを告げられている時でさえ、彼の大きな黒い目から光がこぼれて、きぬは思わずうっとりとなった。そうだ、それでいい。彼が井伊谷に戻って絹の衣に触れるたび、自分のことを思い出してくれればいい。

亀乃丞は叔父から譲り受けたという日月松の扇を取り出し、きぬの手に握らせた。

「これをそなたに譲ろう。井伊谷に戻れば儂は音曲を忘れなければならぬ。そなたと舞ったことも忘れなければならぬ」

年明けの湯立神楽を待たずに亀乃丞は下伊那を発った。

きぬは一人、屋敷の部屋に閉じこもって剣の舞を舞った。左閑辺の湯立の神楽だ。

「〝とってもとれん、よのはやし〟」

ざん、と抜き身をさらし、自分の吐いた白い息をも粉々に切り刻んだ。

やがて、座光寺の叔母が恨みがましく、井伊谷に戻った亀乃丞が無事元服をすませ、井伊直盛の養子、井伊直親となったことを告げたときも、烏帽子親を務めた奥山氏の娘をすぐに娶ったことを聞かされたときも、きぬは彼を恨まなかった。

許嫁だったという井伊の姫は、結局還俗して彼の妻となることはなかった。なにか自分にはわからない難しい事情があるのだろう。それに、烏帽子親をかって出たという奥山の殿様は、もとより娘を嫁がせるつもりで後見人に名乗りをあげたのだし、そんな事情でわざわざ尼になった娘を還俗させるわけにもいかないだろう。

それにしても、家老の息子と娶せられるのを嫌って髪を下ろしたという、自分とあまり歳のかわらない姫のことがきぬは気になった。武家の女が親のいうまま嫁ぐということは絶対なのに、それに逆らったというのがどうにも奇妙で、また剛胆だと思った。

「きぬ、そなたはまだ若い。井伊の若様のことなど忘れておしまい。そなたはそれほど美しいのじゃ。下伊那にも相応しいものがおろう」

座光寺の叔母は日ごと、姪を捨てておいた亀乃丞へのうらみつらみを募らせていたが、このすばらしく行動力のある叔母のこと、すぐに縁戚の田辺氏との縁談の話を持ち込んできた。

しかし、その縁談が進むことはなかった。きぬは子を宿していたのだ。亀乃丞の子であることは誰の目にもあきらかだった。

日に日にふくらんでいくきぬの腹を前にして、さすがに叔母もどういたしたものか考えあぐねたらしい。人の目もあるというので、きぬは左閑辺の実家に帰ることになった。久方ぶりに戻った青谷の家は、三人いた姉もとうに嫁いで家にはおらず、かわりに父が貰った養子とその嫁がたくさんの子を作って母屋を占拠していて、きぬの居場所はないといってよかった。

きぬは産み月まで、ほとんどをいまいるこの離れの産屋で過ごすことになった。女が一人で暮らすには十分な広さがあり、きぬが座光寺から持ち帰った衣装類や道具、それに周りの世話をするはした女が一人ついて不自由はなかったが、ただひとつ贅沢を言えば窓がないのが残念だった。産屋なのだから当然だが、暗く空気がよどんでいて、どうにも息苦しい。夜になると月を見たさにきぬはよく一人で外に出た。

九重の。

雲居を出でて行く月の。

亀乃丞が置いていった、表は日の、裏は月の扇を開いて舞った。

「身は浮草を、誘う水無きこそ悲しかりけれ」

まるで、自分が杖をつき卒塔婆に腰掛けた老婆のように思えた。左閑辺の切り立った山をくしけずる秋風が、思いのままにきぬの髪をなぶり、葉のおちた桑の木をゆすぶった。ようやくにして月が出た。この扇を片手に二人で敦盛を舞った夜を思い出した。なれど哀しいかな、わびしいかな。どれほど手を器のようにしても星は降ってはこない……

そして、産屋は息に満ちている。もうもうと焚かれる湯はあの神楽の中央に鎮座した湯釜にも似て、きぬを剣をひらめかせ舞っている気分にさせる。

悲しみも苦しみも、そして恨みも恋しさも、きぬには無縁のはずだった。亀乃丞が下伊那を去ってから、きぬはわざとぼうっとしているふりをしていた。辛さは辛いと思うから辛いのだ。恨みはあると思うからそれに囚われ、めしいるのだ。

けれど、嗚呼どうしてどうしてこのようにあの人を深く恨み、ねたましく憎らしく思うようになったのだろう。

きぬは腹の奥から迫り来る骨をすりつぶすような衝撃に耐えながら、わき起こる感情に身をまかせていた。きっとあの時からだ。あの人——亀乃丞があの青葉の笛を——生涯いとおしむと言ってのけたあの人の青葉を、逃亡の際世話になったという渋川のお社に奉納したと聞いたとき。

叔母からの手紙でそのことを知って、きぬは気が狂うたと思われんばかりに咆哮《ほうこう》した。

(なぜに)

あの青葉の笛を手放したのか。

美しい漆ぬりの化粧道具も、紅を塗る筆も角盥も手当たり次第に壁に投げつけた。箱が割れて中から何十という目の異なる櫛が散らばった。きぬは鬼のように荒ぶった。母屋にいた家族が、山の狼が唸り声をあげながら襲ってきたと勘違いしたほどだった。

その時初めて、きぬは自分を哀れに思った。

(わかっている。あの方は今度こそ歌舞音曲を捨てて、井伊家に尽くそうとしているのだ。身も心も雄々しい井伊の男となるために、あの方には扇も笛も必要ないものなのだ)

亀乃丞の悲壮な決心をわかっていて、きぬはなおも悲しまずにはいられなかった。それは、亀乃丞が笛を奉納することで、歌舞と里の女しか慰めがなかったころの伊那での惨めな自分を永久に封印しようとしていることがわかったからだ。

深い悲しみは容易に憎しみに変化した。どんなに物にあたっても昇華することはない怒りと憎悪に我が身がほんとうに鬼になったように思われた。それでぐるぐると唸っていると、どん、と腹を蹴られた。そうだ、子が腹にいる…

(子が)

すうっと、頭の芯が冷えた。

(この子を産んで身二つになったら、伊那を出てゆこう)

夜が明けた。産屋の中にまで、こーん、こーんと山の音が響く。

こーんこーん。

まるで腹の中まで響くようだ。この音がきぬを縛る。きぬをただの伊那の女にする。ならば、聞こえないところまで行こう。そう決めた。

「ひっ」

ごり、と腹の中で底知れぬ音がする。思わず声があがり、梁にしっかり結んで垂らされた力綱にすがりついた。いつのまにか小屋に戻ってきたらしい取り上げ婆が、きぬの裾をまくって足を開かせた。ふんふんと満足げに頷いている。

「もう出てくるよ。たんといきむがいい。かける声に合わせて息をするんだよ」

すわお産と聞いて、婆に湯を頼まれたはした女が、屋敷中の盥や桶に沸かした湯を運んで来た。あっという間に産屋は白くなり、もうもう、もうもうと湯気がたつ。熱気が籠もる。あの正月の湯立神楽のように。その白いものをきぬはできるかぎり大きく口をあけて吸おうとする。

(見える)

…聞こえる。こーんこーん、ああ、お神楽だ、左閑辺のお神楽だ。青い鬼の面と天の鬼の面が父の顔をした禰宜と問答をしている。どん、ぎし、どんと足を踏みしめ鬼が舞い、水の王が煮え立った湯釜の中にくま笹を束ねたユタブサを突っ込んで、びじゃりしゃと辺りに湯をまき散らす。急いで瞬きをする。はあふう、痛みでうまくいきみができない。いつのまにか赤ん坊はあのどんどんという足踏みをやめていて、かわりに腹に竹串を突き刺したような痛みがえんえん繰り返される。そのたびに、きぬは金切り声をあげ、瞼の裏では金の日と銀の月とがあの扇のように忙しなくひるがえる…

ああ、あのときわたしが手に入れた光だ。きぬはそう懐かしく思おうとしたが、再びやってきた激痛に記憶は木っ端みじんにされ、訳もなく泣き叫んだ。またもうもうと湯気が立つ。白い、苦しい。嗚呼かなしい。嗚呼やるせない、嗚呼恨めしい、ああ、嗚呼嗚呼――

そら、出た！　と婆が舌なめずりで叫んだ。体の中からごっそりと抜き取られる感覚。どさりと赤ん坊が出てくる音がする。

陶然として声はよく聞こえなかった。ただこれでようやく身二つになったときぬは力綱によりかかりながら安堵した。

それから子はすくすくと育ったが、依然としてきぬには行き場はない。子の産める女ということでいくつかあった縁談も、下伊那が戦場になったことですべて先送りになっていた。

赤ん坊は男の子だったので、青谷の家に養子にもらわれることになった。名は、青谷の義姉がつけたらしい。

たったひとり、閉じられた山間の里で、朝な夕な霧に濡れながらきぬは音を待っていた。それはこーんこーんという山の神楽の音。この左閑辺でも、座光寺でもかわらず響いてきた山神の呼吸だ。しかし、子を産むときまで聞こえていた木こりの響きは、最近ではぱったりと途絶えてしまっていた。

熊谷の代官が戻ってきて、山をひとつ越えたあたりまで武田軍が押し寄せて、山もろともすべてを焼き払っていったのだと告げた。どうりで木こりの音がしなかったはずだときぬは合点がいった。ほどなくして、座光寺の叔母が亡くなったと便りが届いた。松岡氏に嫁に行った親類が、悪鬼のような武田軍が、寺もお社も里も山も踏み荒らし、ことごとくを奪い尽くして下伊那をただの焼け野原にしてしまったと教えてくれた。

（あの美しい紅畑も、もうないのか）

今まで感じたこともなかった怖れに似た想いが、臓物や脳裏ばかりではなくきぬの皮膚の内側までですみずみに充たし始めていた。

これではっきりした。山神の息吹のない伊那になど、用はない。

（井伊谷にゆこう。あの方に、そしてずっと先を見通すという小法師の姫に会うのだ）

迷いはなかった。そのためには亀乃丞の妻になったという奥山の姫の侍女になってもいいと思った。

そのうち奥山の姫は彼の子を産むだろうから、そうしたらわたしは子の乳母になれる。きぬの母も叔母も乳の出がよく、子が五つになっても濃い乳をたくさん出した。当分乳は出続けるだろう。

ずっと会いたいと思っていた巫の姫に会いに行けるのだ。心はすでに伊那を離れていた。はやくはやく悪露を出し切りたい。出産による疲れさえなくなれば、天竜川に住むという大蛇のように、きぬの身体はあっという間に伊那の急流を下り、遠州へと流れ込むだろう…

「ゆこう、水のように」

亀乃丞はきっとはじめはわからぬでも、きぬの頰に手を伸ばし肌に触れ、思い出すにちがいない。あの共に見た青い桑畑を、山のお神楽を。

そうしたら問いかけよう。

〝笛の名は多けれども。草刈の吹く笛ならばこれも名は〟

あの方は、きっとこう言うだろう。

「青葉の笛と、思し召せ」と――

＊＊＊

一五五七年は弘治三年である。

この年の彼岸日に、井伊直盛の養子となった直親は、青葉の笛を奉納した渋川の東光院に薬師堂を造営した。直親は元服して肥後守を名乗って以降、当主直盛の片腕として井伊家家中で積極的に動き、直盛の名代を務めるようになった。

弘治四年には、自らの所領である祝田《ほうだ》の田の一部を、羽鳥大明神に寄進した。直親の屋敷は、井伊谷城にではなく、坂の地・祝田にあるのである。

「遠く駿府では、関口の瀬名姫さまが松平元信《もとのぶ》と結婚されたそうよ、姉上さま」

などとどうでもいい話を口にしながら、輝は久方ぶりに訪れた屋敷でゆったりと足を伸ばした。ここは輝の姉、日夜とその夫井伊肥後守直親が住む屋敷で、井伊の一族が暮らす本丸から少し離れている。

直親を養子にしたあと、養父直盛は直親にここ祝田にある屋敷を与えた。祝田は井伊の馬場であり、井伊谷外へと通じる坂のある要の場所である。馬場を任されたということは、直盛が直親に井伊家の軍勢を預けたも同然のことで、これは直親にとっても妻の日夜にとっても名誉なことだった。けれど、夫は井伊家の跡取りとなったというのに、本丸に住めないことが日夜には不満らしい。輝の住む三の丸にある小野館とも遠くなったと不満ばかりだ。

「まあまあ、遠いといっても奥山よりはずっと近いじゃないですか。こうして毎日でも歩いてこられるほど」

輝は、日ごろ曇りがちな姉の顔から懸念を吹き飛ばすように笑ってみせた。

日夜と輝は、奥山城主奥山因幡《いなば》守朝利の娘である。井伊谷に嫁いできたのは妹の輝のほうが先で、家老小野政次の弟、小野玄蕃朝直《あさなお》の室となった。根っからの明るい性格で夫婦仲はよく、夫妻にはすでに亥之助《いのすけ》という息子がいる。

姉より先に輝が嫁いだのには訳があった。そのころ日夜には直親とは別の相手と、内々に話が進んでいたのだ。しかし事情があって破談になり、気が付くと四人いた姉妹のうち、二番目の日夜だけが残されてしまった。このまま嫁《い》かず後家にするわけにはいかぬと、両親は死にものぐるいで相手を探したが、これがまた難しい。日夜は姉として、妹の嫁ぎ先より格下はいやだと言っていたのである。

当時の習わしでは、これは至極もっともなことだった。両親は中野家よりも小野家よりも格上の嫁ぎ先を探して奔走した。ちょうどそのころ、父奥山朝利は何度も信州の縁戚と連絡をとりあっていた。甲斐の武田晴信が突如、伊那に攻めてきたため下伊那は混乱状態だった。

遠い親戚である小笠原氏を伊勢へ逃がすための算段を整えていたところで、朝利は井伊家の亀乃丞がとうとう井伊谷に帰還することを知った。もちろん、息女香姫が出家したあととなっては、井伊家を継がせるために呼び寄せたにちがいない。

こうなると、朝利の動きは早かった。元服に際して自ら亀乃丞の烏帽子親をかってでた。烏帽子親というのは平たく言うと後見人である。そこまできっちり外堀を埋めたあと、日夜はめでたく直親に嫁ぐことに決まった。親としても日夜にしても、妹が先に家老の家に嫁いでいるからなにかと安心もあったろう。実際、輝は日夜の願いで、三日に上げず祝田の屋敷を訪れていた。

「直親様は跡取りといっても長く井伊谷を離れていたお方だし、ほかのご家来衆との関係もあるのでしょう。でもなにも心配することはないわ、姉上。直親さまには我らの父上が付いているのだし。いろいろあった小野家とも、こうして縁戚になったのだし」

直親の父彦次郎らが、輝の夫朝直の父小野和泉守と不和の末、斬首になった悲劇は、井伊家にとってもっとも不安の火種であった。そのため、当主直盛は双方に姉妹を嫁がせることで早急に縁戚関係を結ばせたのだろうと輝は思っている。

いまのところ、義兄但馬守政次と直親は、表だって対立はしていない。直親は直盛の側にぴったりくっついて、一日でも早く跡取りとしての存在感を出せるよう必死だったし、あまりおおっぴらに動けない当主の名代をよく務めていた。歳も二十二になり、井伊谷に帰還して二年が経った。井伊家家中でも、失った十年を取り戻そうとして焦っていた頃とは人がかわったように落ち着いたと評判である。輝に言わせれば、人物が魅力的であった。だれとでも親しく言葉を交わし、陽気で屈託がない。なによりあの、漆黒の漆に銀蒔絵をほどこしたような美しい目で見つめられると、日夜でなくてもぽうっとなった。

（あの男ぶりでは、姉上が、いつ妾をもたれるかと不安にもなるはずだ）

対して、これまた輝の義兄である家老小野但馬守政次は、名刀国綱に勝る切れ者と噂されていた。一代で井伊谷小野家を興した父和泉守をしのぐ知恵者で、はやくも家老としての風格を出しつつある。輝の夫とは年齢が離れているので、政次がこちらに訪ねてくることはないが、当主直盛に歯に衣着せぬものいいは父親以上であると夫から聞いたことがある。

これは姉日夜が嫁いできたばかりのころである。一度、直親は小野との関係がぎくしゃくしたことがあった。

直親が井伊谷に帰還した弘治元年、下伊那と遠州の境あたりに、今川の雇った刺客の小屋があったという。その小屋にはたしかに、右近次郎という名の弓の名手が住んでいた。

十年前、下伊那に落ちる途中、この右近次郎に襲われ九死に一生を得た直親は、かならず井伊谷に戻った際にはこの男に復讐しようと心に決めていたらしい。青葉の笛という愛用の篠笛を渋川の東光院に奉納するという目的で供を率いてこの小屋へ近づき、見事右近次郎をしとめてみせた。

この話を聞いたとき、輝は内心慌てた。というのも、この右近次郎なるもの、今川が遣わした刺客ではなく、亡き義父である小野和泉守が送った刺客だったからである。

（あの時は肝を冷やした、お屋形さまがただの山賊として片づけなさったし、義兄さまもなにごともないように振る舞っておられたからよかったけれど）

もし姉の夫と自分の夫の兄が相争えば、戦国の世ではままあることとはいえ姉妹で敵味方ということになってしまうのだ。

だからこそ、輝は亥之助が生まれて床上げがすむと、またこうして祝田の屋敷を訪れるようになった。

しかし、うまくいかないこともある。逆に輝に子が生まれてから、日夜はまたひどくふさぎ込むようになってしまったのだ。元々気弱でおとなしい性質、しかも極度の心配性である。久しぶりの輝の訪問だというのに言葉すくななのは、彼女がなかなか子を授からぬことを気にやんでいるからだった。嫁いでもうすぐ二年、直盛が嫡男に恵まれなかったこともあって、皆が直親の第一子を待ちかねている。

「そんなにふさぎ込まなくても、直親様が羽鳥大明神に寄進なさったんでしょう。きっと御利益があるわ」

「けれど、もしこのまま子を孕まなかったら…。直親様は今度こそ側女を置けとお屋形様に命ぜられるかもしれないわ」

「まさか。お屋形様だって家老の左馬助様に遠慮して、側室はお持ちにならなかったっていうじゃない」

「でも、新野様は太守のご親戚、奥山の家は井伊の親類。立場が違うわ」

必死に姉の気を紛らわそうとするが、日夜はうつむいて否定的な言葉を口にするばかりだ。さすがの輝もうんざりしてくる。

「…私より身分が上のおなごかもしれない」

「それは、祐圓尼《ゆうえんに》さまのこと？」

ずばり言ってやると、日夜の顔がぎくりと強ばった。

直親には、昔親しくしていた許嫁がいた。それが現当主直盛の一人娘、香姫であること。そして井伊家の総領姫であった香姫が、あるとき小野政次との結婚を苦にして突如髪を下ろされたことは、この井伊谷では知らぬものはいない。

男女の好いた惚れたはままあることだが、それはあくまで下々の結婚だ。城代の父を持つ身分ではあまり結婚に関係のないこととわかっていても、姉は疑いを捨てきれぬようだった。

「姉上はなんでもかんでも気に病みすぎよ。香姫さまはもう仏弟子になられたんだし、そもそもお二人が生き別れになったのは九歳のころでしょう。そんな子供に好いたもなにもないでしょう」

「でも、ご姉弟のように仲良くされていたと聞いたわ」

「そりゃあ、近くでお育ちになったんだから。歳も同じだし。私たちのようなものよ」

「もし子ができなかったら、わたくしを離縁して香さまは還俗なされるかも…」

輝は黙るしかなかった。それは、決してないとは言いきれない。出家しても簡単に還俗して結婚が許される以上、いくら香姫が髪を下ろしたとしても姉の不安はぬぐわれることはない。

「そんな風に思い悩んでばかりいると、せっかくの御利益も逃げていってしまうわよ」

気の良い妹は気鬱な姉をやんわりとたしなめると、別室に亥之助とともに控えさせていた侍女の一人を呼び寄せた。亥之助の乳母を務めている女で、名をきぬという。

「きぬはとても篠笛がうまいの。だから、姉上も気が晴れると思って亥之助と一緒に連れてきたのよ」

きぬから眠っている亥之助を受け取ると、輝はそのふくふくとした頰を見てにっこりした。日夜に亥之助を見せれば気鬱が進むと思っていままで連れて来なかったが、日夜が見たがったのだ。

「きぬ、と申すのか」

日夜が声をかけると、きぬが顔をあげた。美しい女だった。歳はまだ二十で、十八のとき子を産み、信州の里に置いてきたという。

「きぬは、直親さまがいらっしゃった下伊那の名主の出よ。もっとも、左閑辺と市田の郷は少し離れているけれど」

初めて見る亥之助の乳母に、日夜は珍しそうに顔を起こした。下伊那というのに興味を惹かれたらしい。

「下伊那のものが、どうして井伊谷に」

「武田軍が伊那にやってきて、里を焼いてしまいましたので…」

ひかえめにきぬは言った。彼女は万事この調子ででしゃばらず、ほかの侍女達のように余計なおしゃべりをしない。寡黙だが、話し出すとあたりに日が差したようにぱっと華やかになる。細く美しい筆で描いたようなすっきりとした顔立ちと、真新しい白紗を想わせる肌のせいだ。

二年前、子を身ごもったと奥山の母に手紙で知らせると、返事とともにこのきぬが遣わされて来た。乳の出のよい女がちょうど親戚を頼って伊那から逃げてきたので、乳母としてはどうかと。控えめな気性と美しい顔、なによりすばらしい笛の音に、輝はすっかりきぬを気に入った。

「子供は里に？」

きぬは短く頷いた。聞けばきぬの子の父親は下伊那の土豪座光寺の出だったが、武田軍との戦で討ち死にした。婚家も焼かれほうほうの体で左閑辺の実家へ戻ったものの、すでに父は他界し、姉たちはみな嫁にいって、見知らぬ養子が家を継いでいたのだ。困りきったきぬは子をその義兄の家へ養子に出し、ひとり親戚を頼って奥山へ逃げてきたのだという。

「父は熊谷家の傍流で、神社の禰宜をしておりました。笛はそこで覚えました。伊那には都からの落人が多く、それぞれの出身地から伝わった祭りが多いのです」

「直親さまもごらんになったのかしら」

「さあ、左閑辺は人里離れた山奥の小さな集落ですから。…でも、伊那の祭りはどれも似ています。正月に、湯をたてて剣をもって舞う湯立の神楽です」

「ではきっと、殿もその湯立神楽をごらんになって、十年過ごされたのね」

思いも掛けず、夫の幼少時代を過ごした伊那の話を聞くことができた日夜は、さきほどの気鬱はどこへいったのか、身を乗り出して話し始めた。輝はほっとした。

「伊那のお神楽のことを聴きたいわ。殿はあまり、ご自分のことを話してくださらないの」

「ご内室さまを大事にされていらっしゃるのでしょう」

「子ができれば、もっと変わってくださると思うのだけれど」

「では、この正月にでも龍泰寺の子授け観音さまにお参りされてはどうでしょう。三日には、私がお神楽をごらんにいれましょう。笛なら、亥之助様が起きていらっしゃるときならいつでも」

「あら、亥之助はきぬの笛を聴くと眠ってしまうのだもの。いつでもいいわよ」

そう言うと、久方ぶりに日夜が声をあげて笑った。輝もまた、一時でも姉の気鬱が晴れたことに安堵し、きぬを連れてきて本当によかったと思った。

＊＊＊

永禄三年（一五六〇）の正月は、激動の予感をだれにも悟らせまいとするかのように、ひっそりと明けた。

香はいつものように尼として寺の朝の勤めを終えると、これから大事な客を迎えるという南渓を置いて、一人寺を出た。

十六になる前に髪を下ろした香は、おじである南渓から祐圓尼と法名を授かり尼となった。

しかし、どんなに香が説得しても、両親はこの名を名乗ることを決して許さない。特に母の安佐は、娘が突然剃髪したことに大変心を痛め、一月ばかりほとんど口がきけぬ状態だったのである。

「なんと言おうと、尼の名をつけることは許さぬ。そなたはこの井伊家の跡取りぞ！」

普段は、家臣の手前か泰然としている父直盛も激怒し、涙ながらに訴えた。さすがに父と母にこれほど嘆かれては、南渓とて尼の名をつけることは出来ず、香は井伊次郎法師と名乗ることになった。次郎とは井伊家にとって跡取りの意であり、法師は男の僧を表す言葉である。

たしかに、尼ではなくあくまで男としての法師なら、家督を継ぐことが不可能ではない。あの今川義元公も出家なされていたのを、兄上の急死によって還俗されたのだし、甲斐の武田晴信も出家して信玄と名乗っている。

（だからといって、女のわしが次郎法師とは）

発作的に井戸の前で髪を下ろしたとはいえ、自分ではこれから先を尼として生きていくつもりだった香は、なんとなく出鼻をくじかれた思いだった。

尼となったあとの香は、師である南渓のいる龍泰寺に塔頭を構えたが、母が寂しがるので頻繁に本丸の御館とを行き来することになった。

天文二十三年の四月、南渓の師である開山黙宗瑞淵示寂す。つづいて、長い間病に臥せっていた家老小野和泉守政直が亡くなった。家老職は長子の政次が継ぎ、ほどなく彼は但馬守を名乗って、二宮神社の神官であり地元の有力豪族である中井《なかい》直重《なおしげ》の娘を室に娶った。

あんなことがあった後も、小野政次という男は小憎らしいほど冷静で、父直盛をよく補佐し、時には評定の場で激しくぶつかっていた。時折、香とは本丸の御館で顔を合わせることがある。そのような時も、「なにか視えましたか」と幼い頃と同じことを聞いてきた。香は内心彼の態度がいままでと変わらないことをありがたいと思った。

（あの時、なぜあれほどまでに政次を拒絶しようと思ったのか、自分でもわからぬ。気が付いたときには勝手に体が動いていた…）

実際、早くに仏門に入りたいというのは香が強く願っていたことでもあった。御仏のおそば近くに仕え、身に厳しく修行をすれば、あの不可解な黒い靄や白い帯が視えないようになるかもしれない、という思いが、香の心に長い間あったのである。

夏が過ぎ、亀乃丞のかくまわれている松源寺の松岡氏が降伏し、信玄配下の飯富《おぶ》三郎《さぶろう》兵衛《ひょうえ》の配下に入ったことが知らされると、香はそわそわと落ち着かなくなった。亀乃丞が下伊那に落ち延びてはや十年、すでに松岡氏の家臣となっていてもおかしくはないと思っていたのだ。

しかし、香の危惧は杞憂に終わった。ほどなく亀乃丞は井伊谷に帰還することになった。さらにめでたいことには、正式に父直盛の養子になるという。

「香や、そなた還俗して亀乃丞と祝言をあげてはどうか」

まだ亀乃丞が無事に戻ってきてもいないうちから、母は香に仏の道を諦めるように諭してきた。母がこのようなことを聞いてくるということは、父直盛とてまったく還俗を望んでいないわけではないだろう。ただ、すんなりと還俗を望むわけにはいかぬ理由が、父にはあるのだ。

「それでは、但馬守の顔がたちませぬ」

「しかし、そなたは亀乃丞の許嫁ではないか」

「許嫁であったのはもう過去のこと。それに、亀乃丞の烏帽子親を務められるという奥山どのと、内々に話が進んでいると聞いておりますが」

安佐が黙ったところを見ると、亀乃丞が奥山朝利の娘御を室として迎えることは本当らしい。香はやれやれと思った。母の気持ちもわからないではないが、武士の子の結婚は情だけで決まるものではないのだ。いくら娘がかわいいとはいえ、父は奥山殿の申し出を断ることはできぬだろう。

香の睨んだとおり、亀乃丞は井伊谷に帰還すると、すぐに元服して井伊肥後守直親と名乗った。今川の横やりが入らぬようにか、直親と奥山朝利の娘日夜との婚儀はすばやく行われた。普段静かな井伊谷は、にわかに騒がしくなった。政次の弟である小野朝直に嫁いだ妹に次いで、奥山から時をあけずして二度も花嫁行列が井伊谷へやってくることになったのだ。

結局、直親は結婚してすぐに本丸や三の丸ではなく、少し離れた祝田に屋敷を構えてしまったため、香はゆっくりと彼に会う機会をもてなかった。

（これでいい。もはやわしらの道は分かたれた。二度と交わることはない）

天涯孤独だった直親は、結婚によって奥山氏という後ろ盾を得ることができた。天敵であった小野家とも、奥山の姉妹を通じて縁戚になる。自分にとっても井伊家にとっても、それ以上の祝着なことがあるだろうか。

家のためを思えば、自分のでる幕ではないことを香はわきまえていた。母はそれ以上なにも言わず、表むきは息子同然にかわいがっていた直親の帰還を喜んでいた。

（わしはなんという親不孝者じゃ）

剃髪したことを悔いたことはない。ただ孫を抱けぬ両親だけが哀れで、香は御仏に二人の幸せを祈らずにはいられなかった。

そして永禄三年の正月、香は龍泰寺にて、ようやく直親と再会した。

日夜と結婚して五年、いまだ嫡男に恵まれぬことを思い悩んでいる妻のために、直親夫妻がそろって祈願に参ったのだ。龍泰寺には、子宝観音として信仰を集める世俗千手観音像が伝わっており、妻の日夜は特に長い間、この観音様に手を合わせていた。

南渓からとくに手伝う用はないと聞いていたので、日夜に気遣って香は寺を出、一人井戸のある場所へやってきていた。髪を下ろしてからも、ざんばら髪に眉も描かずに、毎朝土を跳ね上げながらここへ走ってきたころと変わりなく、井戸へ詣でている。

香が墨染めを着るようになっても、ここの橘の木はあおあおと艶のある葉を茂らせていた。辺りは冬に閉ざされた灰色の空間で、雲はどんよりとして動かず、この井伊谷に蓋をしたようにたれ込めていた。

こうしてここに立っていると、あれから十五年という長い年月が流れたことを忘れてしまいそうだった。

なぜなら、この橘だけは変わらない。ここを通り過ぎる人々の嘆きや、日夜のように子が欲しいと乞い願う妻の訴えや、暮らし向きが苦しいとこぼしながら田を起こす百姓、谷を出て行く兵たちの馬足の音…、さまざまなものが聞こえているだろうに、ただ泰然としてそこにある。

ここに来るたび、香はこの橘に対して問いかけずにはおれないのだ。

「これでよかったのか、常世のものよ」

髪を下ろし、あの政次を拒絶して両親を嘆かせた。

「これで本当に、井伊家は守られたのか。永遠に血は、常世と続くのか」

〝非時香菓〟

その名を捨ててしまった今では、自分が家のためにできることはなにもない。家は直親が継ぐ。ほどなく嫡男もできるだろう。井伊家の血脈は、井伊谷川を流れる豊かな水のように、なにごともなかったかのように続いてゆく。

「香どの」

もう、あまりその名で呼ばれなくなったからだろうか、声が聞こえても香はすぐに振り返ることはなかった。

「香どの、…祐圓尼さま」

井垣に手を添えて、香は振り返った。いつからそこに立っていたのか、直親が立っていた。

六尺近くはあるだろうか。香が三岳の山でも見上げるように背が高い。鼻筋も手足ものび、前髪もなくなってすっかり若殿と呼ばれるに相応しい姿になっていたが、ただひとつだけ、すりたての墨に銀を流したような大きな目だけは変わっていなかった。

「亀乃丞」

改めて、香は時が自分の側を音を立てずに幾度も立ち去ったことを実感した。もう、自分のあとを追いかけてきた小さな亀乃丞はどこにもいないのだと思った。

「やはりここにおられると思った。ご無沙汰いたしております。本日は南渓和尚に祈願を立てに参りました」

「聞いている」

香は、つい昔のようにぶっきらぼうに返事をしてしまう。慌てて言い直そうかと思った矢先、直親が言った。

「よかった。あまりお変わりになられぬ」

口の端を引き結んで頬をあげ、大きな目を押しつぶすように細めて笑った。

「井伊谷に戻ってすぐに祝言をあげましたゆえ、ゆっくりお話しする機会ももてず…。本丸の御館には毎日のように行っているのですがね。香どのがおられない」

「わしは謝らぬぞ」

なぜか、ふてくされたような返事をしてしまった。あまりにも直親が昔のままで、つい今までとり繕っていたものがはがれてしまう。

「謝るとは？」

「そなたの帰りを待たずに剃髪したことだ。しかたがなかった」

「それは、承知しております」

亀乃丞が優しく言った。決して香を責める響きはない。それに安堵したからか、香は言うつもりのなかったことを口にした。

「ここで髪を下ろしたのだ。勝手に手が動いた。気が付いたときには、刀で髪を切り落としていた」

直親が初耳だという顔をした。香が小野政次とのことを語って聞かせると、さっきまで笑みをたたえていた顔をすうっと強ばらせた。

「但馬守が、そのようなことを」

「政次は悪うないのじゃ。ただ、手が勝手に動いたとしか言えぬ。わしは、この橘がわしに乗り移ってそうさせたのかもしれぬと思っていた」

「橘が？」

「おそらくわしとこの橘は、同じものゆえ」

はっ、と直親が息を呑む。

「では、井伊家の先祖が、香どのと但馬が夫婦となるのを阻んだと」

「わからん、わしが勝手にそう思っておるだけじゃ。政次には悪いことをした」

「……一度、和泉守の法要であなた様と但馬が親しげに話しておられるところを見ました」

思わぬところを見られて香は言葉を失った。たしかに、あの日は忙しい南渓を補佐するために、丸一日寺にいて法要を手伝った。

「親しげなどではない。歌会に出ないかと言われて断っただけじゃ」

父の法要に出ていた政次は香を見つけるなり、また黒い雲は視えることはないか、不吉なものは視えないかと聞いてきた。あまつさえ、小野の館で連歌の会を催すゆえぜひご参加くださいと言ってきたので、呆れて断った。政次の歌好きはあいかわらずなのだ。

「あの但馬でも、香どのには一目置いているのか」

「政次はわしをかいかぶりすぎじゃ。今のわしはただの出家にすぎぬ。ましてや歌など」

「ですが、まだ〝お視え〟になるのでしょう」

香は黙った。

「昔から、香どのは黒い雲が視える、靄が視えるとよくおっしゃっておられた。そして
そのとおりに災難はやってきた」

こうやって、と直親は庄民がよく香に向かってするように手のひらを合わせてみせる。

「皆が、香どのを拝んでおった」

「そんな…、こともあったか…」

「ありましたよ。よう覚えておるのです。私にとって香どのはいつもあこがれであり、
恐れる存在であり、ひどく妬ましかった」

意外な言葉だった。直親は男だ。もっともっと幼いころならいざ知らず、おなごの自
分など競争相手になるはずがない。

「なにをやっても香どのに勝てなかった。井伊谷の皆が言っていた。香どのがおのこな
らばどんなにかよかったと」

香は、かつて自分と肩を並べたことがあるとは思えないほど、背が高く肉厚になった
直親を見あげた。

昔は、仲の良い姉弟のように見えた自分たちも、もう大人と子供にしか見えないのだ

ろうと思った。それほどまでに直親は大きく、自分は童女のように小さい。まるで自分だけが十五年前から時を止めてしまったかのようで、香は直親を見上げるのをやめた。

「なにをしれたことを。童のころの話ではないか」

「今でも言うものはおるのです。たとえば…、あの小野但馬などは、貴女様の言うことならば素直に従うでしょう」

なにか含みのある言い方に、香は直親と政次がうまくいっていないのではないかと危惧した。

今は、直盛という大きな蓋の下で、なにごともないようにみえる。しかしいざ父の身の上になにごとかあり、直親が当主の座を継いだあと、あの政次が黙って直親に頭を下げ続けるだろうか。

ぶるり、と香は身震いした。なにかとてつもなくよくない感じがした。それは不吉なことを思ってしまったからではない。

思ったのではない。それは――、たぶん現実となる。その恐怖を突きつけられ、たじろいだのである。

（ばかな、なにを考えておる。わしは）

香はよろめきそうになって、一歩後ずさった。今、なにを思ったのだろう。

直親にとってよくないことが、現実になる、と思わなかっただろうか。

「…そなたの考えすぎだ、亀乃丞」

うろたえていることを悟られたくないばかりに、香は言葉を急ぎすぎ、思わず幼名でかたりかけてしまった。

「政次は昔からああなのだ。人知を超えたものに関心があるらしい。小野の家のものらしく信心深いが、なにやら深すぎるきらいがある」

政次が、今をときめく今川一門からではなく、古豪の中井直重の娘を嫁にもらったことを香は知っていた。中井家は代々二宮神社の神主を務める家なのである。

「あれは、ただ、わしが視えるものに興味があるだけなのだ」

「…そう、でしょうか」

「そうとも。そうでなくては、だれが求婚した直後に目の前で髪を下ろされたおなごに会いたいものか」

そう言うと、直親は笑った。

「見たかったたな。そのときの但馬の顔を」

「そうか」

「いつもは小憎らしいほど澄ましておるのですよ。あの男がたじろぐなど考えられない」

「目を見開いて、信じられないという顔をしていたぞ。まあ、さもあらん」

すると今度は、直親は可笑しそうに声をあげて笑った。

「あの高慢なお稲荷のような顔が呆然とするなど、とうてい信じられませぬ。香どのは本当にたいしたお方だ。一生かないませぬ」

「おぬしは昔も同じ事を言っていた。あの小野の狐顔は好かぬと。じゃが、亀乃丞…」

「心配ご無用」

香の懸念などとっくに察知していたかのように、直親は、

「香どのが、私と但馬の仲がうまくいっていないのではないかと懸念されていることは承知しています。たしかに父を殺された恨みがまったくないと言えば嘘になる」

一瞬、直親の目から光が消えた。暗く底知れぬなにかを見つめているようだった。

「信州で、私は孤独でした。もうだれも井伊谷では私のことを覚えておらぬかもしれぬ、死んだと思われているかもしれぬと、何度も繰り返し恐れているという悪夢を見た。なにもかも諦めて、松岡どのの家臣になろうと思ったこともあります。井伊の名を捨てれば無為の時間は終わる。元服をし、名を改め下伊那で妻を得て…」

「亀乃丞」

「けれど、御仏は私をお見捨てにはならなかった」

直親の目の中に、いままで見たこともないような力強い光がともっているのを香は見つけた。

「あの雪深く、霧と山に覆われた下伊那で、いつか必ず井伊谷に帰る、生まれ育ったあの湖の国のために尽くしたいという強い思いだけが、私を耐えさせました。そうして、帰還を許された。香どの、私は井伊家を継ぐために下伊那から戻ってきたのです。これ

から失った十年を大急ぎで取り戻さねばならない。いたずらに遺恨を掘り返し、波風をたてれば今川の思うつぼだ」

少なくとも自分から、但馬を排斥しようとかたてつこうという意志はないのだということを直親は繰り返し言った。

「まあ、但馬のほうがどう思っておるのかはわかりませんが」

「まだ政次も家老を継いでそう経ってはおらぬ。周りには左馬助も中野越後守《えちご》もいる。父上の重臣達が勝手はさせぬよ」

「そうだといいのですが」

その笑った顔が子供のときのままで、香は内心安堵した。父上さえしっかり見ていてくだされば、親の代の遺恨も薄まり政次ともうち解けるようになるに違いない。

亀乃丞はもう亀乃丞ではなくなった。大人になりこの井伊家を継ぐものとして、井伊谷へ戻ってきたのだ。

「もう、…笛は吹かぬのか？」

直親が驚いた顔をした。

「伊那で吹いていた笛を、渋川へ奉納したそうだな。もともとそなたは歌舞音曲に優れていた。もう舞わぬのか」

「時には舞うこともありましょう。ですが心を移すほどではいけない。そう思ったのです」

「井伊家の棟梁となるためか」

「はい」

そうか、と香は息を吐いた。松岡氏も絶賛したという彼の笛を聴いてみたいと思ったが、ここまで固く思い切っているのなら、これ以上自分が敢えて望むこともないだろうと思った。

「そうじゃ、亀乃丞、いや直親どの。父上にお伝え願いたいことがある」

「お屋形に？」

「最近、このあたりで勾引《こういん》が横行しているらしい」

勾引とはいわゆる人さらいのことで、子供や女性を問わず、労働力として売られることが多かった。たいていは大きな袋に人をいれ、荷物のように運ぶことから大袋とも言われる。直親の顔色が変わった。

「もしや、武田の家人が…」

甲州の武田軍が信州討伐を開始し、大勢の人間を略奪し甲府へ連れ帰ったのは記憶に新しい。それでなくとも、武田の家人は以前から井伊家の領地を勝手に横領し、問題になっていたのだ。

「武田かどうかはわからぬが、人が入った大袋らしきものを街道で何度も見たと聞いた」

このようなことは領主として早々になにか手を打たねば、農民の田離れや賦役放棄、はては裏切りの火種にもなる。たかだか勾引と見逃してはならなかった。

「わかり申した。某からお屋形に必ず奏上いたしまする」

そうして、いつもの人なつこい笑みに、あけっぴろげな尊敬のまなざしを込めて言った。

「さすがは香どの、そういうところも変わってはおられぬ」

懐かしい顔で見られて、香はふいに昔を思い出した。ああ、この顔なのだった。いつも香どのはすごいなあと、人を妬むより先に褒めていた亀乃丞。素直で飾ることなく、そのことを口にすることをためらわない。

(変わっていないのは、そなたもだ)

亀乃丞は、誰からも好かれる子供だった。かわいげのなかった自分と比べて、喜怒哀楽がはっきりしていて、することに愛嬌がある。

今も変わってはいない。変わらないでいてくれた。きっとこの先、誰からも愛される井伊谷の領主になるだろう。

直親は香から視線を外して遠くを見た。その横顔が、ふいに霧がかかったように薄らいだ。

(うっ)

香は目をしばたたかせた。それはまさに一瞬のことで、再びじいと目を見開いたときには、霧は影も形もなく消え去っていた。

またも筆舌に尽くしがたい感覚だった。むりやり言葉にするならば、真夜中に井伊谷川の水が真っ黒い蛇となり、大きく口をあけてだれかが橋を渡るのを待っているような……

「――川が」

えっ、と直親が向き直った。香は慌てて続きをどうにかごまかした。

「いや…、そういえば政次が、今川がどうとか…、近頃わしが黒い雲を見なかったかどうか気にしていた」

なるほど、と直親は頷いた。なにか思い当たることがある様子だった。

「噂では、今川の太守どのが、いったん休止しておられた尾張攻略を再開されるかもしれないということなのです。但馬はいち早くその噂を駿府で聞きつけていたのでしょう。香どのの力をあてにしておるのです」

「政次は、わしの力を過信しておるのだ。小法師と言われていたのも昔のこと。結局は、そなたの父上に降りかかった災難さえ見抜けなかった」

「いいや、香どのは小法師ですよ。きっとこれからも、その目で井伊をお救いになる」

「ふん、墨染めの袈裟を纏《まと》った尼になにができよう」

「なにをご謙遜を。女にこそあれ、香どのは井伊の次郎法師ではありませぬか」

瞠目《どうもく》する香を残して、直親は会釈し、

「ではまた」

言い置いて立ち去ろうとした。

その時、かすかに自然のものではない音色が香の耳をくすぐった。三岳山からの颪かもしれぬと目を細めたが、違う。これは篠笛の音だ。

「だれぞが吹いているのか。名手よな」

この井伊谷にあのように笛をたしなむ者などいただろうか。それとも、村の惣主がはやくに招いた猿楽の一座か。それにしては、田植えの時期はまだ先だ。

「お社のお神楽だろうか。しかし、どこかで聞いたことがあるような」

「いえ、これは」

なにか言いかけて、直親はふいに黙り込み、顔を別人のように頑なにしたままその場を立ち去った。

やがて直親が立ち去るのを合図にしたように笛はぱったりとやんだ。寺へ帰る道すがら、香は耳の中に残った笛の音色を何度も思い浮かべた。

そして、夜半を過ぎた頃、ふと思い出した。

「そうだ。あれはたしか、一ノ谷の…」

〝さてはその夜の御遊びなりけり。

城の内にさも面白き笛の音の〟

「〝寄手の陣まで聞こえしは〟」

――まごうことなき謡曲、『敦盛』だった。

四　金の日陽、銀の月

祈願のかいあって、直親の妻日夜が孕《はら》んだという知らせは、すぐに香の住む龍泰寺に届いた。

「生まれるのは、来年の春先になるだろうという見立てだ」

これには祈願をたてた南渓も、さすがに安堵したようだった。井伊家跡取りのご内室さまに子供ができた、龍泰寺の子宝観音の御利益はあらたかだと、祈願を望む者がつぎつぎに押し寄せ、寺の評判も鰻登りである。

生まれる子がどちらかはまだわからないが、これで井伊家の血はさらに先の世に受け継がれていくだろう。そう思うと、香には御仏のご加護がありがたい。

本来ならば、跡取りを産む役目は香のはずだった。それを、両親の願いもむなしくあっさりと放棄したのはほかならぬ自分だ。井伊家の姫として生まれながら、自分勝手だといくらそしりを受けてもまぬがれぬ。

（これから毎夜、日夜どののご安産を祈ろう）

その日から、香は寺の夜課が終わったあと、願いを叶えさせたもうた千手観音に何度も手を合わせた。

龍泰寺と本丸を行き来する香の生活は、髪を下ろす前も下ろしたあとも大きくは変わっていなかった。ただおじの南渓は、香に仏法の修行以外の指導も熱心に行った。

龍泰寺は僧として修行を積む場ではあるが、それと同時に井伊家によって安堵された広大な寺領を持つ、小さな国でもある。住持はその国の領主も同然であり、南渓は先代に代わって住職となって以降、この寺領を護り経営していく義務があった。中でも、農夫同士の間に起こるさまざまな問題を仲裁し、解決することは大事な仕事のひとつであった。

南渓は、この寺領内で起こる問題や、自分がさまざまな相手に宛てて書いた書状をも香に見せ、時折彼女の意見を聞いた。

「有無有無。やはり親子じゃなあ。祐圓、そなたの書く字は直盛どのそっくりよ」

寺領内でいまも係争中である田畑の境界線について、南渓自身が赴いて検分する旨を記した書状を代筆していた香は、そう言われて瞠目した。

「太くて肝がすわっておる。畳床机《たたみしょうぎ》にどっしり座った武将のようじゃ」

香はむうと唇を引き結び、

「おなごらしくない字だとは言われ慣れております」

「なに、褒めておるのだ。書をしたためるには勢いがいる。そこには書いた本人の性分が剝きだしになる。言葉は飾れても、書は書でしかないゆえ」

どの大名も同じだが、一日のうち一番時間を長く割くのは、書状を書く時間でもある。よって、なによりも良い字を書くことが、君主としてもっとも説得力のある器量であると考えられていた。

「しかし、やっかいなのは神宮寺村の点札よ。助六の田畑を境界線は榎とするか、それとも三間先の檜とするか、田植えまでにはっきりさせねばどちらも田を使えぬ」

「もう何度も争っているのでございましょう。父親の代でも双方の親と伯父同士が。祖父の代でも数回。そのたびに点札がたつありさまで」

「年寄りたちに質して、注連縄《しめなわ》をかけたらしいが、それも外されてしまってはいかようにも証明できぬ」

少し考えて、香は言った。

「では、此度の検分で決まった境界線に、炭を埋めてはいかがでしょう。日付を彫って地中深く埋めてしまえば、再び論争となったとき掘り返して確かめることができます」

炭は腐らないので、境界の証拠とすることができる。南渓は驚いて香を凝視した。なぜ、香がそのようなやり方を知っているのか不思議に思ったようだった。

「なに、わしが考えたわけではありませぬ。甲斐のほうではそのように解決しておると、瀬戸どのに聞いただけで」

「瀬戸、方久か」

南渓は情報の出所について、納得したようだった。瀬戸方久はいまや井伊谷城に頻繁に出入りを許されている豪商である。香は、方久がなにかにつけてこ龍泰寺にやって来るたび、相手をせざるをえなかった。なにしろ、彼はこの井伊谷でも新野左馬助に並ぶ直盛の臣でもあり蔵前衆である。最近では今川義元にも取り立てられ、駿河にも多く土地をもっているようだ。

彼は、一刻も早く一城の主となって、新田《にった》という姓を名乗ることを切望していた。父直盛にも己がかの新田氏の末裔であると名乗り、いずれ武家として家臣団の末端に加えて欲しいと願い出ていたのだという。本当かどうかはだれにもわからないが、勝手にだれかの末裔を名乗ることは珍しいことではない。彼が今現在名乗っている瀬戸方久は、瀬戸村の出家した方久という意味であり、名字がない。いわば、方久は有力大名に財力を持ってすり寄ることによって、新田という武家名を買い取ろうとしているのだ。

そして、方久はここ龍泰寺にも多く寄進している。まめに南渓あてに手紙を寄越し、香に会いにきては、あの大きい銅鑼《どら》のような声で行商で知り得たさまざまな知識を披露してくれる。そのたびに香は、自分が出たことのない井伊谷の外のことを、たいそう興味深げに聞いている。

「銭がなくてはなにもできぬということでしょう。最近ではまた悪銭が流通し、銭を選る者が増えているそうです」

このころ主に銭は明から輸入していたが、欠けたり粗悪な私鋳銭が出回ったりして、人々が銭を使いたがらないようなことがたびたび起きていた。すると、物流に障害が出て商いがとどこおる。そのため、どの領主も銭を選るのをやめるようにたびたび禁令を出さねばならなかった。

「悪銭の指定を早め、たとえば黒銭五貫文の場合は良銭十貫文というふうに基準を示さねば、使える銭が無くなってしまいます。これも、父上のお耳に入れたほうがよいのか」

ため息混じりに筆を置いた香を、南渓は頼もしそうに見る。

「そなた、立派に勘定方がつとまるようになったな」

「髪を下ろせば、毎日念仏三昧だと思うておりました。まさか父上と同じことをする羽目になるとは」

被官衆に書状を書き、農夫らの訴えに耳を傾け、水害に遭いそうだと聞けば川除《かわよけ》という堤を造る治水職人を呼ぶ手配をする。銭主に借金を返せない者がいれば立て替えたり、跡目のいないまま当主が亡くなった家をどうするか話し合ったり、取引に使う枡の大きさが違うと争いになっているところを仲裁したりと、まったく修行どころではない。

「次郎には悪いが、このままでは、そなたにわしの跡を継がせることになりそうだ」

「よいではありませぬか。最近はそろばんも随分はようなりましたよ」

両親やおじの心配をよそに、香は一度も嫁がず、若い身空で髪を下ろしたことに未練がある様子もない。南渓は苦笑し、

「ずっと悩んでおったのだ。そなたの出家は、これ有りや無しやと。やむをえなかったこととは申せ、そなたはまだ若い。時を見て還俗してはと」

「なぜ、それほどまでにわたくしの還俗にこだわられるのです」

「御師がおっしゃったことが忘れられぬからよ」

香は目をしばたたかせた。南渓の言う御師とは、もちろん亡き黙宗瑞淵のことである。

「御師は赤子のそなたを見て、たしかにおっしゃったのだ。この姫は、いずれ世を動か

すことになる。そのように予言されたそなたに、このまま墨染めを着せていてよいものかと。そなたにはもっと大事なお役目があるのではないかと」

南渓が言いたいことは香にもわかった。彼は両親とはまったく別の理由で、香がこのまま仏弟子として生を終えるのを惜しんでいるのだ。

「いまさら髪を伸ばしてどうなりましょう。還俗してどこぞへ嫁がされれば、おじ上のおっしゃる井伊谷の守神にはなれはせぬものを」

「しかしだな」

「そこまでおっしゃるなら、おじ上が還俗されればよいではありませぬか」

香が言うと、まさか自分に話を振られるとは思わなかったのだろう、南渓は軽く噎《む》せ、

「な、なにを申すか」

「引馬の大爺様など、未だに酔っては父上に、五人も息子をもったが一番出来が良かったのは南渓だった。自分の目はまったく節穴だったと絡んでおるとか」

「それは父上の戯れ言よ」

「しかし、わたくしが若くて哀れとおっしゃるなら、おじ上もまだ四十でしょう。嫁をもらえば子もできまする」

「……わしには寺を守るというお役目がある」

わざとかしこまったような難しい顔をつくった。

「傑山も昊天もおるではありませぬか」

すると近くで建具を直していた昊天が、人の悪そうな笑みを浮かべて同調する。

「和尚、どうぞ寺のことはご心配なく」

はじめは南渓に負けてしぶしぶ弟子となった傑山や昊天も、いつのまにかこの龍泰寺で徳を積み、立派な指導者となっていた。あいかわらず彼らを慕って雲水らも多く在籍し、寺は栄えている。

「今更、わしの出る幕ではない。直親も子に恵まれ、いよいよ跡取りというときにめったなことを申すでない」

南渓はそう言うと、また黙々とどこぞに送る便りを書き始めた。香は、なぜかこの話題になると、人のよいおじが居心地が悪そうに黙ってしまうことに気づいていた。

直平は多くの妾と子をもち、そのほとんどを井伊谷城近くに住まわせていたが、南渓だけは十近くになるまで川名で育ったときく。

なにか香の知らぬ事情があるのかもしれない。けれど南渓の言うように、いまさら自分が口を挟むことでもない。

そののち、この南渓に関する井伊家の僅かな蟠《わだかま》りが、やがてお家の行く末に大きな波紋を投げかけることになろうとは、香はまったく思ってもみなかった。

ある日、香がいつものようにおあんを連れて龍泰寺へ向かっていると、どこからともなく小唄が聞こえてきた。

「〝霜の白菊、移ろひやすうやふ、
　しゃ頼むまじの、一花心や……〟」

　聞きながら、思わず香は笑んでしまった。しゃ頼むまじ（もうどうでもいいわ）、とはなかなかあけすけな物言いである。

〝あの時はどんなにかこの人だけだと思ったのに、今思えばばかばかしいほどの若い恋であったよ〟

　一時燃え上がった男女の想いを、あとから悔いているような、懐かしんでいるような響きがあった。

　声をたどってゆくと、一人の女がいた。

　髪は長く、明るい色の小袖を着ていて年頃であることが遠目でもわかる。ちょうど神宮寺川の橋の下、水が緩やかになる川原のあたりで、人目を避けるようにして舞っていた。川の水面と金の扇に光がはね、きらりきらりと見えるのがなんとも風情があって、しばしぼうっと見入っていると、

「祐圓様、あれはたしか、三の丸の小野館の乳母ですよ」

　おあんが言った。

「下伊那から逃げてきたのを、奥山の北の方さまがお遣わしになったそうです。ちょうど子を産んだばかりで、亥之助様の乳母にということで」

「下伊那から、逃げて？」

「なんでも、里が武田軍に焼かれたとかで」

なるほど、信州へ侵攻した武田の兵は、小笠原氏などの土豪をことごとく滅ぼし、山々にまで火をつける勢いだったと聞く。子を産んだばかりの女が遠縁を頼って一人で逃げてくるほどに酷いありさまだったのだろう。

（松岡様とて早々に武田に帰順していなければどうなっていたか。直親は、運がよかったのだ）

そう思うと、荒れ狂う信州の騒乱に巻き込まれることなしに、直親が無事井伊谷に戻って来てくれたことを御仏に感謝せずにはいられない。

「下伊那のことを少し聞いてみたい」

おあんにそう言い聞かせて、香は女に近寄った。

近くで見ると、黒々とした髪に白い肌の映える美しい女だった。唇に蜜を塗ったような艶があって、女が唄を刻むたびに言葉までしっとりと水気を吸うようであった。見ると、そばの平たい石の上に小さな包みが置いてある。三の丸から日夜の住む祝田まで使いに行った帰りかと思われた。

香が川原へ降りると、女は気づいたのか少し身をよじった。その時、手にしていた金色の扇をさっと閉じて袖の中にしまった。まるで見られては困るとでもいうように。

（あの扇……）

ちらりと見ただけだが、金地に松の緑が見えた。あの扇と似たものを香は寺で見たことがあった。裏は見えなかったが、もし寺にあったものと同じものであれば銀の月が描かれているはずだ。

なぜ、あの乳母がそんなものを、とは思ったが、すぐに女の方が香のほうを向いて膝をついた。

「ああよい。立ちなさい」

川原は石が多い。女ははい、と小さく答え、着物を払わずすっくと立った。立ち姿も美しく、舞をよくするにふさわしい。

「そなたの吹く笛を聴いたことがある。名は…」

「きぬと申します。三の丸の奥方様にお仕えしております」

「出は下伊那か」

「はい。長く座光寺の親類のもとにおりました。里が焼けましたゆえ、奥山の縁をたよって井伊谷へ参りました」

伏せられた長い睫があがり、目が顕わになった。なぜかその視線が食い入るように自分につきささる。睨め付けられているわけではなかった、興味深げにじっと見られているのだ。それもどこか嬉しげに。

なぜ、この女はわしを見て、これほどまでに機嫌良くわらうのだろう。

「このような場所で舞うものなど珍しゅうてな」

少々面食らいながら香が言うと、しばらくしてきぬから返答があった。

「慰めを求める声が聞こえましたゆえ、少し」

「声」

言われて、はっとした。

「伊那の家は代々神官でございました。私も幼い頃、諏訪のお社にお仕えしたことがございます」

ぎこちなく香は頷いた。巫だったということだろうか。だからこの女には、川辺にさまよう浮かばれぬ霊が見えたというのか。

そういえば、この川の上流には蟹淵といって、昔から井伊家の仕置き場と定められている場所がある。そうでなくとも川辺は命が尽きることが多い。ここも、そのようなものが特に多く集まっていても不思議ではなかった。

「そなたは、怖くは、ないのか」

無意識のうちにそう問うてみたのは、いつも自分が常人には見えざるものに恐れを感じていたからかもしれない。

「川に多くの霊が寄り来るのは、死んで足を持たぬものらは、己の力では遠くへはいけぬからだそうです。船のように水に身をまかせて、常世へと向かおうとしている。水は人の生き死にそのもの。私も水のようにここへたどり着きました。伊那檜の森の奥深くから、するりと細い川のように流れでて」

「そなたは、水か。入れ物によってたやすうに変容するのか」

「女はむしろ、水でございます」

それはそうかもしれないと思った。生まれ出て、家という器に盛られて他家へ嫁ぎ、そこではその家の器にかたちを変える。子を産むために身体を変え、夫が死ねばさらに別の器に注がれることもあるだろう。

「ならば、わしはどうであろう。もう墨に染まったからには色は変わらぬ」

「貴方さまは山」

きぬはひたひたと言った。

「山…」

「生涯、ここから動かれることはありますまい」

香は笑った。かつては自分も、湧き出る思いのまま、水の如く地を駆け抜けていたころがあった。当然きぬは知るよしもないが、きぬのように美しい女にそう言われるのは、嫁がなかったことを責められているようで心が痛んだ。

「…なるほど、この水豊かな井の国にあっては、どこまでもわしは異端のものらしい」

「そうではなく」

自嘲めいてひとりごちた香に、きぬはほんの少しだけ――日が傾くほどのさりげなさで寄った。

（この、女は）

香は不思議に思った。言うことなす事、まるで水が音もなく滲み出てくるようだ。不気味でもあるのに、どこか心地良い。

それは、この女の本性が水であるからなのか。

「いずれの水も、山から生まれるものでございましょう」

きぬは足下の包みを持ち上げ、ふところにしっかと抱いて香の前を去った。その足取りを見て、香は感嘆した。子を捨て、たった一人で知らぬ土地へ流れ着いたものの足とは思えぬ。なんと影すら軽々と引きずらずに歩くのだろう。


三岳山から吹き下ろす風がふっと和らぐころ、井伊谷は春を迎えた。どの田も水が引かれて、若い稲の彩りを添えはじめる。

水が豊かなこの井伊谷にあっても、永禄二年（一五五九）の夏はひどい日照りと長雨に交互に見舞われた。それゆえ、どの社でも念入りに豊穣祈願を行い、庄民たちは今年こそは豊作をと願っていた。

と、そこへ、駿府の太守今川義元が、中断していた尾張征伐を本格的に再開する下知が伝えられた。田植えを終えてようやくという時の出兵⁉

義元からの下知を目付である小野但馬守政次が読み上げると、当主直盛をはじめその場に集っていた被官衆がぎょっと顔色を変えた。

「あまりの数じゃ。これでは井伊谷から男がのうなってしまう」

昨今凶作や無益な戦のせいで苦境にあえぐあまり、農地を捨てて逃げる農民が後をたたなくなった。田を耕すものがいなくては米ができず、年貢も納められない。どの国人領主もこの農民の逃散に頭を悩ませており、こんな時期に出兵を命じればむやみに反感を買うのは目に見えている。

下知があってすぐ、直親の義父にあたる奥山因幡守をはじめとして、新野左馬助、中野越後守などの重鎮、親類衆が井伊谷に続々と集結した。井伊家などの外様国衆に与えられた期間は数日であり、軍役として定められた人数を供出しなければならない。引馬城を預かる曽祖父直平は高齢ということで軍役を外され、かわりに家老の飯尾《いいお》豊前《ぶぜん》守ら二百の兵が出陣の準備をすませているという。

直盛の判断は素早かった。急ぎ各家から志願を募り、留守居役をとりきめた。家の主人が出陣する場合はなるべく嫡子をつれていかないようにしたのは世の習いだ。それでも、奥山因幡守などは手柄を挙げさせたいと嫡男を連れていくことになった。

尾張で待ちかまえる織田軍は多く見積もっても三千、対して今川軍は二万をはるかに超える数になるという。今川方のだれもが負けるはずがないと思いこんでいた。そういう戦だった。

井伊谷城は、小野但馬守が守ることになった。当主が出陣せぬ小野家では、かわりに弟の小野玄蕃朝直、従兄弟の小野《おの》源五《げんご》が名乗りをあげた。玄蕃は直親の家老でもある。

直親の岳父となった奥山因幡守の一族は、親族筆頭を誇るかのようにほとんどの男子が参加し、総勢四百、駿府までの大行軍となった。

父が井伊谷を出立する日が近づくにつれ、香は一日のほとんどを龍泰寺で過ごした。

「祐圓、そなたいったいどうした」

食事をせず、朝も夜もなく禅堂に籠もり、一心不乱に経文を唱え続ける香の姿に、南渓はとまどいを隠せないようだった。いままで香の成長を見守ってきた南渓でも初めて見る姿だったのだろう。

「直盛は明朝には発つ。本丸に戻れ。娘であるそなたが見送らねば」

「…老師よ、わたくしは未熟者です。いくら御仏にすがっても祈っても、恐れが消えぬ」

「祐圓」

「どれほど祈っても消えてはくれぬのです。あの墨を煮詰めたような真っ黒な靄が……!」

香は唇を震わせ言った。数日前から、はるか西のほうにどんよりとした重い雲が視える。それは日を追うごとにはっきりとしてきており、香がどこにいても現れている。

「あれが雨雲であれば」

「祐圓、雲など出ておらぬ」

「そうでしょう。晴れて青々と浜名の水のような空が広がっておるのでしょう。ですが、視えるのです」

まるで、もやもやとしたものを直接頭の中にねじり込まれるような感覚なのだ、と香は南渓に訴えた。

「よいか、これから戦に出るのだ。そのような不吉な靄が視えるのはいたしかたない。家中でも討ち死にするものも出よう」

香は無言で頭を振る。今まで何度となく、死の予感を視てきた。けれど、正気ではいられないほど恐ろしいのは初めてだ。

剃髪して御仏の弟子となり、修行を積めばあのような奇怪な雲を視ることはなくなると思っていた。自分自身の体が勝手に動き、無意識のうちにしゃべるということも自制できるだろうと信じていたのだ。

なれど、ここまで得心した仏の道さえ、香を救わぬ。

(この戦、負けるのか)

それは、決して口にはできぬ言葉であった。

(父上は、死ぬのか)

額だけではなく、こめかみや手の内を脂汗で濡らしながら、香は必死で手を合わせ震えを抑えようとする。

「おじ上。父上に戦にいくなとも言えぬ。彦次郎のおじ上のときもそうだった。危険だという兆候が出ていたとて、駿府へ行くなとだれが申せましょう。あのような雲、視えたとて意味もない。己の無力さを味わわされるだけじゃ」

なのに、なぜ視える。

なぜ、視せるのだ。このようなちっぽけな女、家も生もすべて捨ててしまった出家に。

香の尋常ではない恐れようを宥めようと、南渓は必死に言葉をかけた。

「よいか、たとえ直盛になにかがあっても、井伊家には直親がおる。来年には子も生まれよう。そなたの恐れておることにはならぬ」

「わたくしが、恐れていること？」

「血脈が絶えることだ、香よ」

紺屋で染めた布のように青ざめた顔を、香はあげた。

「これはきっと前世からよくよくつながった縁ぞ。ならば香、道を恐れるべからず。大円鏡智じゃ。大きな鏡がすべての事象をありのままに映し出すように、一切をあるがままに受け入れなければならぬ。それがどんな惨い結果になろうとも」

――果たして、南渓の言うとおりになった。

永禄三年五月十九日。太守今川義元は尾張国桶狭間にて討ち取られ、本隊に付き従っていた香の父、井伊信濃守直盛もまた壮絶な討ち死にを遂げた。

享年五十五。法名は「龍潭寺殿前信州太守天運道鑑大居士」。

直盛に付き従っていた主な家臣のほぼ全員、主人と運命を共にした。輝の夫、小野玄蕃もまた帰らなかった。

今川軍の死者三千人。そのほとんどは、義元率いる本隊だった。

父の死の一報を聞いた香は、すぐさまくだんの井戸へと駆けつけた。

「橘よ、そなたがまこと井伊家の守り神であるのなら、なにゆえわしにこのようなものを視せる」

怒りに、全身がわなないた。火を飲み込んだかのような憤怒と、絶望からくる寒気が交互に香の身体を苛《さいな》む。

「今川におじを殺され、父を織田に殺され、次々に親族が死んでゆく。なれど合戦で男が死ぬのは世の習いじゃ。おなごにはなにもできぬ！」

むろん、橘はなにも答えない。変わらず、憎らしいほどの静けさでただそこに葉を茂らせているのみである。

（このっ…）

香はとっさに懐に手をやり、白い錦の袋を引きずり出した。母が揃えてくれていた婚礼用具はすべて無駄になったが、これだけは武家の娘のたしなみとして持ち歩いていたのだ。

袋の結びを解き、装飾のない黒漆の鞘から身を抜いた。激情のあまり、香はいまこそその刃をもって、この橘を切り倒してやろうと思った。こんなものがあるから惑わされる。これはただの木だ。なんの神意もない、古い蜜柑の木に過ぎぬ。

しかし手が止まった。

「くっ」

できなかった。

まだ剣は持てぬ。

香が、おなごであるかぎり。

「まだ…、死ねぬ」

鈍色《にびいろ》に光る切っ先は、なにをも傷つけることなく再び鞘に収まった。香は声を出さずに喉だけを震わせ慟哭した。どうにもならぬ。あんな靄が視えたとて一族の危機にすら役に立たぬ、このちっぽけな身の上――

「…もう、視せないでたもれよ…、どうか…」

香の嘆きは、天を衝いた。

「なにも出来ぬのなら、人の死など知りとうはない。先なぞ視えずともよい。わしはもはやただの尼なのじゃ。じゃのになにをせよというのか！」

その時、すぐ側で草鞋の土を踏みにじる音がした。振り返ると、家老の小野但馬守政次が立っていた。

いつもの驚きと畏怖を滲ませた様子で、香を刺すように睨んだ。

「ご存じでありましたか」

「政次」

にじり寄られて、香は後ずさる。その顔にはありありと非難が浮かんでいた。

「なぜ、なにもおっしゃらなかった。このようなことになるなら、この但馬に一言言い置いてくだされば、殿は――」

「…お下知であったろう！」

香は懐剣を懐に押し込み、低く言う。

「太守の下知に逆らうことは出来ぬという、いつもの言葉はどうした、政次」

政次は一瞬目を見開き、悔しげに唇を嚙んだ。どれほどやり手の目付家老とて、影響力があるのはこの井伊谷だけでのこと。太守今川義元の命令に逆らうことなどできるはずもない。

「わしにはなにも出来ぬ。わしはただのおなごで、出家じゃ。小法師ではない」

「では、男におなりになればよい」

なに、と香は政次を見上げた。

「貴方の器を、父和泉守も認めていた。はじめから、貴方様が家督をお継ぎになればよかったのだ」

「なにを馬鹿なことを」

いまや井伊には、直親という立派な跡継ぎがいる。香は直親のためにも鼻で笑おうとしたが、うまくいかなかった。それほどまでに政次の形相がすさまじかった。

「どうか家督をお継ぎください、香さま。いいや、井伊次郎法師どの」

政次は、〝次郎〟と強く言った。井伊の跡取りのみが名乗ることが出来る名を。

「お屋形様のあとを…、井伊をお継ぎくだされ」

「できぬ。井伊には肥後守がいる」

「肥後どのでは、井伊は滅びまするぞ」

香は、とうとう言われてしまったと思った。彼女のその真意を見抜いたのか、政次は勢いづいた。

「その程度のことを見抜けぬ貴方様ではございますまい。肥後どのではやれぬ。この家老ごときと張り合うためだけに、直平様になりかわり引馬城へ入りたいとだだを申されるようでは」

香は言葉もなかった。直親がそのようなことを言い出していたとは初耳だった。

(直親が、引馬の城を…)

直親の思惑は手に取るようにわかる。香の曽祖父にあたる直平は高齢だ。いずれ今川より城代を罷免されるかもしれない。引馬は井伊谷に近くすぐ側に東海道が通り、三河と駿河を結ぶ交通の要所だ。直親だけではなく、今川の家臣のだれもが欲しがっている。やすやすと他国の者に譲るわけにはいかない。

しかし、直親がもっとも恐れたのは、この小野政次が直平に代わって引馬の城代を任されるかも知れないという事態だったのだろう。

（直親の危惧はもっともなことだ。しかし、それを当の本人にここまで知られているとは、思慮に欠ける）

亡き父直盛が、切れすぎる家老と跡取りの従弟との間で苦心していたさまが目に見えるようで、香は胸がつまった。

小野に謀殺された亡きおじ、彦次郎と似ている。直親には芝居ができぬのだ。あまりにも素直で心を偽らぬゆえに、いらぬところで敵をつくってしまっている。

「今川家は太守を失い、後を継ぐのは京かぶれの氏真。あの器量ではあっという間に武田にのみこまれるに決まっている。松平どのとてさっさと三河へ帰ってしまわれた。我ら井伊一族はもはや貴方様の力なしではこの難局を乗り切ることはできぬのです、香さま」

政次は言葉に力を込めた。

「どうか、貴方さまがこの井伊を」

「政次」

「貴方さまは、おなごであってはならぬ方だ。あの黙宗瑞淵に、この世を動かすと予言された力をお持ちではないか！」

「無礼であろう、但馬守！」

初めて、香は政次の前で声を荒らげた。かえってそのことが、政次の心に確信を抱かせてしまうことはわかっていた。

「男におなりくだされ、香さま」

「できぬ」

「……できぬなら」

その続きをなぜか政次は飲み込んでしまい、口にはしなかった。彼はいつもの傲然とした切れ者家老の顔を取り戻すと、短く一礼して龍泰寺のほうへ去っていった。

そのまっすぐに背ののびた後ろ姿に、するりと白い帯が重なって視えた。あの透明な長い魚は、いつも政次と会っているときに、ふらりと現れて空を泳いでいく。

白い鯉のように視えた。

＊＊＊

――永禄三年の夏から冬にかけて、井伊家は混乱のさなかにあった。

井伊家の菩提寺であった龍泰寺は、父直盛の法名により名を龍潭寺と改めた。

香の母安佐も髪を下ろし、友椿尼《ゆうしゅんに》と法名を名乗った。

八月には、新たに今川家の当主となった氏真から、龍潭寺に対しても安堵状が下された。安佐もまた井伊領から田畑や治水権を含めた八十石を、香もまた、出家の際に保留にされていた化粧料を正式に相続した。

化粧料とは、一生女について回る財産。ゆえに、娘が嫁ぎ先でもないがしろにされないかどうかを決める大事な切り札であった。その上、安佐のように夫を亡くした場合の、残された者の生活費としても重要だったのだ。

このような戦後の処理に慌ただしくしていたのは、香や母たちだけではなかった。桶狭間では、直盛に随行した家臣、ゆうに十六名もが討ち死にしたのである。同様になにかの保護がなければ路頭に迷ってしまう家族はその何十倍にもなった。

家老小野但馬守政次の弟、小野玄蕃もその一人で、三の丸の小野館にはまだ幼い長男と妻の輝が残された。玄蕃は直親の家老であったため、心細い輝はなにかと姉の日夜を頼り、生活が落ち着くと亥之助をつれて龍潭寺にやってくるようになった。

「せめて姉上の子が安らかに生まれれば、不幸続きの井伊谷にも活気が戻ってくると思いまして」

と、輝は静かに子宝観音に手を合わせた。

輝とは龍潭寺で何度か顔を合わすうちに、気安く話すようになった。三つになったという忘れ形見の亥之助と、きぬと三人でよくお参りに来る。

「姉上が子を授かったと聞いて、これはぜひ私も二人目をお願いせねばと思って密かに通っておったのです。けれど、もうそれも無理なこと」

輝は寂しげに目を細めた。こたびの戦では、輝は夫ばかりでなく兄弟や従兄弟も大勢失ったのだ。彼女の実家である奥山家は、当主の朝利が大けがを負って歩行すら困難になり、嫡男六郎次郎、彦市郎、彦五郎と三人の若い息子たちはいずれも戦死。小野家でも従兄弟の源五が戻らなかった。

輝はまだ幼い息子のために髪を下ろさないのだという。小野の家を守らねばならない。なんとしても亥之助が大人になるまでこの手で育て上げるのだという気概だけで立っているのだ、そう言って笑った。

「それで、亥之助の堪忍分は決まったのか」

香が聞くと、輝は黙って首を振った。堪忍分とは、討ち死にした臣下の遺児のために払う禄のことである。

「小野村もまだ慌ただしくて…。それどころではないようで。とにかく、但馬さまと弟君の正賢さまの間で意見があわぬようです」

「意見があわない?」

政次の弟正賢が、井伊家の実質上の当主となった中野越後守に仕官するしないの話だろう、と香は察した。この井伊谷での騒動事は南渓が仕切っているため、側にいる香の耳にも入りやすいのである。

当主である直盛は、あの桶狭間の急襲の中で遺言を残していた。当初、その内容は、跡取りである直親にも家老の但馬守にも伝えられなかった。直盛は死ぬ間際、奥山孫市郎に、遺言は直接祖父直平へ残すべしと強く言い置いたのだという。

その遺言の内容が明らかになると、家中ではちょっとした騒動が起こった。なぜなら井伊領は直親が相続せず、当分の間、もっとも近しい親族である中野越後守直由《なおよし》に預けられることになったのだ。

輝の父であり、直親の後見人である奥山朝利は、この措置を小野政次のさしがねと考えたのだろう、先の戦で傷ついた体を引きずるようにして井伊谷へ抗議に来た。

「何ゆえに肥後どのではなく、家老の小野が井伊谷城を管理するのだ。肥後どのは井伊家の棟梁ぞ！」

火を噴くような勢いで、老武者は家老の小野政次へ食ってかかったが、その場にいたほかの被官衆に取り押さえられ、しぶしぶ奥山へ戻っていった。

そして、直盛は次のことも重ねて残した。時を見て直親に相続させること、そしてその際には引馬城にいる直平に井伊谷をまかせること。かわりに井伊家の本拠地を、井伊谷から交通の要所である引馬とすること。

それは父が、井伊家を守るために長年考えていた案だったのだろう。父の元にはここ数年、あの瀬戸方久をはじめとする有力商人が出入りするようになっていた。引馬を本城とし、浜名の湖と東海道の要所に腰をすえることで、直盛は長年不安定な井伊家を財力の面から立て直そうとしていたのだ。香は志半ばで散った父の無念を思うとやりきれなかった。

「義兄は、中野さまにお仕えするように説得されたようですけれど、正賢さまはあくまで直親さまにお仕えしたいと申しておるそうで」

香はふと考え込んだ。政次がそうまでして自分の弟を中野に仕えさせたいのは、もちろん今現在この井伊谷を治めているのが彼だからだ。彼は近々、井伊家当主が名乗ってきた信濃守をも名乗る予定でいる。

（小野の家が、仲たがいをしておるのか）

もともと、井伊家家老である政次と次男の玄蕃は仲が良くなかったと聞いている。玄蕃が直親の家老になったのは、あきらかに先代和泉守が残した遺恨のせいだが、次男だけではなく四男までもが政次に刃向かって直親についているのはどういうことだろう。

（政次は切れるが、癖がありすぎる。なにを考えているかわからない人間というものは、たとえ血のつながった兄弟であっても、どこかつきあいづらいということだろうか）

その点、直親は喜怒哀楽がはっきりしていて、人好きされる性格だ。

この先、井伊家が直親を中心としてうまくまとまるためには、なによりも直親が小野家をどう御していくかが肝になる。過去のことだと水に流して手をとりあおうと直親のほうから手をさしのべれば、政次はそれを断る人間ではない。そう香は思う。

輝の話は、小野の兄弟のいさかいから、和泉守の残した幼い子たちのことに移った。

「実は、小野の先代さまがお亡くなりになったあと、ご側室にお子が二人お生まれになったのですけれど、お母上がどちらもはようになくなられてしまって…。但馬守様にはもうすぐお子様がお生まれになるそうで、弟君を養子に出すかどうか、三男の太兵衛様とも話し合いをもたれておるようなのです」

十分に老いて死んだ先代和泉守には、六人の息子がいた。父が死んでから生まれた下二人を、どこへ養子に出すかで揉めているらしい。まだ三歳の亥之助がいる身では、輝にその役目は重荷だろう。

　残されるのはいつも女と子だ。悲しむのも耐えるのもいつも女の役目だといわんばかり。

「では、三男の太兵衛か四男の正賢の養子にすることになるのか」

「実は、その太兵衛様に義兄様は、井伊谷を出ろとおっしゃっておられるようなのです」

「井伊谷を出る？」

　つまり政次は弟に、身一つで豊田からこの井伊谷に分家し、一代で井伊の小野家を作り上げた父親の和泉守のように、どこかほかの土地へ移り住み、別の主人に仕えることを望んでいるのだ。

（実際、小野の家はそうして枝葉を伸ばし、さまざまな土地に血を求めて移住する一族だ。政次がそのようなことを考えるのも不思議ではない。だが…）

「しかし、何故そのようなことをわざわざわしに伝えに来るのか。見ての通りわしは墨染めの出家にすぎぬ」

「香さまは、井伊の次郎法師様でいらっしゃいますゆえ」

　なんの迷いもない目でそう言われて、香はたじろいだ。

「何を申す…」

「義兄政次も、直親様もお若い。実質この井伊谷をまとめていらっしゃるのは、ここ龍潭寺の南渓禅師どの。そして香さまは南渓様の一番弟子であられる。——直親様になにかあれば、わが姉もあなた様を頼らざるを得ますまい」

それは違う、と言いかけたが、輝はなおもこう続けた。

「香さまは得難い御方。きぬも申しておりました。香さまは古き世からの巫の気質をお持ち、まこと小法師であろうと」

「きぬ…。ああ、あの亥之助の乳母か」

いつぞや、橋の下で会った美しい女のことを香は思い出した。

「きぬは、実はもとをたどれば伊勢の神官の家の出なのです。そのきぬが、あなたさまにはどこか人と違うなにかを感じると言う。それに、香さまはなによりお屋形様の嫡子じゃ。たとえ墨染めの出家となられても、あなた様こそが、この井伊家を支えておられることには変わりない」

「それは、輝どののかいかぶりすぎじゃ…」

「皆が言うております。この井伊谷には、まだ小法師様がいらっしゃる。香さまが我らを救ってくださる、と」

自分に向かってありがたそうに手を合わせる輝に、香は思わずぞっとした。誰も彼もが、いまだこの自分に井伊家を生かす霊薬となることを期待している。髪を下ろしても、直親が伊那から戻ってきても、こうして父が亡くなり中野に井伊谷の実権が移ったあとも、人々の期待には変わりがない。

どこまでも追いかけてくる日暮れの闇のように、合わされた手が、いくつもいくつも闇の上に浮かんではこちらに向かってくる。そして言う。救ってくれと。

いったいいつまで、自分はこうして手を合わされ続けるのだろう。そして、もし万が一この井伊谷が滅び、彼らが救われないような凶事が起きれば、それはすべて小法師である香のせいになるのだろうか。

輝が、ふと思い出したように小首をかしげて言った。

「そうそう、そのきぬと言えば、実は困ったことになりました」

それが本題だといわんばかりに深刻な顔で、輝は声をひそめた。

「実は、きぬが身ごもっておるのです」

香はあの乳母の美しい顔を思い浮かべた。

「して、その、腹の子のててごは」

「それが、何度聞いても井伊谷庄のものではない、行きずりの相手だと」

そんなはずはない、と香は直感した。あのきぬという娘はたしか、武田軍に下伊那の里を焼かれ、奥山の親類を頼って逃げてきたと聞いている。乳の出がよかったため亥之助の乳母として召し抱えられた。日がな一日亥之助の世話をしているはずなのに、どこで行きずりの男と情を交わす機会があったというのか。

（そういえば、あの日橋のたもとで会ったとき、小唄を唄っていた…）

しかし、きぬが遣いに出ていたのは、輝の姉である日夜のいる祝田の屋敷だ。

「考えたくはないけれど、玄蕃どののお子だと思うております」

渋い顔つきで輝は言った。香は頷いた。たしかにそれならば、きぬが腹の子の父親を明かそうとしない理由も頷ける。

「それで、きぬと子をどうするおつもりなのですか」

「きぬが玄蕃どのの子だと認めれば、小野にひきとるつもりです。きぬとてどういう理由で相手をしたのかわかりませぬが、玄蕃どのがお亡くなりになった今となっては、亥之助と同じ血を引く大事な子。きっと力になってくれましょう」

しかし、きぬは強情で、こんな体になってはもう小野の家には居られない、下伊那の里に帰ると言い張っているのだそうである。

「そこで、姉日夜と話し合って、きぬを祝田の千石屋敷に勤めさせようと思うのです」

「なるほど、日夜どののお子の乳母にするのですね」

輝によると、きぬの子が生まれるのも年明け、直親と日夜の子が生まれるのも春前になるだろうということである。亥之助の乳母を務めたきぬならば、乳母として申し分ないと姉妹は考えたのだろう。

「つきましては祐圓尼さま、友椿尼さまのお許しをいただきたく」

その夜、本丸の御館へ戻ったあと、香は安佐にきぬという娘が身ごもっている旨を伝えた。

「日夜どのが良いとおっしゃっておられるなら、奥向きのことはそれでよい」

安佐はゆったりと言った。実際、井伊谷に残った数少ない男衆は、さまざまな領地で代替わりしたり配置換えが行われたりして忙しなく、本丸前の中野館では毎日のように評定の場が開かれていた。直親とて、生まれてくる子の乳母のことに考えが及ぶはずもない。ちょうどいいのではないかと母は言う。

「そういえば、奥山さまはあれ以来評定の場に出られないほど弱っておられるとか。無理もないことでしょうが」

よほど、直盛が遺言を直親に預けなかったことに不満をもっているらしい。それもこれも但馬守の専横のせいだと、奥山で憤懣を募らせておるときく。

その年の暮れのことだった。ついに、井伊谷で輝が心配していたとおりの事件が起こってしまった。

永禄三年十二月二十二日。奥山因幡守朝利は、手勢を率いて但馬守政次の屋敷へ押し寄せた。

「因幡様は、但馬守に向かって刃を見せて年寄職辞退を迫り、なおも井伊谷城を明け渡すように訴えられました。しかし」

城から戻り、南渓に事の次第を説明する傑山の顔は、石のように硬いままであった。

「して、因幡守どのは」

「但馬守が、ご自身の手で斬ったよしにございます」

なんと、政次が自分で奥山朝利を斬り殺したというのだ。

思いも寄らぬ重臣同士の殺傷沙汰に、井伊家家中は再び騒然となった。

「なんでも因幡守が率いていた手勢はすべて返り討ちに遭い、一人も助からなかったとか」

「なのに、襲われた但馬屋敷のほうには被害はまったくなかった」

「小野家は奥山の狼藉ぶりを責め立て、因幡守を殺害した己に非はまったくないと主張しているらしい」

「因幡守もはやまったことをしたとはいえ、なんともおかしなことじゃ」

むろん、後見人を殺された直親が黙っているわけはない。しかも井伊谷を預けられている中野越後守にとって、奥山朝利は妻の父、つまり義理の父である。

「かといって、ここで小野家だけを非難することはできんだろうな」

南渓は明かり取りの竹行灯を小刀で削りながら、香に言った。師は、直盛が死んでからは中野の立場を考慮してか、あえて城に出向かないことも多くなった。

「この微妙な時期に代替わりしたばかりで浮き足立っている今川氏真になにを告げ口されるかわかったものではない。それでなくとも、氏真はすぐに父親の弔い合戦をしなかったということで、義元以来の旗本の中で求心力を失いつつあると聞いている」

「そのようですね」

香もまた同意した。氏真は疑心暗鬼に陥っているのだ。兄弟同然に育った松平元康《もとやす》は桶狭間以降一度も駿府に戻らず、岡崎に引きこもっている。身ごもっている正室の瀬名姫も放りっぱなしで、恩ある義元の葬儀にすら姿をみせなかった。元康が今川を見限りつつあることは、もはやだれの眼からみても明らかなことだった。もし井伊谷でもめ事が起きれば、これ幸いと所領を召し上げてしまう暴挙にも出かねない。

しばらくして、中野越後守は、直親にも堪えるように強くいい置いた。ここで事を荒立てれば直親は廃嫡、井伊家そのものとて所領を失ってしまう。

納得できない直親は、何度も南渓に口添えを頼みに寺へやってきていたが、逆に彼に諭されてしぶしぶ小野への仕置きを諦めた。

香は改めて、この井伊谷で南渓の存在感を思わずにはいられなかった。直盛という傘を失った井伊家は極めてあやうく、地頭預かりの中野では直親と政次という火種を押さえきれない。

引馬の直平はいつ鬼籍に入ってもおかしくはない高齢だ。もし、南渓がいなくなれば、井伊家はどうなってしまうのか。

――男におなりください。

政次に言われた言葉を思い出して、香は地揺れのように身震いした。

年が明けて、いよいよ直親の妻日夜が臨月に入り、輝は姉の安産を願って何度も龍潭寺へ詣でにやってきた。すでにあのきぬという乳母は亥之助にはついておらず、年をまたぐかまたがないかというころに出産したという。

おなごだったという報告を輝から受けて、香は安堵した。これで誰の子であろうと、きぬの子がどの家の家督の問題になることもないだろうと思った。

いよいよ日夜の出産かという、二月の九日。まだつんと透き通る空気が骨まで浸みてくる寒さの中、香は早朝寺の観音さまに手を合わせ、その足でいつものように井伊家の井戸へ向かった。男を願ってはいるが、つつがなく生まれればどちらでもよいから、日夜どのの御身が安らかで子も健康でありますようにと願い立て、急ぎ足で井伊の御館へ足を向けた。

ちょうど本丸までやって来たとき、香は中野屋敷からあの小野政次が出てくるところへ鉢合わせた。

「これは、祐圓尼さま」

会釈だけして通り過ぎるはずが、政次が付いてくる。いつもと同じことを聞いてきた。

「なにか、変わったことはごらんになりませんでしたか。黒い靄のようなものは」

「そのようなこと、あるはずがない」

なにしろ、今日は直親の子が生まれる日なのだ。あのような不吉なものは視えるはずもなかったし、視たくもなかった。

「ふうん、それでは肥後どののお子は、井伊家待望のご嫡男ですかな」

「知らぬ。まだ生まれてもおらぬ」

「香さまでもわかりませぬか」

久しぶりに本丸の御館に足を踏み入れたので、井伊の明神さまに手を合わせ、日夜の安産を願おうとすれば、政次はそこにも付いてくる。今はこの井伊谷城は家老である彼が城代を務めているので、出入りするのは自由なのだが。

「ずいぶんと、肥後の家を気にするのだな」

「正直なところ、子を持つといろいろ人が変わったようになるものです。我が家にも子がおりますので、因幡守さまのように急に襲撃されてはたまったものではない」

先年の末に起きた事件のことを言って、香を牽制してきた。

「それにしては、用意周到だったようだ」

「なにがですか」

「急な襲撃であったにもかかわらず、但馬屋敷にはいつもの倍の警護のものがいたそうではないか」

香はかつて自分に求婚した男の顔をじっと見た。側の稲荷大明神の狐にも似た、切れ長のまなざしが一瞬、逸らされたのを見逃さなかった。

「やはり、因幡守をたきつけたのはそちだったたか、但馬守」

「なんのことでございましょうか」

「いくら親類を多く失ったとて、身内に桶狭間での戦死者を出したのは奥山ばかりではない。なのに、あのご老体はそなたを殺さねば直親が井伊家の家督を継ぐことはできぬと思い込んでいた。正確には思い込まされたのだろう。だれぞにな」

政次はそのことを知っていたからこそ、あらかじめ屋敷の警護を厳重にしておくことが出来たのだろう。そうでなければ、あの時に限っていつもの倍の人数で警護にあたっていたことの説明がつかない。

「そなた、因幡守ともども邪魔なものたちを消すつもりでおったな」

「ともどもとは？」

「――日夜どのの、腹のお子」

切り込むように言われて、さすがの政次も気色ばんだ。

この男は知恵者だ。一つの仕掛けでいくつもの獲物を容易に手にしようとする。いま、井伊家中で政次の政敵といえば、肥後守直親をおいてほかにない。その直親には、待望の子が生まれようとしている。もしこれが嫡男誕生ということになったら、長年男児を待ちわびていた井伊家中の人間は、一気に直親寄りになるだろう。日夜の父である因幡守は重臣筆頭ということになり、彼の娘を娶っている中野、鈴木、直親の結束は嫡男を中心にしていっそう固くなる。そうなっては今川の目付としての自分の立場が危うくなるのだ。

そこで彼は一計を案じた。もし因幡守が自分に殺されれば、父の急死の知らせを聞いた日夜は動揺する。うまくいけば腹の子が流れるかもしれないとふんでいたのだろう。

「……それも、貴方様の千里眼ですか」

喉から声を絞り出して、政次は言った。こめかみに大汗をかいているらしく、そででぬぐった。

「なんと恐ろしい」

視えたのではないと言っても聞かぬことはわかっていたから、香は敢えて否定しなかった。

「そなたにしては、やることが派手だと思うただけだ。無益な殺生をすれば、おのが身に還る。ゆめ忘れるなよ、政次」

「恐ろしい御方だ。いつも貴方は、うまくやってみせたと私が慢心したところへ水をかける。人の頭で考えた小細工など、天の意に比べれば塵のごときものだと思い知らされる」

ああ、と政次は汗をかいた顔で呻いた。

「どうすれば…、越えられるのか」

その時、荒々しい馬のいななきとともに、政次を呼ぶ声が御館の庭に響いた。小野の家人だろう。顔に見覚えがある。

「殿、ここにおわしましたか。肥後さまの祝田屋敷にて、御嫡男誕生のよし」

政次はすぐにいつもの澄ました顔にもどると、香に一礼して御館を出ていった。その後をいつものあのぼんやりとした白い帯が、…まるで主のあとを追いかけるように空をたなびいていく。

空を泳ぐ不可思議な白い鯉。ほかの誰であっても、あのようなものが視えることはない。

吉とも凶ともつかぬあれが、香にはなにか特別な意味があるように思えてならなかった。いったいどこから来るのだろう。いつも川のほうから現れて、最後は龍潭寺のほうへ…、そうだ、あの井戸のほうへ消えていく気がする。

日夜の出産は初産のわりには軽く、陣痛がついて半日もかからずに子を産み落とした。大きな産声の男の子で、我が子四人を先に亡くした曽祖父の直平は井伊家待望の嫡男の誕生に、この子こそ直盛の生まれ変わりに違いないとむせび泣いた。

直親たっての希望で南渓が名付け親となり、井伊家の守り神である橘のように常緑である松にちなんで、虎松《とらまつ》と名付けられた。大仕事を果たした日夜は、数日気候もあって体調を崩していたが、身のまわりのことは手慣れた乳母のきぬがしてくれるので、ほどなく元気になった。

父を亡くすという凶事に見舞われながらも、輝や亥之助が毎日のように祝田の屋敷を訪れるので日夜も心強いようだ。香は、きぬの娘がどうしているのか輝に尋ねたが、日夜のたっての希望で祝田の屋敷でともに暮らしているのだという。輝はきぬの子の父親が玄蕃であると確信しているようで、亥之助の妹には自分の目の届くところに居て欲しいと願っているようだった。

生まれくる命になにかを縋らずにはいられないほど、桶狭間では人が死にすぎた。井伊谷はここ数年、飢饉の年並みに野辺送りの煙が絶えることがない。そんなとき、朗らかに遊ぶ子供の声や新たに生まれる命にしか、死の影を振り払う光はないのだ。香はそう実感する。


「実際したたかな若造よ、あの松平は」

直盛の一周忌のために、五月引馬から井伊谷を訪れていた曽祖父の直平は、龍潭寺の方丈で実子の南渓に向かって愚痴をこぼした。

この老武者は七十四歳。本来なら家督をとっくに譲って楽隠居の身である。しかし多くいた男子は南渓を残してすべて失い、孫の直盛まで戦死してしまった。気力体力ともに衰えを隠せないが、この直平や南渓がいてくれるからこそ、井伊は預かりという微妙な立場の中野や、なにかと対立しがちな直親と政次の間をとりもてているのである。

直平は、井伊領と隣接する奥三河の武将達が、つぎつぎに今川を見捨てて元康につき始めていることを危惧していた。

「田峯の菅沼、西郷、川治の設楽…。皆、氏真を見限って元康のもとに走っている。あの小心者の氏真が、この裏切りを見過ごしておくはずはない。三河がきなくさくなれば、次はここ井伊谷じゃ。引馬が前哨基地になる」

「直盛どのは、引馬に井伊の本拠地をうつし、井伊谷城は直親に城代を任せるつもりであったようですが」

出来物《できぶつ》だった孫の先見の明を直平は惜しみ、かといって今そんなことをすれば、この井伊までも怪しげな動きがあると、引馬を奪われかねない。直盛の遺言どおり、自分は引馬に、井伊谷城は家老の但馬にまかせておくしかないと嘆息した。

二人の危惧は、ほどなく現実のものになった。猜疑心の強い今川氏真は、三河武士たちの裏切りをとうとう腹にすえかね、三河に怒濤の如く兵を送って裏切り者達を討ち取らせた。彼の復讐心はそれだけにとどまらず、駿府にとどまっていた三河国衆の人質たちを、部下に命じて龍拈寺《りゅうねんじ》で串刺しにして殺したのである。

これには、駿府に妻子を残していた元康も焦ったようで、早々に人質の交換の手はずをととのえ、正室瀬名姫と娘を岡崎へ引き取った。しかし瀬名姫の親である、今川氏の重臣を長く務めた関口氏の駿府での立場は、日を追うごとに悪くなっていく。明けて永禄五年一月には、松平元康は織田信長と正式に清洲で同盟を結び、程なく関口親永夫妻は自ら命を絶つのである。

関口夫妻の死は、長年手紙のやりとりをしてれんと親交を深めていた安佐に大変な衝撃を与えた。

「香や、そなた松平の瀬名さまともっと頻繁に文のやりとりをしてはどうか」

「瀬名さまと？」

香とは祖父のめいにあたる方だった。

「今となっては今川と松平は敵同士。今川一族の出である瀬名さまはなにかと肩身の狭い思いをされておろう。関口さまは、もはやこうなっては自分たちは娘の力にはなってやれぬから、残された娘と孫を頼むと言い残されての」

駿府から届いた最後の文は夫妻の遺言で、安佐の心を強く打ったようだった。香は即座に岡崎の瀬名あてに手紙を書いた。たしかにおなごにはおなごの付き合い方があり情報網がある。あの奥山の四姉妹が密に連絡を取り交わしているからこそ、それぞれ姉妹を娶った男たちは家中で余計な摩擦を生まなくても済んでいるのだ。

「おなごが政略で他国へ嫁ぐのはただの悲劇ではない。哀れ、悲劇で終わらせてはならぬ。男が剣で断ち切ったものを血でつなげるのはおなごだけよ。香、そなたも出家したからとて俗世と縁が切れるわけではないこと、よくよく身に染みさせよ」

ためしに瀬名にお悔やみの文を送ると、すぐに返事が来た。筆まめなのは母娘そろってそうらしく、一度きっかけを得ると瀬名からは一月とあけず分厚い文が届いた。

曰く、せっかく駿府を離れ夫に呼び寄せられたのに、岡崎城には住むことは出来ず、すぐ近くに整えられた築山御殿に娘の亀姫《かめひめ》と住まわされているという。嫡男の竹千代《たけちよ》は取り上げられ城で暮らしているそうで、それもこれも元康の生母於大《おだい》の方の今川嫌いのせいなのだと、半ば愚痴めいた強い文面に一瞬目を奪われるが、実際はその間間に香の知りたい情報——たとえば現在の岡崎の様子や、会った人物、城下の人々の経済状況などが挟んであった。

この詳細な文面を見るに、瀬名もまた井伊を頼りにしているのだということを香はひしひしと感じた。別宅に住まわされている扱いでは、いつ離縁して岡崎を追放されるかわかったものではない。その際身を寄せられる実家も、両親も亡くなってしまった。頼れるのは三河からほど近く、今川に対してそう忠誠心の高くない被官の、身内の井伊だけなのだ。

（甲斐の情報も知りたい。…さりとて向こうには特に縁のある者もおらぬ。瀬戸方久にも文を出すか）

こんなとき、さまざまな土地を渡り歩いて行商をする瀬戸方久のような商人の存在は心強かった。彼らは特に、金の流れまで摑んでいる。香は彼からの便りによって、甲斐の武田が、戦の費用を集めるために、僧侶の妻帯にまで税金をかけていること、まったく関所がないかわりに交通の発達した遠州街道や東海道とは違い、かの国には関所が多く関銭をたよりにしていることなどを知った。

（東三河では、毎月のように今川からの離反が続いている。それに対して怒り狂った氏真が無茶な出兵を命じて、ますます人の心は離れていく。しかし、未だに義元公の築き上げた今川の国力は侮れない。井伊にとっては今川の同盟国である武田の動きも気になる…。信玄がもし信濃を完全に平定すれば、次に眼を向けるのは遠州——。海のある国だ）

信玄はやり手だ。いずれその目を南へ向けるはず。その時、井伊はどの大樹の陰に寄っていればうまく生き残れるのか。

「まるで、次郎と同じことをしておる」

わざわざ龍潭寺までやってきては、母の塔頭でせっせと書状を書き続ける香を見て、南渓はそう笑った。

「井伊谷の小法師さまは、千里の先まで見渡せるばかりか、右筆までなさる。ありがたいありがたい」

「笑い事ではありませぬぞ、おじ上よ」

それでも、瀬名と香が親しくやりとりをしていることは、いつのまにか直親の耳に入ったらしい。ある日、直親は妻の日夜と虎松を伴って龍潭寺を訪れた。はや、日夜は第二子を望んでいて、新たな子宝祈願とお礼参りを兼ねているのだという。

参拝は口実だということは、香にはわかっていた。この井伊谷には小野家の家人や監視役、今川の細作が眼を光らせている。直親が誰と会っていたかは逐一政次の耳に入るのだ。

松岳院の部屋で虎松を膝の上で遊ばせながら、直親は南渓と香に向かって言った。

「いまや、井伊谷で一番三河のことにお詳しいのは祐圓尼どのかと思いまして」

はじめは、岡崎の瀬名のことを日夜も交えて軽く話すだけだったが、やがて虎松がねぶたがり、乳母のきぬが抱いて別室でねかせてからは、直親の顔つきががらりと変わった。

「氏真が、引馬を寵臣にくれてやると言ったというのか」

「左馬助どのが、駿府の歌会でたしかに聞いたとおっしゃるのです」

新野左馬助は、先だって今川の重臣朝比奈《あさひな》泰朝《やすとも》に請われ、駿府へ赴いていた。

「朝比奈泰朝と言えば、氏真の近習上がりの側近だと聞いているが」

「氏真の周囲には、近習上がりしかいないともっぱらの評判です。義元公に使えた古強者の側近達を遠ざけ、蹴鞠仲間を次々に要職にとりたてているとか」

その中の一人に、話の流れで直平の歳をあげつらったものがいたらしい。齢七十五になると聞いて氏真も、それはそろそろ隠居させてやったほうがよいのではないかという話になり、しからば某がと名乗り出た者がいたということだった。

引馬は対三河の要所であり、遠州と駿河を結ぶ流通の重要地点である。土地も豊かで城下もよく開け、大名ならばだれでも欲しがる場所だ。

「このままでは、引馬を今川に取られまする。その前に、我々は決断をすべきかと」

「決断、とは」

今川をとるか、それとも被官を離れ新たに松平元康と同盟を結ぶか、ということだろう。

「直親、そなたが松平どのに与《くみ》したがっていることはわかった。だがこのこと、左馬助どのや、越後守はご存じなのか」

南渓が、安佐のほうをちらりと見つつ言った。直親はまだ、と首を振ったが、この場に左馬助の妹である安佐と、越後守に妹が嫁いでいる日夜が同席していることから、直親がいざとなれば女達のつてを頼りたがっている意図はある程度汲むことができた。

「松平どのの手応えはあるのか」

「すでに鈴木重時《すずきしげとき》どのを通じて、それとなく伝わっているものと」

東三河の豪人である鈴木重時の嫡男には、日夜の姉が嫁いでいる。そして、鈴木氏は、先だって今川を裏切った菅沼氏に娘を嫁がせており、ここにも濃い血の結束がある。

（直親の判断は間違ってはいない。問題は、時だ）

どのみち、そう遠くない先に井伊は再び主家を選ばなければならない運命にある。そして長年井伊家は、今川には煮え湯を飲まされ続けてきた。今川の人質として駿府で苦労をした元康ならばと、井伊の重臣たちが考えても不思議はないだろう。

だが、その時確実に反対するものがいる。

（小野但馬守政次）

今川の目付である小野家は、言うなれば今川の威を借ることで井伊家中を専断してきたのだ。ここで今川を離れて松平になびけば、家中の勢力図はひっくりかえり、小野は血で結束した親族の中で今までのような存在感を保てなくなる。

もちろん、直親は元康を選ぶだろう。そしてその際には小野を切る。現在の井伊の状況から見るに理にかなっており、また身内が嫁いでいることもあって家中の意見もまとまる。その上、直親にとっては憎い親の敵である小野を公然とつぶすことの出来るまたとない機会なのだ。

「直親どの、ひとつお聞きしたい」

香は日夜の視線を少し気にして、いつもより言葉を改めて言った。

「なんなりと」

「小野への遺恨は、もうないのか」

ゆったりと構えていた直親が、ふいに膝の上で拳を握った。それを香は見逃さなかった。

「但馬守は有能な男です。ですが、但馬は今川を離れられないでしょう」

香は、直親の側で平然と聞いている日夜の様子をうかがった。彼女にとっても政次は父親を殺した憎い敵である。夫婦の間では、すでに政次を見捨てることは暗黙の了解になっているに違いない。

「そなたが鈴木氏とも、中野どのともうまく連携できるとそこまで確信している理由は、因幡守の敵討ちだからではないのか」

「祐圓尼さま…」

日夜が驚いた顔をして香を見た。

「…であれば、そちの眼は憎しみゆえに曇りが必ずある。但馬を甘く見てはならぬ」

南渓もまた、香の意見にさりげなく同意した。

「祐圓の言うとおりだ。急くな、直親。そなたはまだ井伊家の当主ではないのだぞ。なぜ、直盛がそなたにすぐ家督を継がせなかったのかをもう一度考えよ。但馬に遠慮したからではない。あの者を恐れたからだ」

「……っ」

ぐっと唇を噛んだその様子から、香は直親が一日も早くこの井伊谷で手柄を立てたがっているのがよくわかった。

いま実質上井伊家を支えているのは、引馬の直平、井伊家預かりの中野、親族筆頭の新野左馬助、そしてこの龍潭寺の南渓である。直親が真っ先に自分の計画を打ち明けにここへやってきたのは、直平の子である南渓の意思を確認するため…

そして、井伊次郎法師を名乗る香の意思をも。

「香どのは、どう思われる。このまま今川の旗本にあって井伊家に先があるとお考えか」

「直親どの」

ここで初めて、直親の影のようにひっそりとしていた日夜が口を開いた。

「祐圓尼さま、その千里眼で、どちらについたほうが利があるのか視えませぬか。但馬の処分を天はどうせよと」

「なにを唐突に」

「奥山の権現では、すでに神籤を引かせました」

香はふっくらとした、まだ顔に幼さを残している日夜の顔を見た。

「日夜どの」

「祐圓尼さまは、井伊谷の小法師様。貴方様の選んだ道ならば、井伊の領民も被官衆も一人も異を唱えることなく付いてくることでしょう。そのお力を、どうか夫のために使いいただきたいのです」

日夜は深々と香の前で手をついた。その必死の様子に、香は輝にも感じたのと同じ畏怖を味わった。

「いま、松平に寝返るは天意に反しましょうか。松平どのは、今川氏真におとる武将ですか。井伊にとって松平は吉か凶か」

「これ、日夜…」

直親が妻を窘《たしな》めたが、日夜は眼をそらすことなく香の答えを待っている。香は首を振った。そんなことはわかるはずがない、と言おうとした。しかし、その時ふっと目の前を横切っていくものがあった。見たこともない顔の男だ。ぎょろりとした出目の目立つ、四角い顔の小男。髭をたくわえてはいるが、それは黒々としてまだ若いことがわかる。

その男が、一度そっぽを向いて去っていってしまうものの、途中で振り返る。不思議なことに男の背には後光が差している。そしてその男には、あの黒い靄がかかってはいない。靄はすでに払われてしまった…

(むしろ、靄がかかっているのは――)

「香どの！」
呼ばれてはっ、と息を呑んだ。たったいま、真実が視えていたと思ったのに、もうそ
の光景はどこにもなく、自分がなにを視ていたのかすら記憶にはなかった。まるで寝起
きの夢のようだ。こんな夢だったと思う先から、砂でできているように崩れて消えてし
まう。
「なにか、気がかりでも…？」
香を覗き込もうとする複数の視線が、息を止めて彼女が予言するのを待ちかまえてい
た。「いや、なにも」
続けなければと口を開きかけたとき、別室から子供の泣き声が聞こえてきた。
「おや」
虎松が起きたのだろう。日夜がすっと顔つきを変えて席を外した。虎松を抱いてあや
す声と、この世のしがらみなどなに一つ知らぬ無垢な泣き声が、部屋に立ちこめていた
嫌な緊張感を打ち払った。
香はほっと肩を下ろした。もし、この先直親が今川に反逆罪で討伐されることにでも
なれば、嫡子の虎松とて命はない。あの生まれたばかりの得難い命を守るためにも、い
まここで傘を選び間違えてはならなかった。
（小法師であろうとなかろうと、いまはそんなことにこだわっている場合ではないのだ。
わしがまことあの橘の化身で、井伊家の血脈を守る霊薬ならば、きっとこの難局をのり

きるためのなにかが視えるはず）

彦次郎おじのときは、不吉な靄が視えていたのにもかかわらず見過ごした。父のときはなにもできなかった。だからこそ、直親と虎松の命はなんとしてもこの手で守りたい。

十一月、虎松を連れて、奥山の四姉妹が因幡守の三回忌の法要のために奥山の実家へ戻ったとき、直親は供についていった。傍目には義父の供養のためのようにみえるが、実質は同じ因幡守の娘婿である中野直由と舅の鈴木重時を密かに会わせる好機であったからであった。

あれ以来、直親は積極的に元康に近づき、彼が細作として使っている熊野修験者とはよく龍潭寺で会っていた。その様子から、すでに井伊家が元康と近づきつつあることを左馬助や中野は知っていて、いざとなれば氏真を裏切る腹づもりは両者できていることを香は悟った。

直親はなにも、一方的に今川から離反することだけを考えていたわけではない。曽祖父の直平に代わり引馬の城代となれるよう、左馬助を通して何度も氏真に申し入れていた。しかし、そのたびに返事を躱《かわ》されている。あまり強硬な態度に出れば氏真の性格上却って頑なになり、直平の城代も解任してしまいそうで、井伊側としてはそれ以上手を打てずにいた。

三岳颪が厳しくなり、時折おきるぶつかってくるような強い風に、香は足をとられそうになりながら歩く。龍潭寺の周囲の深田でも蓮根の収穫を終え、人々はせめて正月だけでも温かく迎えようと神事の準備に忙しくする。近年は日照りが続いて米が思ったようにとれず、どの家も銭主《せんしゅ》に借金をしてなんとか次の年の収穫までもたせようとしていた。

一見すれば、いつもの井伊谷の冬のように思える。しかしそう見えるのは龍潭寺の周囲の寺領だけで、その実はほとんどの農家は土地を手放してただの小作になり、古くから続いた庄屋さえも銭主に多額の借金をして、名主の権利さえ担保にされているありさまだった。

（鯉田、祝田、堀川あたりの土地はすべてよそ者の手に渡っている。恐ろしいことだ。もしその者たちが今川か、甲斐の武田か、それとも三河の松平に通じていれば、あっという間に井伊領内を手引きされてしまう）

直親に言って、ここ数年で他者の手に渡った井伊領の土地をいまいちど調査させてはどうか、香がそんなことを考えていた矢先だった。

直親が松平元康との密通を今川に疑われ、駿府へ来て本人自ら申し開きをするようにという達しが届いたのだ。

そして、氏真にそれを訴えたのは、ほかならぬ井伊家の家老、小野但馬守政次であった。

＊＊＊

「早すぎる」

誰もがそう思った。今川に知られるのが早すぎた。

「まだ、松平どのとなんの約束も取り交わしておらぬ。氏真がもし井伊に兵を送れば、援軍のないわが方など赤子の手をひねるように侵略されよう」

あの切れ者の但馬守がなにも察知していないはずなどなかったのだ。それでも直親は、まさか政次が駿府へ自ら出向き、井伊家家中に謀反の動きありと訴え出るとは思っていなかった。亡き和泉守の進言が父彦次郎と叔父平次郎の死を招いたことはまだ記憶に新しく、直親との遺恨のもととなっている。わざわざそれを蒸し返すように同じ手口で今川に注進するだろうか、いやそこまであからさまなことはすまい――そう思っていたのである。

「私が甘かった。あの但馬に井伊への忠心など欠片《かけら》もないことはわかっていたつもりであったのに」

中野直由と新野左馬助の二人を味方につけたところで、これで家中は松平寄りにまとまったと油断があったのかもしれぬ。

「すべて某の慢心が起こした不始末。いざとなれば一人、腹を切り申す」

直親は命を惜しむことなくそう言ってのけたが、そんなことをされては井伊家はますます血統を失い傾いでしまう。

「あくまでしらを切り通せばよいのだ。決して駿府へ赴いてはならん。彦次郎の二の舞になるぞ」

今川の出方を危惧した中野直由は直親に祝田屋敷へ謹慎を申しつけると、新野左馬助に申し開きをさせ、時間を稼ぐ方法に出た。いまの井伊家は桶狭間での大敗北が癒えておらず、負担した戦費や遺族への堪忍分を払うのに多額の借金をしているありさま。とても単独で今川と戦ができる状態ではない。

なんとか今回の疑いを誤魔化して、なお水面下で松平との交渉を進めるのだ。誰もが但馬守への臍《ほぞ》を噛むような気持ちを押し殺して、じっと大嵐が通り過ぎるのを待った。

しかし、今川方は井伊の思ってもみない態度に出た。怒り狂って所領を召し上げると言い出すと思いきや、直親に駿府に出向いて申し開きをせよ。ついては、前々から申し出のあった引馬の城代を直平から譲り受けることを許すというのである。

「さても面倒なことになり申した」

馬をつぶして駿府と井伊谷を行き来した新野左馬助は、氏真の言い分に困惑していた。密通の疑いのあるものに引馬を預けるなど、まったくもって真意とは思えない。

「だが、ここで御礼言上に伺わねば、却って翻意を肯定することにもなりかねん」

「但馬守の入れ知恵ではないのか」

だれもが、駿府に出向いたまま一向に戻る気配のない但馬守を警戒していた。あの男は父親以上に得体がしれなさすぎる。今川義元は誰もが認める傑物で、決して機嫌を損ねてはならない相手だったが、息子の器は父親に遠く及ばない。なのになお今川にしがみつき、目付としての役目に固執するとは…

「明らかに井伊家が今川を離れることによって、己の権力が失せるのを阻止したいと考えているからだろう。いくら切れ者の但馬といえども、今更近習ばかりをとりたてている今川の重臣に加われるほどの力はない」

政次にとっては、あくまで今川という後ろ盾がある上で、井伊家をいいように動かすのが理想に近い形なのである。そのためには、決定的な遺恨がある直親の存在は、なんとしても取り除きたい。そう考えての暴挙としか考えられなかった。

「駿府に赴けば、父のように生害されるかもしれぬ。かといって御礼言上までしないとあっては謀反の疑いは免れず、井伊家そのものが滅びかねぬ。ならば」

決断を迫られた直親は迷わなかった。

「どのみち、行っても地獄、行かなくても地獄だ。駿河どのと刺し違える覚悟で行き申そう」

孫の悲痛な決心を、血相を変えて止めようと井伊谷へやってきた直平とは入れ違いに、直親は十二月の二十四日に井伊谷城を発った。ある種の覚悟を決めていたのか、直親は事前に父の墓参りをし、龍潭寺の香のもとを訪れた。

香は、直親とともに井伊家の井戸へ参った。あの日も、ここで二人とりとめのない話をしていた。自分たちはまだ九歳で、年が明ければ亀乃丞は元服し、祝言をあげるのだと言われていた。この姉弟のように育った少年と夫婦になるのだと。あの勝間田藤七郎がやってきて、彦次郎の急死を告げるまでは。

それから、直親の身にも香の身にも、あまりにもめまぐるしいことばかりが起きすぎた。

「やあ、ここは変わらぬ。冬だというのに橘は青い。この木は寒ささえ寄せ付けぬようじゃ」

此度の駿府行きについて、黒い靄が視えるかどうかを直親は聞かなかった。ただ、自分になにかあったときのために、妻の日夜と虎松のことを頼むと何度も口にした。

「もし、私が駿府で害されるようなことがあれば、虎松は出家させずかつての私のように、どこか遠くの寺へ落とさせてください。そして、必ず井伊家の家督を」

香は承知した。自分が乗り越えたことならば、息子もきっと耐えられるだろう。直親の父親としての強い信念がうかがい知れた。

「香どのがついていてくれれば、虎松はきっと大成できる。井伊家は滅亡することはない。不思議と、ここに来るたびにそう思えるのです。恐怖は消え、信念のみが心に残る」

「亀乃丞」

思わず幼名で呼ぶと、それまでの硬い表情が氷解して、ふっといつもの笑顔になった。

「覚えておいででしょうか。父の死を知る前、ここで香どのは知っているとおっしゃった。我らが先祖共保公の血筋がどこのもので、いったいどうやって助かったのかを。私は教えてくださいと言ったが、貴方は」

「知りて知らざるは上なり」

「そう、その老子の言葉を申された」

大きなくっきりとした眼が香を見つめていた。離れて見ぬ十年の間に背丈がうんとのび、ふっくらとした頬は男らしく痩《こ》けて精悍さを放っている。しかし、眼はそのままだ。子供の頃からおなごと見まがうほど愛らしい顔つきをしていたが、一番印象的だったのは、上等の黒漆に蒔いた金のような瞳だった。あの眼でじいっと見つめられ、続いて微笑まれるとどんな人間でも彼を嫌いにはなれなかったものだ。

あの美しい瞳は見知らぬ伊那の土地で彼を守り、大いなる力となっていただろう。しかし誰からも愛される反面、弱点もあった。生まれ持った気質ゆえに直親は親しまれることに慣れすぎていて、政次からの理不尽とも思える反発を受け止められなかったのだ。

直親は井戸に近づき、言った。

「下伊那で、なぜ共保公が助かったのかについて何度も考えました。時間だけはいくらでもありましたからね」

「わかったのか」

「わかりました」

そうか、と香は答えた。彼ならばわかるだろうと思った。これは井伊のものでなくてはおそらくわかるまい。

直親はさらに驚くべきことを言い残した。

「発つ前、どうしても貴方に会いたかったのは、ほかにもうひとつ理由があります。香どのにだけは打ち明けておきたかった。私には虎松のほかにもう二人、子がおるのです」

「……それは、伊那の子か」

香の問いかけに直親は微妙に顔を曇らせ、

「一人は伊那で出来た子で、すでに他家に養子に行っております。いまさら父と名乗る意味はないでしょう。ただ、娘のほうはまだ乳飲み子で母親もこの井伊谷にいる」

娘の名は、篠《しの》というのだと彼は言った。彼の得意な横笛のことだ。それで香は直親がだれと情を交わしたのかわかってしまった。

「子の母親は、きぬか」

驚いた顔を直親はした。

「そなたと寺で会うたとき、敦盛が聞こえてきた。そなたは音曲が好きであったろう。なのに渋川に笛を奉納した」

「……やはり、香どのには隠し事ができぬ」

観念したというふうに、大きな目を細めて直親は笑った。

「そうです。きぬは伊那に残してきた子の母でもある。私にとって笛はただの手慰みだったがきぬは違う。彼女は伊勢の巫の血を引く者です。女一人で井伊谷へ来たのは、子のことを告げたかったのもあるでしょうが、それだけではなかったはず。実は伊那にいたころから貴方に会いたがっていました」

「わしに？」

「そうです、徳者と名高い井伊谷の小法師に」

直親は、昔とは違う顔で香を見た。いつも香どのはすごいと褒めて、一歩引いていたころの顔ではない。香にはわからないなにかを手に入れ、そして持たざるものを守ろうとしている御師のような表情だった。

「きぬならば、多少は人には視えざるもののこともわかりましょう。幼い頃から神を近くに感じながら育った者。きっと香どののお役にたつはずです」

「亀乃丞…」

直親は深々と香に向かって頭を下げた。

「これにて、今生の別れになりまする。井伊次郎法師どの」

「亀乃丞！」

「わかっておいでのはず。私が駿府に赴いて無事に戻ってこられるほど、小野但馬守という男は甘くはない。おそらく駿府の評定の場で、父と同じように手討ちにされるでしょう。その時は但馬と刺し違えるつもりでおります。あの男を生かして井伊谷に戻すわけにはいかぬ」

香は自分よりはるかに高いところにある直親の袖を摑んだ。

「何故、聞かなんだ」

「香どの」

「なぜ、すべてを決めるまでに駿府に行ってよいのかどうかわしに聞かなんだ。黒い靄が視えるかどうか確かめなかった！　不吉かどうか聞いてくれなかったのだ！」

怒鳴るようにして香は直親を摑み、揺さぶろうとした。けれど彼はびくともしない。かつて自分の後を影のように付いてきた同じ背丈の者とは思えぬほど、大きく、そして遠くなってしまった。

聞かれれば、答えたのだ。駿府へは行ってはならぬと。そなたは但馬を斬るというその本懐すら遂げられず、逆に無惨に切り刻まれてこの井伊谷へ戻ってくる。

それほどまでに不吉な闇が、直親を中心にしてこの井伊谷の空に蓋をしようとしているのだ。あれはまるで人の霊魂を食い尽くそうとする黄泉《よみ》の国の蝗だ。死の匂いをいちはやく察知してやってくる。

直親は静かに言った。

「それが重荷と知ってから、私は貴方様を小法師にはしたくなかった」

「なに」

「人は、苦しいときにはつい人には及ばぬ力に縋ろうとする。私も香どののもつ千里眼さえあればと思うたことが何度もある。香どのが髪を下ろされたと知って、一度は裏切られたと思った。私を待っていてはくれなかったのだと。けれど、よくよく考え直せば無理もないことだとわかった。それは、貴方さまにとっての救いであったのでしょう」

「…っ」

彼は知っていたのだ。だれからも手を合わせられ、井伊谷を救ってくれと縋られることに香が重圧を感じていることを。

もしや、自分は小法師などではないのではないか。天池の堤のことも疫病のことも、たまたまそれが当たっただけで、本当になにかが視えているのではないのではないかと、毎日のように疑心暗鬼になることを。

「そのために、一心不乱に修行をしておいでだった。その時私は、小さな貴方様にのしかかっているようではこの井伊谷に将来はないと思うたのです。日夜は但馬をどうすればよいか、松平どのにつくか今川につくかは、小法師の誉れ高い香どのに決めてもらえばよいと言うたが、私はそうはしたくなかった。ただの女の身の貴方さまを、この井伊谷の知行から解放して差し上げたかった。なによりそのためには私が井伊家の棟梁として、しっかと立たねばならなかった。皆が小法師ではなく、私を頼ってくれるようになれば、と…」

直親はそっと香の手をとると、ゆっくりとそれを自分の手のひらに持っていった。広く器のような直親の手の上で、自分のそれは楓のようであった。

これが、剣を握るものと筆をもつものの手の違いなのだ。香はいずれ、いま目の前にたしかに息づいている直親の、紅を塗られた美しい首を前に経をあげねばならぬ。

「…直親どの」

「けれど、やはり私も井伊谷で育った身。心のどこかで信じてもおるのです。共保公はこの井戸から現れた存在であったと。その血をもっとも濃く引く香どのが、井伊を生かす橘の化身であると。たとえなにを視なくても、香どのは井伊次郎に相応しい御方だ」

彼は香の手を離し、そっと側を通り過ぎた。そして葉のついた橘の小枝をもぎり、懐にいれた。

「出府の守りに持っていきます。私も井伊の血を引く身、橘の守りがあるやもしれぬ」

去り際に、直親は再び二人の子のことを口にした。

「私の死後、必ず但馬は虎松の命を狙うでしょう。出家はさせず鳳来寺あたりに落ちさせ、いずれは虎松は貴方さまの養子として、井伊家を継がせてください。篠のことは、きぬに我が子と認める書状を渡してあります。それを証明するものとして日月松の扇もわたしてある」

「扇を…」

香も知っている。龍潭寺がかつて自浄院と名乗っていたころから伝わる、金地に松、そして表に日、裏に月を描いた見事な扇だ。やはりあの川縁できぬが手にして舞っていた扇は、日月松の扇だったのだ。

「姫であれば、日夜も受け入れてくれるでしょう。後はどうぞよしなに」

――二日後、本人が覚悟したとおり、直親は駿府にたどり着くことなく無惨な遺骸となって井伊谷へ戻ってきた。

供十八名とともに掛川へ入ったとき、あらかじめ氏真の命を受けていた重臣朝比奈備中守泰朝の手勢によって襲撃を受けたのである。

この知らせを受けた妻の日夜は卒倒し、床から起きあがれぬほどになってしまった。香は夫の遺骸を迎え入れるどころではなくなってしまった彼女の代わりに、いったん龍潭寺へ直親をひきとった。

遺体は想像以上にむごたらしい有様だった。急に襲われ、矢を射掛けられたのだろう。肩に鏃《やじり》が刺さったまま、そこを中心にして直垂の背部分が赤黒く染まっている。矢を抜く間もなく斬りかかられ殺されたのだ。

男は死ぬのが務めだ。だが、女は男が死んでもまだ死ねぬ。

日夜がやれぬのであれば、香がやるしかない。

「亀よ、よく戻ったの」

香は温かい湯を使って身体を拭いた。もう直親は冬の寒さも感じることはないとわかっているのに、香はどうしても湯を使いたかった。袖が落ち土と血で黒ずんだ直垂を丁寧にぬがし、赤子の世話をするように身体をぬぐった。

こうなることはわかっていた。直親もまた承知で行ったはずだった。

そのとき、脱がせた直垂の合わせから緑色のものがはらりと落ちた。

「これは…」

母の安佐が、橘の小枝を拾った。折られた枝であるにもかかわらず、葉は不気味なほど青々として艶めいている。

（橘は、直親を救わなかった。同じ井伊家の血を引く者であったのに）

この憎らしい木の枝の生命力を、一瞬でもよい、直親に移すことができたら、彼はきっと日夜と虎松のためになにか言い残すことができるだろうに。香の吐く息が無力感よりも怒りでいっそう白く濁った。

身体のあちこちにある刀傷、落馬したときに出来た裂傷、頰の細かな傷を隠すために白粉を水で溶いて刷毛で丁寧に塗った。母に手伝ってもらってほんの少し紅を混ぜ、土気色を誤魔化して生気あるように見せるため、頰に赤みを入れた。するとみるみるうちに無惨だった身体に息吹のようなものが蘇り、本当に生きているようになった。

けれど、それは所詮紛い物だ。直親の目はもう開くことはない。この井伊谷のだれもが愛さずにはいられなかった、あの大きな星のような目が開くことはもはやない。

昔、おじの首に紅をいれるのを見た。父直盛の首にも、そしていま、直親の遺骸に紅を塗っている。おなごに生まれたというのに、ただの一度も己の顔に化粧もせず、死んだ男たちをあの世に送り出すために、香の紅はある。

（きっと、このようなことはまだある。まだ続く。この井伊谷には死が、冥府よりあの黒い蝗の群が大小問わず命をすすりに来るだろう）

遠くで、篠笛の音が聞こえた。なんという曲かは知らぬが、弔いの笛であろう。ようようとして響き、墨をするようにゆっくりと濃くなっていく井伊谷の夜に混じりあう。奏者は問わずとも香にはわかる。

きっと、直親は生まれ来る場所を間違えたのだ。もし、井伊の直系に生まれていなければ、彼は伊那にいくことも、敢えて笛を手放すこともなかっただろう。たとえば駿府で今川の家臣に生まれていれば、歌舞音曲の腕を見込まれて氏真に取り立てられていたかもしれない。

その笛を、直親はやめた。少なくとも井伊谷に帰ってから、一度も笛を吹かなかった。今の世に武将が笛を吹き、舞うことは教養のひとつとされているのに、扇を持たなかった。彼が、好きな道を敢えて絶ち、神に奉納して選び取ったものがこれかと思うと、香は直親を見殺しにした井伊家の先祖神を恨まずにはいられない。

なぜ、と。

（なにゆえ、同じ血を引く者を御護りくださらなかった！）

いつだったか、まだ髪をあげぬころ、戯れに彼に言ったことがある。

——亀、おぬしが紅をすればよいではないか。さぞかし美女になるであろう。

昔、この井伊谷のだれもが亀乃丞の笑顔を見て、まるで吸い込まれるように彼を好きになった。それほどに目の大きな美しい童だった。人なつこい性格で甘え上手な亀乃丞はどこへ行っても得をしていた。本当の息子のように母の膝に座っているのを見て、激しく憎んだこともある。

今もその名残がある。

溶いた白粉を含んだ筆が、目の下をなぞり鼻頭をぬりつぶす。父、直盛に似たくっきりとした目鼻立ちだった。耳の形もよく似ている。紛れもなく井伊の男の顔だ。

美しい、井伊の男の顔だ。

「やはり、わしより化粧が似合うの、亀よ」

笛の音が泣くような響きへ変わった。

〃夢の世なれば驚きて。捨つるや現《うつつ》なるらん〃

（敦盛だ）

その音色は師走の三岳の颪に混じって縄手を行き来し、いまこの井伊谷で直親の死を悼むすべての人々に深くしみこんでいく。

ふいに、唇の色をもっと濃くしたいと思った。

けれど、哀しいかな化粧をするのに慣れていないせいか、安佐が父にしたときのように綺麗にできない。香は片づけた紅入れの蓋をもういちど開け、筆をもった。腕が震えてしまい、香は紅筆を置いた。指の腹で紅の塊をすくって、直親の唇にぬってやった。肉はやわらかく、まだそこだけは生きているようであった。

いったいどのような前世の業があってこうなったのだろう。もう生涯飾らぬと決めて髪を下ろしたというのに、死んだ許婚の顔に生まれて初めて化粧をしている…はみ出した紅を汚れていない指でぬぐう。よくない。みっともない。日夜ならば夫の顔を美しく仕上げただろう。母ならば父やおじにしたようにできただろう。けれど香にはできぬ。

気ばかりが焦った。こんな顔では棺にいれられぬのに。もっともっと、亀乃丞は美しいのに。

〝これにつけても弔ひの。法事をなして夜もすがら〟

今しかないと、香は思った。

今ならば、あの美しい笛の音が香の嗚咽を隠してくれるだろう。

何度も何度も塗り直しているうちに、香の指は紅で真っ赤になった。

指が赤い。

十本すべて紅で血のように赤い。

「すまぬ、亀」

その様子があまりにみっともなくて、香は自嘲した。

「うまく、塗れぬわ」

五　まさに騎虎せん

井伊家伝記によると、直親の法名を大藤寺院剣峯宗恵大居士という。

慌ただしい師走の暮れにもたらされた惨劇は、重ね来る波のようにそれだけでは終わらなかった。直親の葬儀が終わる間も待たずに、駿府の今川氏真から下知状が遣わされたのだ。

「肥後守直親の一子虎松を失うべし」

大方の家中のものが予想していたとおりの内容で、香は虎松を隠してくれと言い残した直親の考えが正しかったことを改めて悟った。

かつてと同様のいいがかりをつけてきた主家に対して、当然ながら井伊家家中は怒りでどよめきたった。

「虎松どのは、この新野左馬助が養育いたす。冥土へも駿府へも、もちろんあの但馬のもとへもやらぬ！」

二度も同じ手口で主家の人間を失った伯父の左馬助は、鬼の形相で駿府の今川館へ乗り込み、直親を評定もせぬまま朝比奈に生害させたことをこれ以上追及せぬかわりに、氏真に虎松の養育を新野に任すことを納得させた。

「なに、氏真とて別口から、すでに遠州のほうぼうで豪人どもが松平元康に傾きかけていることを耳にしておるのであろう。もし、だれかが裏切れば井伊家はその討伐隊の先鋒になる。所領を召し上げ断絶させるより、我らをこき使ったほうが得だと計算したのよ」

もっとも、それが直親の葬儀にも、年が明けても井伊谷に帰還するそぶりもない、家老小野但馬守政次の入れ知恵であることは誰の目にも明らかだった。政次の目的は、直親が力を付け正式に家督を継ぐまでに消しさり、彼を中心に結束しようとしていた井伊家親類衆の力を殺《そ》ぐことだ。井伊家本体が潰れてしまうことは彼の本意ではない。

混乱の家中を一声で納めたのは、老武者直平であった。

「井伊家の家督、および地頭職はこの直平が預かりおく。但馬も異論ないな！」

齢七十五になる老将は、引馬城を家老の飯尾豊前守に預け、自ら井伊谷城に入ってそのことを告げた。

とりあえずは虎松の命の危険が無くなったこと、直親の正室日夜と虎松が新野屋敷へ引き取られたことを理由に、家中の者へどのような恨みあろうとも家老の小野但馬守への報復を禁じた。

己の保身を安堵されたことで、小野政次はようやく井伊谷へ帰還した。

永禄六年（一五六三）の六月には、岡崎の瀬名から、元康の嫡男竹千代と織田信長の長女徳姫《とくひめ》との縁組みが決まったと文が届いた。

次いで元康は名を家康と変え、今川義元から貰った元の字を捨て去ることで、完全に今川と敵対する態度を明らかにした。これには氏真は腹を据えかねたようで、以前から計画していた三河侵攻を正式に表明した。

「また、戦でございますか」

井伊谷城から直平を連れて戻った南渓からいきさつを聞いた香は、老齢の曽祖父直平にまで出陣の命が出たと聞いて嘆息した。これが頭にあったからこそ、氏真は井伊家をあの時敢えて取りつぶしにしなかったのだろう。

「氏真に、あの太守以上の戦ができるとは思えんが」

直平は、真っ白になった頭髪をなでつけながら顔を渋めた。

永正五年（一五〇八）、二十一歳で養父・直氏の死により家督を相続してから五十五年。井伊氏が今川の被官の身になり、度重なる不幸に見舞われながらもなんとか堪えてこられたのも、この老武者の名が遠州・駿河にまで轟いているからなのだ。このころ永正八年十一月十三日付で『井伊直平判物』という書物が記されており、いかにこの曽祖父が遠江守護として一目置かれていたか後世に残る。

「しかし大爺様、いま三河は一向一揆の嵐吹き荒れておると聞いています。氏真に利があるとまでは言わなくとも、元康……、いえ家康どのの足かせとなっているのは事実」

男のような口調で表向きのことを話す香を、直平は頼もしそうに見た。

「どうした香、なにか気になることでもあるのか」

「この出兵の折、あの但馬守がおとなしくしておるとは思えませせぬ」

香は、先だって瀬戸方久より届いた書状を開いて、南渓に見せた。それはこの遠州で元康と通じている豪人の噂を集めさせたもので、それを見るとどの郷の領主も氏真を見限って元康に近づきたがっていることがわかる。

「方久殿にでもわかることです、但馬や氏真の耳に入っていないはずがありません。氏真はこう考えるでしょう。井伊家には出陣を命じたが、いざというときになって裏切るかもしれぬ。孫を殺された直平が素直に氏真の命令にしたがうかどうかも怪しい。そのため重要な役目では使えない」

「どうするというのだ」

「わたくしが氏真ならば、井伊家を内部分裂させます」

南渓がはっと顎を引いた。とんでもないことを言うと言わんばかりの顔だった。

「祐圓、それは…」

「たとえば現在預かりの中野と虎松の養父である新野で地頭職を争えば、井伊が団結して三河方につくことはなくなる」

「しかし、越後守と左馬助が反目しあうなど」

香は頷いた。二人は長年親類筆頭として直盛を支えてきた功臣。しかも中野直由は奥山朝利の娘を妻にし、左馬助の正室は朝利の妹、近い姻戚関係にある。中野直由は温厚な人柄だし、新野左馬助は今川にも顔が利く行動派で情に厚い、裏表のない人物だ。今更、井伊家の地頭職を巡って争いを起こすとは思えない。

「たとえばの話です。中野と新野が争うことがなくとも、ほかの家老はどうか」

「なんと、そなた」

「御師よ、よくよくお考えください。氏真が井伊家中を分裂させたいと思ったとき、その指図をするのは但馬をおいてほかにはありません。但馬ならば、中野と新野がいまさら讒言ごときで惑わされぬ人物であると解っておる。もっと御しやすい役者を選ぶはずです」

南渓は一瞬固く目をつぶると、覚悟を決めたように言った。

「そなたがそこまで言うのなら、なにか根拠があるのであろう」

幼い頃から香のことをだれよりも理解してくれている南渓である。彼女の心に、なにかそれだけのことを言わせる理由があることを見抜いた。

「……引馬がよくありませぬ」

「また、視えるのか」

香は小さく首を縦に振る。

「もう、ここに来て小法師であることを自ら否定することは止めようと思います。今まで視えていたのに役にたてなかった。父上のときも空は真っ黒でした。直親の顔など、最後に会ったときは黒く墨で塗りつぶされたようだったのです。なのに失ってしまった。すべてわたくしがこの力を否定してきたせいです。ならばもう失いたくはない」

小法師と呼ばれ、拝まれることに対してはまだ少し抵抗はある。しかしこの視えることを生かそうとする決意に、迷いはなくなっていた。たとえ数珠をもち墨染めの衣を纏っていても、己は井伊次郎であるという思いが香の中で確固たるものとなっていた。

直親の言い残したとおり、この手で虎松を守り抜く。そのためには政次が今から井伊家に仕掛けようとしている陰謀を詳《つまび》らかにし、なんとしても止めなければならぬ。

すると、今までじっと石仏のように黙して語らなかった直平が口を開いた。

「香よ、そなた仏弟子となってもなかなか俗世と縁が切れぬのう」

「大爺様…」

「小法師などと呼ばれて、おなごの身にはさぞかし重荷であったろう」

思いも掛けぬ曽祖父の言葉に、香は黙って息を吸った。

「先が視えるというのは恐ろしいことだ。特にそなたのように一介のおなごでは、表向きのことに口を出せまい。なのに不幸が視える。直盛の討ち死にも直親の死もわかっているのに止めることができぬ…、辛いのう」

話すことに疲れたように直平は息を吐き、それからもう一度背筋を伸ばして香を見た。

「儂《わし》も同じじゃ」

「大爺様…」

「そなただけではない。儂とて何度も思った。息子の直宗が田原城攻めにおいて野武士に討たれたと聞いたときには、まだ家督を譲るべきではなかったと思った。息子を多く持ったゆえ、一人を養子に、川名の女から生まれた子を僧籍に入れた。だが、井伊谷に残った息子に次々と先立たれた。あの時彦次郎たちを駿府に行かさなければ…、ここにおる南渓を出家させなければ、いやいや、もっと前に、そもそも儂が三岳で朝比奈十郎泰以《じゅうろうやすもち》に負けなければ、井伊家は今川に下ることもなかった。あの時朝比奈を討っておれば、直親が死ぬこともなかった」

曽祖父が静かに語る井伊の歴史は、小刻みに寄せているうちに次第に大きくなっていく夜の波のようで、香はじっとりと手の中に汗をかいた。

「力があっても人は無力なのじゃ。そなただけが特別ではない。安くはない。七十六年も生きてすら、命をつないでいくことは難しいのだ」

剛健さを売りにしていた直平が、ここまで人前で弱音を吐くことは珍しかった。思いやった南渓が直平に言った。

「出家させていただいたからこそ、こうして生きて修行していられるのです。だれかが菩提寺を守らねばなりません。愚僧は幸運だと思っておりますよ」

直平は力無く頭を振った。広大な寺領を持つ龍潭寺領の、南渓は実質その領主であり、いまや名僧と言われたかの黙宗瑞淵の跡を継いだ身、井伊家を支える柱の大事な一本であった。

けれど、もっとも井伊家棟梁に相応しい器をもっていたのもこの南渓だったのだ。

「香よ、そなたのことも後悔しておらぬといえば嘘になる。姫に生まれながらおなごとして、だれかに娶せてやることも子を抱くこともさせてやれなかった。このところ、歳をとったせいか、もっと早うに儂が決断していれば、なにかが変わっていたかもしれんと思うことしきりじゃ。亀乃丞が信州に落ちたとき、中野の家からでも婿をとっていれば…」

直平自身、中野家から井伊へ養子に入った身ゆえに、特にそう思うのであろう。きっと直平の目には、若い身空で墨染めを纏う自分は、さぞかし痛々しく映っているに違いない。

「いまさらそなたにこのようなことを頼むのは筋違いかもしれぬ。だが、わしは井伊が大事じゃ。この遠州に大王が座《まし》し、共保公が井伊を名乗りてから五百年。先祖代々受け継いできた名をこの世から消すのが恐ろしい。そなた、還俗してはくれぬか」

息をのんだ。思わず南渓を見る。しかし直平の話はそれでは終わらなかった。

「南渓、いや安二郎《やすじろう》。そなたもだ。そなたも井伊家を守るために仏門を諦め還俗してほしい」

安二郎とは南渓の幼名だろうか。香は初めてこのとき耳にしたのである。

南渓は驚きのあまり直平に向き直った。

「父上、なにを言われます」

「そして、できるなら井伊直安《なおやす》と名乗り、家督を継いで香を娶ってはくれぬか」

これには、さすがの香も南渓も二の句が継げなかった。

「父上、それは…」

「そなたを川名から呼び寄せ、仏門に入れた儂がいまさらなにをいうのかと呆れておるのだろう。当然じゃ。じゃが儂とてこのようなことになろうとは思いも寄らなかった。

五人ももうけた男子のうち四人に次々先だたれ、将来をかけていた二人の孫にも先立たれ…」

「大爺様…」

二人して還俗して夫婦になれとはあまりにも突拍子のないことだったが、そんなことを言い出すしかなかった曽祖父があまりにも哀れで、香は言葉がなかった。

「因幡守も直親も但馬に謀られ、失った。人の良い（中野）直由では但馬を御しきれぬ。そなたであれば、あの但馬も一目置いておろう。香もじゃ」

縋るように直平は香を見た。

「そなたが生まれたとき、默宗瑞淵和尚が申した予言にわしはすがりたいのじゃ。この世を動かす希有な力を持った姫。井伊家を守る橘の化身、それがそなたじゃ、香よ」

「しかし…、井伊には虎松がおります」

「虎松を養子にすればなんの問題はない。そなたはまだ若い。南渓とも長らく師弟関係にあったのだから、夫婦となってもやっていけるであろう。そなたたち二人が井伊家を守ってくれれば、儂はもうなにも思い残すことはない」

香は南渓を見た。そしておじが、ほぼ自分と同じことを思っていることを知った。冷静に考えれば、直平の言い出したこともあながち無謀というわけではない。南渓は直平の子であり、この井伊家の精神的支柱である。長く默宗瑞淵に仕え、師が亡くなってからは龍潭寺住職として遠州妙心寺派の要となっている。

もし彼が還俗して井伊家の家督を継げば、血筋的にも実力的にも申し分ない棟梁となるのは明らかだ。

自分の還俗はさておき、南渓が井伊家を継ぐのはいい案であるかもしれなかった。日夜を娶れば、虎松の行く末も保証される。日夜はきっと息子のために、そして直親のためにも再婚を承諾するだろう。

「大爺様、わたくしはわたくしの身のことで後悔をしたことはございませぬ」

香は直平の手をとった。いま、そうしないと二度とこのぬくもりに触れることはないという確信があった。

「おじ上の還俗は、おじ上のお気持ち次第。わたくしのほうに異論はございませぬ。ですが、わたくしは還俗いたしません」

「香」

「お家のためではなく、御仏のお導きにてこうなったのでございます。前世の業の深さか、それゆえもっともっと修行せよとのお達しか。まだこの力を持って生まれてきた意味を知ることはできてはおりませぬが、いずれ悟り得る時がくる。それまでは、仏弟子でおりたいと願っております」

「御仏か」

「この寺で、井伊の縁のかたがたを弔い供養する役目がそれなのかもしれませぬ」

「…そうか。しかし儂はそうはしなくてもよい」

直平はなにか思い詰めた表情で、顔の皺をもっと深くしたかと思うと、

「弔いはよい。儂のものはな」

「父上？」

「大爺様？」

まるで影そのものを引きずるかのように重たげに立ち上がった。

「儂はな、若い頃は天命を得よう、識ろうといろいろ足掻いてみたものじゃ。小野和泉守を家老に迎え、默宗和尚をお招きし、慶蔵院、三岳に蔵王権現、弁財天琴神堂…。あらゆる神仏の加護を願った。特に井伊家の菩提寺を大きくすることは、先祖に対する供養であるとともに井伊家当主としての儂の悲願だった。いずれ家督を子へ孫へ譲り渡し、出家して仏弟子となることも。だが、天は最後まで儂をきりきり舞させる。子に先立たれ、孫に先立たれ…、まだなお老体にむち打って戦場へ行けという」

香の顔も南渓のほうも見ずに、直平は少し上をじっと睨め付けていた。

「孟子の言う。天まさにこの人に大任を降さんとするや、必ず先ずその心志を苦しめ、その筋骨を労せしめ、その体膚を餓えしめ、その身を空乏にし、行うこと其の為す所を払乱せしむ。…だからのう、儂ごときがどれほど足掻こうとも、遂にはずっと気づかぬふりをしていたことから逃れられないということをようよう知ったのよ。我が身は最期まで、井伊家を守るために粉骨せねばならぬ。ならば弔いなど無用。たとえ骸《むくろ》となりても儂は儂の義を貫き通す」

決意というにはあまりにも重い言葉である。香は曽祖父の体中の皮膚に刻まれた皺と染みの数を思った。時間を生きたものだけが得られる境地に、いま直平は立っている。

そして香も、南渓でさえもそれには届かない。

「――誰も、橋の上で同じ水を二度とは見ぬ」

そう言いおくと、従者の大石作左衛門《おおいしさくざえもん》を呼んだ。

「作左、引馬へ戻るぞ」

もう六十年近くも曽祖父の側に仕える、馬付きの大石作左衛門が直平の馬を引いてきた。

「還俗のこと、よくよく考えておいてくれ」

永禄六年九月十八日、今川氏真は約二万の大軍を率いて社山へ進軍、直平もまた命ぜられるまま出陣していった。

「御師よ、大爺様はああおっしゃったが、引馬の城内で裏切りがないか調べさせてくださいませ。大爺様が御出陣ののち、目を盗んで松平どのの元へ走るものがあるかもしれない」

「謀《はかりごと》があるというのか」

「はい、常に」

いま、井伊家中で裏切りが明らかになれば、氏真が武田領に向かわせようとしていた大軍をそのまま井伊谷へ向ける可能性がある。そうなれば、井伊家は本当に終わる。

（政次の唯一の弱点は、今川という後ろ盾に頼りすぎていること。そしてわしの小法師の千里眼を恐れていることだ。すべて政次の先手を取る。わしに従い、背くのが得策ではないと思わせなければ）

そのためには、香がいままでよりももっと表向きに対して口を出さなくてはならない。かといっていきなりでは、預かりの中野も、新野の伯父も困惑するだろう。

香は、ふと南渓の顔を見た。急に還俗を持ち出されたからか、今までに見たこともない顔をしていた。長い間師弟関係を結んできたが、おじのこのように凄みのある顔を見るのは初めてだと思った。

見られていることに気づいて、南渓が表情を緩めた。

「ああ、父上の言うたことだがな。そなたは気にすることはない。そなたが還俗したくないのならそれでよい」

「おじ上はどうされるのですか」

還俗のことに話をふると、たちまち顔を硬くした。

「いまの井伊家の現状を考えれば、大爺様のおっしゃることも、あながち無謀とは言えないかと」

「おや、そなた。儂と夫婦になってもよいのか」

そう切り返されるとは思わなかったので、思わず瞠目した。南渓は笑った。

「冗談じゃ。還俗など途方もないこと」

「お断りになるのですか」

「無論じゃ。わしは井伊修理亮《しゅりのすけ》直平公の子ではないゆえ」

思いもかけぬ告白に、香の顔もまた硬くなる。

「では……」

「馬を引いていた男がおっただろう。大石作左衛門安好《やすよし》という。あれがわしの実の父親だ」

音も立てずに笹の葉が落ちた。しばらく香は黙り込み、ただ様々に色づいた葉が落ちるわずかな気配に耳をそばだてた。

なにもかもが、南渓の次の言葉を待っているようだった。風もなく、尋ねてくる人もない。いつもは荒々しい雲水のかけ声に満ちた堂内も、いまは冬の朝に似た静謐で包まれている。

「わしの母は、川名の代官の娘でな。父上が川名の火祭りを見に行ったとき、夜の相手をした。その後大石に嫁ぎ、わしを産んだ。こういうことはよくあることで、そのまま子は里で育つのだったが、わしの場合は」

「大爺様が、気に入って連れて帰ってきてしまった」

里の細作とするには、あまりにも南渓の出来が良すぎたからだ。実際、どちらの子かはわからないし、直平の子の可能性もおおいにあった。

「いつ、大石どのの子だとわかったのですか」

「母が死ぬ前、言い残した。川名へ来てはならぬと。もし大石どのに顔が似ておればよけいな噂が立つことを怖れたのだろう。それから、決して馬に乗ってはならぬと」

「馬に？」

「大石は馬付きの家だ。代々馬のあつかいが上手い。わしが馬をうまく操れば、大石の血を引いていることが知れると思ったのだろう。仏門に入ったときに心から安堵した。馬とふれあわずに済む道を見つけたと思った」

「川名の母君は、おじ上を井伊家の子としたかったのですね」

それにあの曽祖父のことだ。南渓の才能を知って、これはわしの子に違いないと大騒ぎして連れ帰ったのだろう。いまさら他人の種だとわかれば、恥をかかされた直平が大石をどうするかわからない。

以来四十年近く、南渓は川名の家のためにも大石の家のためにも、石のように沈黙を守るしかなかったのだ。

「このこと、大爺様は…」

南渓は静かにかぶりを振った。

「無論知らぬ。次郎にも瑞淵御師にも明かさなかった。全てをつまびらかにしたいと何度も願ったが、今更これを明かしていったい何になるのかと考えた。有りや無しやと」

有無相生、と繰り返す。

「物事にはつねに二面性があって、絶対的なものはない。だが、これだけは〝無し〟なのだ。わかるな」

作業を終えた南渓が席を外したあとも、香はずっとお堂の境内から葉の雨が降るのをながめていた。

(還俗をせずに、わしになにができるだろう)

老いた曽祖父の最後の願いを叶えてやれないことは心苦しかった。せめて、今危機に直面している井伊家のために積極的に動きたかった。

香は、母の安佐の言葉を思い出した。おなごにはおなごのやり方がある——

(そうだ。輝どのに会おう)

輝は桶狭間で亡くなった小野玄蕃の妻であり、奥山因幡守の娘、そして日夜、中野の室はみな彼女の姉妹である。この井伊谷において、これ以上力強い縁故はあるまい。

ふと、直親の父が亡くなったきっかけとなった、宗匠を招いての連歌会のことを思い出した。まったく奇妙なことのように思えた。男は親類といえど集まるのにわざわざ建前が必要なのに、おなごはいくら頻繁に集まって顔を合わせても、だれも疑わしいとは言えないのである。

奥山因幡守朝利の娘は四人いる。長女は三河山吉田の領主、鈴木重時の嫡男に嫁ぎ、次女の日夜は井伊直親に嫁ぎ、三女の布津は現在地頭職預かりの中野越後守の正室、四女の輝は桶狭間で戦死した小野玄蕃の妻で亥之助の母である。さらにこの朝利の妹が、新野左馬助の正室でもあるので、奥山家はこの井伊谷で有力な土豪すべてに縁を持っていると言えるだろう。

長女以外は井伊谷に住んでいるため、妹たちは夫を失った哀れな姉日夜のために、頻繁に新野屋敷を訪れた。日夜と虎松は新野左馬助に引き取られ、同じ屋敷内で暮らしているのである。

夏の一番暑いころを過ぎた九月の半ばだった。その近年は井伊谷では日照り、虫の害が続いていたため、この年の虫送りは念入りにした。稲穂につく虫を村から追い出す儀式である。夜にたくさん火を焚いて虫を誘い出し、村境に導いて焼いてしまうという古くからの習わしだ。

「祐圓尼様、また引馬からよくない知らせが参ったとか」

その日、姉妹達が集まったのは、井伊家の現当主である直平が、氏真の命令で社山へ向かったという知らせを受けてのことだった。ここは代々今川方であった天野氏が治めている領地だが、義元が死んで以降天野氏は武田になびき、今川を離反してしまったのだ。

「今川の氏真公は、引馬の大殿さまに天野を攻めに行けと申されたとか」

「もうお歳であられるのに、駿河どのは鬼じゃ！」

勝ち気な輝が声をあららげた。

もしこの戦で直平になにかあれば、井伊家にはもはや男児は虎松しか残されていない。しかし、虎松はまだ三歳。家督を継げる歳ではない。

「ご安心くだされ。大爺様も、この天野攻めには乗り気ではいらっしゃらない。おそらくご自身で斬り込みに行かれるようなことはないだろう。いま、戦などして大爺様の身になにかあれば井伊家はどうなるか、ご本人が一番よくご存じだ」

実際、直親が死んでからというもの、直平は一年でも長く生きねばならぬと奮起して、あらゆるお社に奉納し長寿を祈った。特に縁のある川名では、古くから猪を祭ったシシャガミや血族の先祖を神とした茂老人神を大事にし、神事には必ず出向いていた。

「川名の火神が、かならず大爺様を御守りくださるであろう」

「しかし、近頃はこの井伊谷もよくないことばかり聞きまする。日照りもひどうて川境では水争いがひっきりなしとか」

夫である中野越後守から漏れ聞いているのだろう、布津が顔をしかめた。

先だって、二宮神社では、ご本尊を抱いて綺麗な沢に入り、念入りに洗って雨乞いをした。それでも今年も稲の実付きはよくないという。

「岡崎の元康どのが織田と結んで以降、この西遠州の豪族が次々に三河に寝返っておると聞きます」

「とくに直親どのに肩入れしていた近藤や菅沼は、はっきりと反氏真をうちだしつつあ

ると か」

香は、姉妹たちの早耳に舌を巻いた。彼女らの姉は鈴木家に嫁いでいるため、西三河の事情は家中より早く耳に入るのかも知れない。

「このまま、お屋形様がお亡くなりになるようなことがあれば、たとえ家督を虎松が継いだとしても、実質は但馬が井伊をいいようにするでしょう。祐圓尼様はなにかお考えをおもちなのでしょうか」

まさか、南渓と自分に還俗をもちかけられたとは言えぬ。香は慎重に言葉を選んだ。

「虎松が元服を迎えるまでは下手を打てぬ。井伊家の男子は中野にしかおらぬゆえ、左馬助のおじ上と越後守でどうにか七年もちこたえてもらわねば。もちろん、このお二人が仲違いをするようなことがあっては、但馬の思うつぼじゃ」

姉妹らは硬く頷いた。それぞれが己の役目をしっかと自覚していた。

(たのもしい。中野や小野のいとこに囲まれて、きっと虎松はよう育つだろう)

香は、虎松の顔をみるためと言って、先に日夜たちのいる部屋をあとにした。ここに来たのはもうひとつ理由があった。

ちょうど風とおしの良い部屋で、虎松と亥之助がころころと転がって昼寝をしているところだった。側にはきぬがいる。

「これは、祐圓尼様」

きぬはふかぶかと頭を下げた。思えば、この女もまた、山神のおわす信州山村の神官の出なのだった。お神楽の舞に精通し笛をよくするきぬは、今ではこの井伊谷で知らぬものはない。

しかし、このきぬを、香はこの井伊谷を取り囲む今川や松平、武田の細作ではないかと疑っていた。

虎松らと少し離れたところで、きぬの娘が眠っている。香は、今村藤七郎の部下である見張りの侍に届かないよう声をひそめて言った。

「娘ごは篠、と申したか」

「はい」

「――いつ、直親どののお子だと話すつもりか」

前置きもなくそう切り出した香に、きぬは一瞬黒々とした目を見開いたが、

「なにをおっしゃるかと思えば」

滑稽だとばかりに噴き出した。

「証文を預かっただろう。直親に」

「はい。ですが捨てました」

「同じものを、わしも預かっておる」

思えば、きぬがそうすることを見越して、直親は香に篠が自分の娘であることを記した証文を残していったのだろう。

「それに、そなたと初めて会うたとき、手にしていた扇。あれは井伊家に伝わるもので

な」

ふ、と観念したようにきぬは笑った。

「あればかりは、捨てられず」

「なぜ、直親の子だということを隠す。姫ならば家督相続になんの問題もないと思うが」

「ご内室様の気をやませたくはありません。それに、信州で側女だった女が夫を追ってきたと思われては困ります」

「そうではないのか」

「そうではないのです。たしかに伊那にいたところに情はありましたが、それももうのうなりました。篠ができたのは、ただ一時、二人して伊那を懐かしんだからでしょう」

どうやら本当に、輝が心配しているように玄蕃の子ではないらしい。きぬの口ぶりは実にあっさりとしていたので、香は半ば拍子抜けした。男女の仲のことなどついぞ知らぬままこの歳になったので、言われたままを素直に受け取るしかできない香である。

「しかし、姫であればいずれは良い縁を用意してやらねばならぬ」

「篠が髪を上げ、それを望めば」

つまり、井伊家の姫として生きるかどうかは本人に任せると言っているのである。

香はまじまじときぬを見た。

おなごとして生まれた以上は、より身分が高く、財力のある男と娶せられることが何よりの幸せなのだと教えられた。ほかでもない香も、自分のことはさておきごく一般論としてはそうであろうと思っていた。婚儀による政略とは、財力や武力との結びつきを意味する。情のあることを理由に婚姻を結ぶことは至極稀なことで、側女も、男が身の回りの世話をする侍女に手を付けることが多かった。

ましてや、篠をただの父なし子として嫁がせるよりは、井伊家の姫としてもらい手を探したほうがより良縁に恵まれるに決まっている。しかし、きぬは自身が側室として認められること以外にも、母として娘が姫となることすら望まぬらしい。

「そなたは変わっておるな」

不思議なおなごだと香は思い、以前直親が、彼女は伊勢の巫の出であると語ったことを思い出した。青谷という姓をもっていることからしても、下伊那でも裕福な家だったのだろうと思われた。

「青谷の家を離れたのはなぜか」

「武田軍が攻めてきましたので、伊那はこれからよくないことばかりだと思ったのです」

「よくないこととは」

「舞を奉納したお社も、山神のおわす座も、紅の畑も世話になっていた座光寺の叔母の家も焼かれました。女子供の別なく焼き尽くされました。武田が通った道はみなああなると今では伊那のだれもが知っております。黒い炭のような丸太が道をふさいでると思想像するだに恐ろしい光景を、きぬはするりと口にしてみせる。やわらかな語り口ではあったが、なぜか武田と口にしたときだけ硬さを増した。

「では、伊那でできた子は、青谷の養子にしたのか」

「はい。義兄のところには娘ばかりでしたので。輝さまや日夜さまは、乳母としての役目が終われば、井伊谷の者と再婚してはどうかと勧めてくださいますが、それも……」

香は頷いた。下の者の縁を結ぶのも主の仕事である以上、日夜たちが井伊谷に親戚をもたないきぬの身を案じたのも頷ける。実際、きぬは美しい。まだ十分に若く、子が産めてこれだけの美貌であれば、実家や持参金がなくとも引く手あまたとなっただろう。

「できればこの先も、ここで井伊家にお仕えできればと思っております」

「それは、なにゆえか」

「そもそも祐圓尼様にお会いするために、井伊谷に参ったのですから」

きぬの染み一つない顔を凝視した。そんな香をきぬはゆったりと笑ってみせ、

「伊那にて、直親様に祐圓尼さまのお話をしていただきました。香さまには先を見通す不思議な力があり、〝井伊谷の小法師〟でいらっしゃると。

まるで子供のようにお小さいけれど、それゆえ皆あなたさまに神を視る。伊那にもそういう習わしがあります。わたくしも童子のころ、諏訪のミシャグチ様の大祝となりました。毎年数名が国中から集められ、一年の間神を降ろすよりしろとなるのです」

ミシャグチ神とは、遠州では馴染みのない神の名だった。諏訪は古くから大きな社があり、神代から続くふたつの家系がそれぞれ神職を継いでいるというが、香はそう詳しくはない。

「貴女さまを初めて見たとき、まるで大祝に常に精霊が降りておるようだと思いました。きっとそのため、いつまでもそのようにお若く童女のようなのでございましょう。そして、剃髪されたのももっともだと思いました」

「もっともだとは」

「力や財を持ち、これから命をかけた大勝負に出ようというものがもっとも欲しがるのは神命でございましょう。あの侵略者の武田も、諏訪の神にはことのほか関心があり、大きな寄進を申し出てきたとか。諏訪の信仰はほかにはない、生神や巨木や、石などに宿る息吹そのもの。甲斐の荒虎には物珍しく、またありがたく畏れたのやもしれませぬ。そう思えば、貴女様は髪を下ろして正しかったのです。それが井伊家の橘に降りた神がさせたのなら、もっともなことです」

きぬは蒲葵《びろう》の団扇でゆっくりと子らに風を送りながら言った。

「私が武田の殿様なら、貴女様をむりやりにでも妾にしたでしょう」

どぐ、と心臓が大きな音をたてて跳ねた。かつて小野政次に求婚され、帝でなくても欲しいものと手を伸ばされた時のことが自然と思い出された。

「井伊谷で、祐圓尼さまがお通りになるたび手を合わせる庄民たちを見ました。実質、になっておられる。

この井伊谷を支えておられるのは龍潭寺の南渓様ですが、祐圓尼様が精神的なささえになってておられる。

この井伊谷は三方を山に挟まれているとはいえ、伊那のように雄々しい山神が支配してはいない。井と諸人《もろひと》の神の国。私はその井の国の諸人神のひとりに会ってみたかったのです」

わしは諸人の神などではない、そう言おうとしたが声にはならなかった。小法師と呼ばれる自分を受け入れようと決意したばかりであることを思い出した。

(このきぬという娘、武田の間者というわけではなさそうだ)

きぬの言うように、ただ直親と情をかわしたから追ってきた、というにはどうにも勝手が違うように感じる。では、本当に香に会いにきたというのだろうか。

本当にそんなことができるのか。たった一人、か弱い女の身で、自分の運命を自分で決めるというようなことが。

「そなたの言ったことが本当なら、やはりそなたは女ではないのう。女は自らの意志で動けぬもの。だのに、川のごとくここへすべり来たという。わしに会いに。いったい何のためか」

香は言う。ゆさぶりをかけても、きぬは動じる様子もない。

「いったい何のためでしょう。それは前世の縁のなせることやもしれませぬ」

「わしとそなたと、どのような縁があったのだろう」

「いずれ知るときがありましょう。今生のうちに」

「なにゆえにそう思う」

「祐圓尼様はわたくしを川のようだとお言いになる。では、川には終わりがありましょう」

　きぬの目は、香が自分に疑いを向けていることなどとっくに承知していたようだった。ただ黙って微笑んだ。

「私のことは、どうか、吹けば音がなるけれど、吹いた先から消えていく笛の音と同じと思し召しくださいませ。いてもいなくてもよいもの。ただいればほんの少しだけ心地よいものと」

　香は納得した。たしかにきぬは知恵がまわりすぎる女だが、本当にどこぞが送り込んだ細作であるなら笛などふき散らかさないだろうと思われた。

　では、いったいこの女はなんなのだろう。奥伊那の山奥から竜のごとく流れ来た、山の神の巫女…

「…ふうん。ミシャグチの神は、蛇神と聞いたが」

「はい」

「わしが小法師なら、そなたは、やはり伊那から川をつたって降りてきた巳神であろう。井の国の水が心地よくなったのだ」

　そう言うと、きぬは綺麗な顔をくしゃりとさせて、

「井戸の鰻もかくありな」

団扇で顔を隠して笑った。

＊＊＊

美しい蛇神が子守りをしているのを見届けると、香は客があるときいていた龍潭寺へと向かった。

供などつけずとも、黒袈裟の出家を害そうというものはいない。だが、一年の内でもっとも活気のある実りの季節を迎えても、稲を刈る庄民たちの顔色はさえなかった。日夜たちの申すとおり、今年も黒米が目立ち、虫の害にやられた田が多いという。

このままでは、庄民たちのほとんどは銭主に田をとられ、働いても働いても収益を自分のものにできずに、いずれ逃げてしまう。香が子供のころによく遊んだあぜ道には子供の姿はなく、みな暗く狭い土間のような向こう部屋で働かされている。小作の逃げた田には、銭主が他国から売られてきた奴隷を連れてきて、田を耕させる。そのせいでこの井伊谷にも知らない顔がずいぶん増えた。

この事態を、香とて手をこまぬいて見ているわけにはいかぬ。よそ者が増えるということは、他国の間者が庄民になりすまして田を耕して暮らしている可能性もある。そのようなものたちが増え、この土地のことをよく知れば、いざ井伊谷を我が物にせんと企むものたちを手引きしてしまうだろう。

しかし、実際のところ桶狭間からこたびの出陣まで戦費がかさみ、また米の不作も重なって、井伊家の内情は銭主たちなしでは回らぬほどになってしまっていた。多くの家臣たちもまた、当主の不在や領地の減収で借金を重ねている。このような汲々の状態であるのに、今川被官の身であっては、無理な出陣命令を断ることもできない。

「せめて、この西遠に番所を復活させ、商人どもから関銭を徴収するようにできないものでしょうか」

香は寺へ戻ると南渓にいつも銭の話をした。その日は南渓には客があった。旅装の僧で、香を見るなりぱちぱちぱちぱち、と忙しなく瞬きをした。どこかで見たような顔だ。香はじっと考え込み、南渓の客がかつてこの寺で修行をしていた雲水であることを思い出した。

「そなた、常慶ではないか」

かつて南渓に挑むため、百本の槍をもって龍潭寺にやってきたはいいものの、筆一本で撃退されてしまった松下常慶安綱である。

「小法師様もお変わりなく。あいかわらずこの寺は大所帯でございますな。いまだ和尚に挑む命知らずもおるとか」

彼は今、もといた秋葉寺の札配りに変装して、遠州・三河の各地を巡歴しているという。早い話が細作をしているというわけだ。もっとも今日は南渓が呼んだわけではなく、細作として以外の事情で来寺したらしい。

「実は、我が兄源左衛門の室が亡くなりまして、もう一年になります。兄には跡取りがおらず、また某もこうして出家をいたしました身ゆえ、このままでは松下家が絶えてしまう。よって、御師に相談に参ったのです」

どうやら、常慶は兄の再婚相手について南渓に相談に来たようだった。大きな体を小さく丸めながら、ぼそぼそと言葉を紡ぐ。

「松下どのに、後添えか」

松下家は古豪であるから、それなりに身分が釣り合い、また跡取りを産むことを望まれているゆえに歳も若いほうがよいだろうということになった。

「ついては、小野の輝どのはまだ剃髪されておられなかったはず。お子がおられるが、小野家は但馬が継いでおるから、他家へ養子に出しても不都合はあるまい。いかがであろう」

なるほど南渓は、香が日ごと奥山の姉妹とよく顔を合わせていることを知っている。それゆえ常慶と香をここで会わせたのだろう。

夫を失った妻に再婚をすすめるのも、主人の大事な役目のひとつだった。新しく夫を得ることで妻は将来に対する不安定さを脱することができるし、なにより主家としては遺児たちに堪忍分を払わなくてもよくなる。桶狭間以降、井伊家は討ち死にした家臣の遺児とその妻たちに対して多額の堪忍分を支払わなければならなくなり、財政は急激に逼迫していたのだ。

松下家は頭陀寺城主の家系、財力、身分共に申し分ない相手だ。輝も幼い亥之助をかかえて決して暮らし向きは楽ではないはず。悪い話ではない。

まずは香から日夜に話をすることになった。当初の目的を果たした常慶は安堵し、細作らしくこの遠州を歩いて見聞きした情報を香に教えた。

「先ほど、遠州の番所のことをおっしゃっておられましたが、昨今では御師ばかりでなく祐圓尼様までそろばんをはじいていらっしゃるとみえる」

「うむ、お勝手に詳しくなってしもうた」

渋い顔で香は頷く。尼であるのに計算を覚え、とうとうそろばんも弾くようになってしまった香である。

「たしかにこの遠州では義元公の意志により、東海道の関所はすべて撤廃され、ずいぶんと身動きしやすくなり申したが、その一方で番所のあった領主の収入はなくなった。甲斐の武田があれほど銭を集めておるのも、甲州には関所が多いゆえ」

「そのとおり」

「たしかに、いま銭を持っておるのは政商どもですから、一時的に関所を復活させるのも、悪い手ではございませんな」

またもやぱちぱちぱち、と忙しなく瞬きをする。この仕草自体が、頭の中でそろばんを弾いているようだ、と香は感心した。

（さすがはそろばん常慶の異名をとるだけはある）

「信玄は妻帯している僧侶からも妻帯税をとっておるそうです。大きな寺からとるというのも策のひとつでしょう」

「しかし常慶どの、信玄の強硬策は兵力があってこそ。井伊にはもう出せる人力はない。できるとすれば庄民たちの力になってやることだ。ここ近年、遠州では日照り続きで小作たちが田を捨てて逃げ出し、よそ者が流れ込んできている。できれば天候に左右されないで、銭に替えやすいものを作れないかと思うておる」

「なるほど、たしかにたしかに。虫に食われた黒米では買い物もできぬ」

「かといって、井伊の台所も苦しい。なにかをするにも銭がなければなにもできぬし、銭主に金を返せといわれればぐうの音も出ぬ」

「たしかにたしかに。なにごとも銭まわりというわけですな」

二人が金の話で議論を熱くするのを、側で南渓はぽかんとした顔で聞いていたが、

「いやはや、そなたら。話があっておるのう」

香と常慶はほぼ同じ動作で南渓を見た。

「御師よ、渡るも退くも金しだい。なにごともお勝手回りでございます」

「そのとおり」

戻ったばかりではあるが、常慶とて早く話をもってかえりたいはずだ。香は日夜に輝の再婚話をするため、さきほど立ち寄った新野屋敷へ再び戻ることにした。いつも寺へ寄るとき参る井戸は素通りして、神宮寺橋のほうへ足をいそがせる。

早々に嵐が来て長雨続きだった九月、水量の増した神宮寺川が、紺色の糸を流したように せっかちに湖に向かって流れていく。

水を横目に見ながらゆっくりと橋を渡っていると、ずんと見えない手で額を押される感じがした。

（この感じは…）

なぜなのかは解らないが、昔から、橋の上でなにかを感じたり視たりすることが多かった。香は顔をあげた。見ると辰巳の方角に真っ黒な雲が迫りつつある。この時期によくある、嵐の前触れのわき上がるような雲ではない。不自然なまでにその方角だけ、真っ黒に塗りつぶされたようになっている。

びゅう、と塩辛い風が吹いた。

（来る）

香は瞠目する。井伊谷から辰巳の方角は、引馬だ。

「大爺様の身の上になにか…」

しかし、引馬は直平が長く城代をしていた城であり、直平が井伊城へ戻ったあとはいまは家老の飯尾が城代を務めている。戦が起きるような場所ではない。

直親の死後、わずかに平穏を取り戻しつつあった井伊谷を、再び暗雲のごとく死の雲霞が覆い尽くした。

現当主直平が、引馬城にて家老の飯尾連龍《つらたつ》に毒を盛られ、出陣してほどなく落馬し有玉の陣屋で絶命したというのである。

「なぜ、飯尾が裏切ったのか!」

知らせはすぐに、龍潭寺にももたらされた。

「善四郎のやつは、前々から家康と通じておったらしい。そのことを大殿が聞きつけて、引馬に問いつめに行ったところを、内室に毒茶を飲まされたのだ!」

飯尾連龍は、犬居城の天野景泰と結んで、密かに今川に反する計画をたてていたのだという。そこへ、今川から天野征伐を命ぜられた直平が、飯尾が密かに武田と内通していることを知って駆けつけてきたのである。

直平にとっては、家老の裏切りである。しかし問いつめられた飯尾のほうも、開き直って今川を裏切るように直平を説得しようとした。もともと井伊家は直親を殺されたばかりであり、今までにも今川に対しては数々の遺恨がある。ねばり強く説得すれば、かならず味方になってくれると勝算を感じていたのだろう。

かつての荒武者直平であったなら、ここで飯尾の言をとりあげ、直親の弔い合戦を挑んでいただろう。しかし彼はもう七十六歳の老齢であり、跡取りがわずか三歳の虎松しかいないという状況では危ない橋を渡ることはできなかった。結局のところ、飯尾は直平の説得に失敗し引馬から出陣させてしまう。

密かに結んでいる天野を直平に撃たせるわけにはいかぬ。そこで連龍は一計を案じた。

妻のお田鶴の方に命じて、直平に毒茶を飲ませたのである。

毒はじわりじわりと直平の老体を蝕み、一刻もせぬうちに体中にまわりきった。家臣達は急いで有玉の陣屋へ主人を運んだが、手遅れであった。

「して、お屋形さまのご遺体はどうしたのだ。首と胴はどうなっておられるのだ」

南渓は、使者ばかりの中で直平の亡骸が一向に井伊谷に到着しないことに焦れていた。

「急ぎ、野辺送りの準備をせねばならぬ」

「いえ。それが無用と」

「なに」

「お屋形様のご遺言にて。儂になにかあれば、川名へ運んでくれ、そう言い残されたそうでございます。先だって、直平にそう命じられていた大石作左衛門が、単身ご遺体を川名に運んだよし」

井伊家の当主が毒殺され、あろうことかその遺体を川名へ運んだという事実は、訃報を聞いた井伊家の家中に沈痛な驚きと困惑をもたらした。

「なぜ、大石作左衛門は川名などへご遺体を運んだのか」

「これもまた、今川か朝比奈の謀か！」

井伊の家臣たちの視線は、自然と小野但馬守へ注がれていた。無理もない。政次の父和泉守は直平の子、彦次郎たちを讒言によって生害させた張本人である。その上、この政次の申し立てが直親をも死においやったことはまだ記憶に新しい。

無言の責め立てにも、政次は顔色一つ変えることなく、まるで畳に生えた一本の樹のようにまっすぐ背を伸ばしている。

香は言った。

「いいや、お屋形さまはまこと川名へとおっしゃったのでしょう」

家臣達の目が、一斉に香を見た。

「して、使者殿。お屋形さまのご遺体は？」

「は、密かに陣中を離れ、大石作左衛門が向山に丁重に葬ったあと、自らも自刃して果てたと」

(自刃した)

大石は南渓の実の父だったはずである。しかし南渓は顔色も変えず、黙って手を合わせた。

「しかし、なぜお屋形様は川名へなどと命じられたのか」

南渓と大石の事情を知らぬ中野越後守や新野左馬助は、困惑の表情をかくせぬようだった。

「生前、お屋形さまはわたくしに、たとえ骸となりても儂は儂の義を貫き通す、と言い残されました。弔いは無用とも。

元々川名には村人が十人に満たない寒村も多い。そのような村は、荒くれた武田の息のかかった野武士どもに攻められればあっという間に降伏してしまう。いま手をこまぬいていれば、川名や寺野といった井伊谷庄まであっという間に武田に奪われてしまうでしょう。お屋形さまはそれを示唆した上で、『この川名には名にし負うあの井伊修理亮直平の墓があるのだから、ここは必ず井伊家の領地である』と死してなお声高に主張しておられるのです」

香の説明を聞いた中野も、左馬助も、多くの家中の忠臣たちもが笑って納得した。

「あの、剛毅なお屋形さまのおっしゃりそうなことよ」

遺言通り野辺送りは行われず、南渓がただ一人川名へ出向いて、直平と大石作左衛門のふたりを弔った。

弔いの期間が終わるまでの間、南渓はほぼなにも言わず熱心に読経にあけくれるだけだったが、四十九日があけるころにお堂から竹林をながめてぽつりと言った。

「父上は、すべてご存じでおられた」

毒がゆっくりと回っていくのを感じながら、最後の気力を振り絞って大石作左衛門に川名へ葬るように命じた曾祖父の心中を、香もまた想っていた。

おそらく、直平はすべてを知っていて、その上で自分を川名へと命じたのだ。自分がそこへ大石とともに葬られれば、南渓は川名へやってこざるを得ない。

そして、実の父の供養も心おきなくできるだろう。

「そなたはどう想う、祐圓」

「御師のお考えのとおりかと」

「わしはなにも考えてはおらぬ。有無有無ばかりじゃ」

「有無でよろしいではありませぬか」

(すべては、大爺様の思惑通りか)

自ら菩提寺となる龍潭寺を造営しながら、己はそこへ奉られずに山奥にひっそりと葬られることを望んだ曽祖父。まさに骸となってもなお、井伊直平は井伊家の支えであり続けるのである。

どこまでも気骨のある武将であった。

井伊谷では、直平の弔い合戦を煽る声が日に日に大きくなっていた。

直平が毒殺されて一年後の永禄七年九月、ついに今川方は井伊家に対し、飯尾連龍を撃てという命を下した。

「しかし、弔い合戦はいいとして、だれが金を出す?」

香は、井伊家が家臣達に支払う俸禄を、銭主たちに借金していることを知っていた。ここ数年日照り続きで小作たちの中では田を捨てて逃げるものが多く、どのような触れや禁則を出しても効果はなかった。中でももっとも借り額が多い銭主だったのが、あの瀬戸方久である。彼はいま、番所のある気賀の呉石あたりの土地も買い集めていて、時折南渓あてに手紙を寄越しては、今川氏真や三河の松平家康、その周辺の土豪たちの動向などを知らせてくる。

もはや、井伊という大きな傘を失った遠州では、今川につくか、武田につくか、松平につくかは家を長らえさせ生き残るための大きな賭けだった。あらゆる土地にそれぞれの大名の細作が入り込み、家老や有力政商を取り込んで豪人たちを寝返らせようとする。

そうして、家老の江間を取り込まれて今川に反したのが、直平を殺した元家老の飯尾連龍だ。

九月十五日、直平の死から一年が過ぎ、法要も満足に執り行わぬうちに、地頭職預かりの中野直由、新野左馬助が揃って出陣することになった。桶狭間以来、歴戦の猛者を次々に失った井伊家中では、満足に戦の指揮をとれるものも少なくなっていた。

「どうか、一人でも多く井伊谷へ戻ってこられますよう。祖先の霊よ、井伊家とその家臣たちを守り給え」

母の安佐はお堂で一心に兄の無事を祈っていた。香もまた、何度も井伊家の井戸に詣でた。

（中野直由も左馬助のおじ上も、同じ井伊家の家老として仕えた飯尾を、なんとしても説得し降伏させたいと言って出陣していった。戦にはせず、かならず説得すると）

もうこれ以上、だれのものであっても血が流れるのは見とうはない。

しかし、二人が思ったよりも飯尾と家老らの意志は固かった。左馬助らの説得もむなしく、引馬城内は武田派も松平派も、まずは今川憎しということでまとまったのである。

引馬城へと続く天間の橋は戦場となった。


その日の夜遅く、井伊谷城には赤々と火がたかれ多くの馬を受け入れることになった。知らせの早馬である。

「無念であります！　越後守様、新野様、城東天間橋にてお討ち死にの由！」

その知らせはすぐさま本丸をとりかこむ家臣達の屋敷にもたらされ、すでに寝入っていた家臣も急いで支度をととのえて本丸に集まった。

飯尾の説得に失敗した左馬助と中野越後守は、難攻の城と言われた引馬城を攻めあぐね、そろって天間橋で命を落としたという。

「なぜ…、このようなことになったのだ」

誰もが顔色無く、信じられないという面持ちで呆然としている。ちょうど一年前にも、彼らは同じような顔をして直平の死の一報を受け取った。あれから一年、たった一年しか経っていない。

「たった数年で、家中の主立った方々がほとんどのうなってしまわれた」

彦次郎・平次郎の生害によって始まった井伊谷の不幸は、直盛の討ち死に、奥山因幡守の死、直親の謀殺、直平の毒殺、それに要であった新野左馬助と中野直由の戦死ととどまるところを知らぬ。まるで、井伊家の血筋そのものをだれかが憎んでいるかのよう、死に絶えよといわんばかりである。

「もう、井伊家はおわりだ……」

御館に集まった家臣達は、空いている中野、新野の席を見て落胆を隠せなかった。年が明けてもまだ虎松は五歳。家督を継げる歳ではないことはあきらかなのだ。

この隙に乗じて、氏真が井伊家から地頭職を召し上げ、所領を自分の側近に預け置こうとするのは目に見えていた。

井伊共保公以来五百余年、遠州の地で根を張ってきた井伊家も、遂にここで滅亡するのか――

その時、広間に集まっていた家臣たちは、いつもはどんな凶報にも顔色一つ変えない家老が座っていないことに気づいた。

知らせが届き、早一刻はたったというのにいまだ登城していない。

「但馬殿はどうなされた」

筆頭家老の、小野但馬守政次が来ていないのだ。

蔦ノ巣山から生まれた水は、弓状に連なる山々を縫い、さまざまな洞穴や支流を経て都田川となり井伊谷川となり、神宮寺川へと分かたれていく。ここ井伊谷の水田を満たす水である。神宮寺橋は以前は粗末な橋で、堤が決壊するたびに流されていたが、曽祖父の直平が龍潭寺の前身である自浄院を建立した際、多くの資材を運び込むために立派な橋が整えられた。

以来、金指からあがってくる旅人や商人たちも、井伊谷城へ行くのにこの橋を利用するようになり、寺の前は毎日のように活気のある人の流れが見られた。

いまは、その流れはない。

香は、橋の上に立っていた。夜の川はどうどうと音をたて、闇から来てまた闇へと流れ去る。水の行く先が浜名の湖だとわかっていても、香にはそれがどこか得体の知れない場所からやってきたさだめのように思えてならぬ。

「祐圓尼さま、…次郎法師さま。もうお戻りにならねば」

得度してからもずっと側に付いてくれているおあんが、灯りを抱いて喉を絞られたような声をあげた。このようなところに居れば、いつ幽鬼に会うかと気が気でないらしい。

「お、恐ろしゅうはないのですか。こんな…、橋の上で」

「恐ろしゅうはない。もっと恐ろしいものを視てきた、この目で」

幼い頃、この橋の上で視る奇妙な光景が恐ろしかった。年の暮れ、人の指ほどしか背丈のない汚らしい小人が箒に追い立てられて逃げていくさまや、ゆらゆらと形の定まらぬ疫神。一面の空を覆い尽くす蝗の死の影を目にするたびに、足がすくんで動けなかった。

けれど、今はもっとべつのものを恐ろしいと思う。

(来た)

遠くでひた、ひたと忍び寄る水のような足音がした。草履を履いているのにほとんど足音がしない。先を歩く灯番の足音はべつに聞こえるから、きっとこれはあの男の癖なのだろう。井伊谷城のほうからぽつんとした灯りが近づいてくる。おあんが気づいた。

「ご家老…」

灯りが暗闇を押し広げた空間に、一人の人間の足が現れた。ゆっくりと灯りがあがっていき、香のよく見知った顔になる。

この細月の闇夜ですら、遠目でも近づいてくるのは見えていた。あの政次の頭の上をゆんわりと泳ぐ白い鯉がこのときもいる。

(あの鯉、川に飛び込む様子もない。鯉ではないのやもしれぬ)

香が別段驚いた様子もないのを見て、政次は僅かに微笑んだ。

「このような闇夜に黒袈裟姿では、そこにいらっしゃるかどうかわかりませぬな」

「そなたこそ、なにをしておる」

「南渓和尚をお迎えに参りました。事が事だけに、ぜひにおいで頂きたいと」

ただ御師を連れに来るだけで井伊家の家老がこんな夜道を歩いてくるものか、と香は思った。

この男は自分に話があるのだ。むろん、次の井伊家当主を誰にするかという重大な問題について。

なんとはなしに香には、今夜この男が会いに来る気がしていた。だからだろうか、おあんが怖がるのも聞かず橋の上で待っていた。昔から、あの妙なものたちは橋の上で視ることが多いのだ。そして政次はいつも、香の視たものに興味を示す。

「越後どのの館のご様子は？」

「布津どのが美しゅうしておられた。左馬助の伯父上は新野屋敷に戻られたようじゃ」

政次がわざわざそう聞いてきたのは、中野直由の妻は奥山姉妹の三女だからだ。名を布津といい、左馬助の正室も奥山家の姫で先代朝利の妹、彼女らの叔母にあたる。まだ乳飲み子を抱えた布津は、それでも同様の運命をたどった姉妹二人に支えられて夫の首を綺麗にし、頭を取り戻した胴を清めてお棺へ納めた。新野屋敷でも同じ事が行われているはずだ。戦のあと、幾度となく繰り返される儀式であり、ごく身近な者だけの弔いでもある。

突然兄を失った母の安佐も心安らかではいられないらしく、新野屋敷へ戻っている。母と内室の間では、はや左馬助の遺体は故郷舟ヶ谷城にある新野家ゆかりの社に葬りたいという話も出ているようだ。

不幸が数珠のように連なるばかりだ。たった数年で、井伊谷に嫁いだ奥山家の女は皆寡婦となってしまった。特に中野家にはまだ幼い男子二名を含め子が四人いる。今後、井伊家は彼らが家督を継ぐに足る年齢となるまで、堪忍分を与えていかなければならない。

井伊家はもはや、それを支えるべき武将、そして財を失い、領地の多くを銭主に預け入れている有様だ。まるで虫食いの柱も同然の状態であるのを、家老である政次が知らないはずはない。

いったい、どうしようというのか。この風前の灯火となった井伊を、政次はこれ幸いと今川に高く売りつけるつもりなのか。

(そうはさせぬ)

「首を持ったことはあるか、政次」

橋の上に立っていた政次が少し目を見開いた。話していることを聞かれたくないと思ったのだろう、従者を遠ざけた。香もまたおあんからひとつ灯りを貰った。竹を切って作られた手提灯は庄民らも多く使うもので、和紙を竹のひごに貼り合わせた提灯は、香の身分でも正式な訪問にしか使わなかった。

「人の頭とは存外重いものだぞ」

「なにがおっしゃりたい」

「それを抱えて、綺麗に洗って化粧をするのだ。たかが化粧ではない。けっこうな力仕事よ、それでもおなごはやる」

この手に抱えた直親の首の重さが、いまもこの手に泥のように染みこんでいる。あの時のことを思い出すだけで、両の手の重みが蘇る。

「そなたが決まってわしに、なにか視たかと聞いてくるときは不幸があるときじゃ。だがな政次、わしのように小法師と呼ばれでもせぬかぎり、不幸を知っているものはそれを起こそうとするものだけよ」

橋の欄干の上に、政次はその竹提灯を置いた。長い話になると思ったのだろう。

「なるほど、では某が越後どのと新野どのを殺させたと。しかし、御両名とも大勢の兵が見ておる中で弓を受けられ、胴を刺されたようでございますが」

「そうじゃな、首に矢じりの痕が、脇腹に槍の痕があった。布津どのが苦労して白粉を濃くといて塗り込めておられた。――政次」

二人の声は、常にする川の水の音にかき消され、互いしか解らぬくらいであった。

「新野の伯父上も、中野どのも橋の上で亡くなったという」

「それが？」

「お二人ともに、首の矢傷はそろってこめかみの下であった」

政次の返事が途絶え、水の音だけになった。

「橋の上におられたなら、敵味方ともに前か後ろしかおらぬはず。川にだれぞおったのだろうか。天間の大橋はそれほど浅い川にかかっておったとは思えぬ」

「…偶然、川のほうを向いておられたのやもしれませぬ」

「お二人ともか」

あくまで、香の声には相手を責める響きはない。まるで遠い過去にあった出来事を言うように淡々としていた。

「彦次郎おじ上のことは、そなたの父である故和泉守のやったこと。父直盛の死もまこと討ち死にであろう。だが、直親殿や因幡守、こたびの中野や左馬助の伯父上はどうかな。そなたにとってもある程度は大ばくちであったろうが」

「あくまで某がやったとおっしゃるのですね。しかし、貴女さまはおなごだ。この井伊谷から一歩も出ておられない貴女さまが、天間大橋の合戦で起こったことをはたして正確に知り得ましょうか」

「井伊谷を出ずともなにか為せるのは、そなたを見ていればわかる」

それは、家老でありながら一度も鎧を着けず剣を佩《は》かず、井伊谷城にこもり続けた小野への痛烈な皮肉でもあった。

「しかしそうだな、そう言われれば戦のことはわからぬ」

あっさりと香は政次の言い分を肯定する。

「戦はわからぬが、そなたのことはわかる」

「⁉」

「政次、三郎左と名乗りしころよりそなたのことは知っているつもりだ。一度は夫婦となりかけた相手のことは、他人よりも心にかけるものではないか」

「貴女さまが、某のなにをご存じと」

「そなた、弟の太兵衛を堺に奉公にやったとか」

今まで濃い闇に紛れていた政次の顔が、はっきりとその時強ばった。

「四男の正賢は高畑の鐘鋳場へ移ったと。正賢殿は妾腹の弟二人も引き取り、養子として連れていったと輝どのに聞いた。なんとも慌ただしいことではないか」

「…………」

「輝どのが言うには、正賢どのは安芸の毛利氏に仕える伯父を頼って、毛利へ仕官を望んでおるとか。安芸とはさてもはるばる出かけていくものよ。そなたの弟はなかなかの野心家よの。——それとも野心家は別におるのかもしれぬ」

つまり、政次は万が一直親暗殺や、こたびの中野・新野両名を戦死にみせかけて謀殺したことが明るみに出た場合、怒り狂った井伊家郎党に今度こそ小野は根絶やしにされるかもしれぬと案じたのだ。そして、自分が成敗を受けたあとも小野家が絶えることのないよう、弟たちを遠く離れた土地へやった。

まるで、花や樹が風にのって遠くへ遠くへ種をとばそうとするかのように、小野の兄弟たちは井伊谷を出ていったのだ。もちろん自主的にではないだろう。家長である政次の命令にほかならない。

「なぜ、そのように急ぐのか。新野と中野が出陣しているうちとは、まるで夜逃げのようではないか」

もっとも、と香は言葉をつないだ。

「小野の家は、そういう家であったな。そなたの父和泉守政直も、豊田から直平公の招きを受けて細江に封じられた。遠州に閉じこもって身内ばかり贔屓にする井伊家のやりようは、小野の者にはさぞかし歯がゆく、閉鎖的に見えるだろう」

竹提灯の中の灯りが、橋の上を渡る風にゆさぶられて、政次の姿さえゆらゆらと心ないように見せる。それでも、彼の心はその灯りほどには揺れていないことを香は知っていた。

政次とはそういう男だ。そういう男なのだ。見抜かれることも承知で、ここまで大胆で残酷なことをやってのける。そしてもしか失敗したときのための裏工作さえ見事だ。

この男を完全に敵にして生き残れるだけの胆力は、いまの井伊にはない。

「…それも、小法師の目でごらんになられたのか」

「おや信じるのか、小法師の目を。このように戦場もなにも知らぬ、誰にも嫁がず子も産まず尼になったただのおなごの言うことを」

「香さま」

「じゃがな、政次。信じるか信じないかはさておき、わしはずっと視ておるぞ」

香は視線をゆっくりと彼の顔から、額へ、そして髷の上へずらした。鯉は香と目が合うと、いつものようにすいっと筆で乙の字を描くように動き、そのまま龍潭寺のあるほうへ消えていった。

あの白い鯉。いつも井伊の井戸のほうへと消えていく。

「どこを、視ておられる」

政次の声が僅かにぶれていた。

必ず信じさせなければならない、と香は強く思った。この小野政次という男を好きにさせておけば、遠からず虎松の命は脅かされるだろう。それだけはあってはならない。

中野直由亡き後、政次がいったいどのようにしてこの井伊家を牛耳ろうとするのかは明らかなことだ。直系の虎松に家督を継がせ、自らはその後見人として実権を握る。いくら筆頭家老の小野とはいえ、後見役に収まるには分家の中野や家中に絶大な信頼感をもつ、現在の後見人の左馬助が邪魔だったのだ。

しかし、今川の旧来の家臣である左馬助を消すのに、直親に用いたような策は使えない。戦場でどさくさに紛れて殺すしかないと政次は考えたのだろう。

そのために、直平が討ち死にしてから一年後という不自然な時期に、飯尾連龍は反今川を宣言した。直平の弔い合戦ともなれば、左馬助が出ないわけにもいかない。おそらく直平の死すら、この政次の策略であった可能性もある。

(同じ井伊家の家老として、飯尾の家老江間が松平や武田に通じていることなど、とっくに耳に入っていたのだろう。政次は、その情報を最大限に利用してみせたのだ。この井伊谷から一歩も出ず、己の身に傷ひとつつけることなしに)

それを卑怯という者もいる。初陣にも行かない臆病者よとそしる者も井伊家中には大勢いる。

(それが生きる術というなら、政次が正しいのだ。剣と剣とをぶつけあって手にする者もあれば、軍配師のように座して動かぬ者もおろう)

だが、剣を手に戦場へ向かうのでなければ、おなごの香にもできる。

(もっともっとわしを怖れよ政次。小法師の力には逆らえぬと)

最早香は気づいている。自分が視る不可思議なものたちは、ただ視えるだけでそれを止めることはできないのだ。思えば天池の堤が決壊したときでさえ、自分にできたのはそれを村人に告げてやることだけだった。

しかし、そのことを政次に知られるのは得策ではない。彼は今までどおり、こうして自分を小法師だと思いこみ、怖れているほうがいい。

(虎松が後ろだてを得て、完全に政次に対抗できるようになるまでは…)

あのわずか四歳の小さな命を守るためにこそ、己の身が清らかなまま尼になったのではないかと、このとき香は確信しつつあった。武田であれ、松平であれ今川であれ、たといどんな猛敵がこの井伊谷に押し寄せてきたとしても、寺と僧侶にだけは手だしができぬ。

いざともなれば、香は日夜とともに虎松をどこか遠くの寺に落ち延びさせるつもりだった。直親がしたように、たとい戻ってくるまで十年かかろうとも井伊家の血を絶えさせることはできない。

遂に、香はその言葉を口にした。

「──わしは井伊家の家督を継ぐつもりだ。政次」

一瞬強い力で己の瞼を押し上げたあと、政次は頷いた。

「…は」

「正月に初登城し、井伊谷城にて地頭職を預かることを皆に告げる。虎松は我が養子とし、日夜どのには新野屋敷にお留まりいただく」

このことは、左馬助らが出陣したのち、南渓とよくよく話し合って決めたことだった。もはや彼らが生きて帰らぬことはわかっていた。井伊谷城に挨拶に来た伯父の顔を見たときに、香は悟ったのだ。この小法師の力はあくまで、ほんの少し先が視えるだけにすぎない。だから直前にならなければわからないのだと。

「儂に従うか、小野但馬守」

政次は川のほうを見て言った。

「…なぜ、お怒りになられぬ」

問われて、香はそのような思いがもはやこの心の内のどこにもないことに気づいた。

怒りはない。常より煩悩を追いやり修羅の心を持たぬよう修行をしているためもあった。だが、本当のところは香にとってどんな身近なことも、この橋の上で水を見送るようにあっけないものでしかない。

幼い頃よりそうだった。先のものが視えていたがゆえに、人よりも早く今が去るのだろう。

直平の言い残したとおりだった。

「――誰も、橋の上で同じ水を二度とは見ぬ」

永禄八年、元旦。

ついに香は墨染めの尼僧姿で初登城を果たした。その場にはおじの南渓瑞聞も同席したが、弟子である彼女が南渓よりも上座についたので、被官たちは驚いた。

その南渓の口から、井伊家の家督および地頭職を直盛の一人娘である香が継ぐことが告げられると、広間からどよめきが上がった。

かつて、父直盛がいた座であった。父が生きていたころ、香はまさか己がここに一人で座ることになるとは思ってもみなかった。地頭職をおなごが継ぐとは前例がない。遠州だけではない、この日の本でも多くあることではないだろう。

「古くより、騎虎の勢い下るを得ずという」

菅沼、鈴木、近藤ら古くより井伊に仕える井伊谷の土豪達、父のころより半数にまで減った彼らを睥睨《へいげい》し、香は声を張り上げた。日頃から読経を欠かさぬせいか、それはおなごにしてはピンと張りがあり、人が欠けて空気がなかなか暖まらぬ広間によく響いた。

「いままさにこの遠州は騒乱の体にあり、この流れを上手く乗り切ることは、虎の背に乗るに等しい。しかしながら、手をこまぬいて虎の背から振り落とされれば、あとは猛獣に食われるのみ。楽に手綱はとれまい」

一度、今川という虎の背に乗った井伊は、二度とその背から降りることはできぬ。虎を換えようとすれば、勢いよく飛び移るしかない。容易にできることではないのだ。そう香は暗に被官たちを諭した。

「皆も知るように、亡き直親どのが一子虎松が元服するまでの間、この香がその家督と地頭職を預かりおく。わしは今日より女名を捨て、この難局を乗りこなし井伊家が無事に虎松という虎に乗りかえる事ができることを祈願して、ここに井伊次郎法師直虎と名乗ることにいたす」

「井伊、直虎様…」

と、口々に人が言う。困惑するような顔もある。

最初にこのことを告げた南渓は、なんという勇ましい男名かと呆れたものだった。しかし、香は戦場に出ることができないのだから、これくらいはったりの利いた名でもいいのではないか、と思うのだ。少なくとも遠国の人間は、遠州の女地頭の名が井伊直虎ということを聞けば、まさに男にひけをとらぬ猛将ゆえ、女だてらに家督を継いだのだと思うだろう。

「次郎さま！」

「井伊のお屋形さま、どうぞ我らを荒ぶる虎よりお守りくださいませ！」

「どうか、よろしくあい頼む」

香が顔をあげると、ほかの被官のだれより先に、小野政次が上座に向かって頭を下げるのが見えた。

六　紅いくさ

香が井伊直虎として家督を継いだことによって、宙に浮くかと思われていた地頭職の問題は、いったんは収まるところに収まったように見えた。

当主として初登城の日から、香は精力的に動いた。まずは居住区を龍潭寺から再び井伊谷城へ移すことになり、代替わりしたことにより毎日のように安堵状を出す政務に追われた。

仏弟子としての修行は満足に行えなくなったが、松岳院で暮らす母安佐のことは、おあんの代わりに香付きになったきぬが事細かに教えてくれた。元は母の侍女で、長い間自分たち母娘に仕えてくれたおあんは、めでたく気賀堀川の豪農の元へ嫁いでいった。彼女は、数年前にも結婚するはずだった近藤家の婚約者を桶狭間で失っており、ずっと嫁入り先を探していた母が、ようやく良い縁を探し、めでたく祝言となったのだ。

さすがに井伊家の当主ともあろう者がお側に仕える侍女もないようでは困る。虎松が五歳になり、乳母の手を必要としなくなったこともあり、きぬが新しい側仕えとして娘の篠とともにやってきた。時折、近くの三の丸に住む中野屋敷から、大勢の布津の子供達がやってきて、篠にいっしょに寺へいこうと誘っている。

中野家の男児二人、そして輝の息子亥之助、そして虎松は皆歳も近い従兄弟同士だ。今では寺へ通い、傑山に弓を、昊天に長刀をはじめとする武芸を習っているという。

「なるべく、習いの場でも子らに重い鎧を着けさせよ。具足に慣れ、馬を早く乗りこなせるようにせよ」

香は指南役の傑山らにそう言い置いた。自分が家督を継いだとはいえ、たかが女地頭、ただのお飾り、御し易しと侮られていることは知っている。これから遠州は各地の有力大名の野心が集結する場となろう。いつ何時、この井伊谷が戦場にならぬとも限らぬ。

それに虎松とてもう五歳、あと数年もすれば戦場に赴くことになるかもしれない歳だ。いまのころから武芸を磨き、己の身は己で護ることを自覚させていかねばならない。

「井伊に残されているものは、いまやこの城と、あの奥山の子たちだけだ」

安堵状を出し、小百姓や名主、はたまた彼らに金を貸し付けている銭主と、さまざまな者達との折衝を行うようになってからというもの、香は現状の井伊家がいかにたよりない壁ばかりで屋根をささえているだけの張りぼてかを思い知るようになった。思ったとおり、井伊家の領地のほとんどは銭主への担保となっており、戦で男手を失った武家の家々の多くは井伊から出る僅かな俸禄で暮らしている。田畑はどこから来たのかわからぬ素性の知れない銭主たちに買いあさられ、古くから続く名主もその名さえ、金を借りるため銭主に取り上げられているありさまだった。

なぜ、彼らが銭主から借金をするのか。それは、田畑につき何貫と決まっている年貢の量が、不作続きによって払えないためである。とくにこの西遠州では三年連続水損が続き、稲が実らない。米がとれなければ年貢が払えず、名主であっても田を売り家を売り、小作たちは田畑を捨てて逃亡する。

しかし、勝手事情が苦しいのはどの家も同じことだ。そこをなんとか乗り越えるのが領主の務めなのだ。銭主たちの厚顔な要求をのらりくらりとかわし、百姓達の切なる訴えをなんとか収めてこそ、まこと井伊谷のお屋形と言えるのだろう。

(怖いのは戦だ。今川に兵を出せと言われれば、被官の身ではどうしようもない。数年後、せっかく育った若者たちを、戦で死なせるのはあまりにもむごい)

ここ井伊谷は、三河・信州に隣接し、すぐ近くに今川に反旗を翻したばかりの飯尾連龍をかかえている。なにかあればここが前哨戦の場になることは必至だ。

南渓に用があって寺へ赴くと、待ちかまえていたかのように傑山が虎松と亥之助を連れてやってきた。

「祐圓尼さま、…いえ、お屋形さま」

「お義母《はは》上さま、だろ、虎」

従兄弟達の兄貴分である亥之助が虎松の脇をこづいて言った。ひょろりと背の高い虎松に肩を並ばれてはいるが、亥之助のほうはむっちりとして横幅があり顔もふくふくとしている。彼は何より食べることが好きで、香が土産にと菓子を持参すると、どこからともなく飛んできて人のぶんまで食ってしまうのだ。寺の兄弟子たちと共にする食事でも、満腹になるまで食うのを止めぬので、いつもお堂で罰を与えられているのだと、南渓が苦笑混じりに教えてくれた。

彼の父小野玄蕃が亡くなったのは、亥之助がまだ赤ん坊のころ。父直盛と同じ桶狭間であったから、もうあれからずいぶん長い年月が流れたのだ。自分も子の成長とともに去った年月を数えるようになったのだと思うと、なにやら感慨深い。

「祐圓尼さまが、わたしのお義母上になられたのだと、母上から聞きました。では、虎松には二人、お母上がいるのですか」

香は膝を折って目線をあわせた。美しい黒々とした大きな目の中に自分の顔が映っている。

身内のひいき目を差し引いても、虎松は美しい稚児だった。顎や鼻の位置やかたちが、香のよく知る井伊家の人間のそれによく似ている。やや肉厚の唇と額が日夜ゆずりで、大きな体格に反して、顔立ちは繊細であった。中でも印象的なのは父親とよく似た艶のある大きな黒目だ。そしてその中に潜む星の光。まるで銀蒔絵を施したようなと表したのはだれだったか……

「そのとおりだ」

「なぜですか」

「お父上が亡くなり、わしが井伊の家督を継いだ。そなたのお父上はそなたを次の井伊家の棟梁にとお望みだった。ゆえに、形としてわしの息子となる必要があったのだ。わかるか」

きり、と表情を引き締めて虎松は頷く。歳のわりに身体も大きいが、器に相応しく肝も据わっている。

「亥之助はもう八つになったのか。おおきゅうなった。そろそろ元服を考えねばならんな」

誇らしげに亥之助がはにかんだ。すると、虎松はキッと目を見開いて彼をひと睨みし、

「虎松は⁉　いつ元服するのですか」

血相を変えた虎松に、亥之助が茶化して言う。

「虎はまだ早い」

「早くはない。お義母上さま、亥之助が元服をするのなら、虎松もしとうございます！」

常に年上の亥之助と共に暮らしてきたからか、自分一人だけを子供扱いされるのがいやらしい。香は改めて虎松を見た。そんな負けん気の強いところはどちらかというと彼の祖父、彦次郎のおじにそっくりで、あまり直親には似ていない。

亀乃丞は、心根の穏やかな優しい子供だった。どんなに香が意地悪を言っても、いつも笑ってあとを付いてきた。

香は虎松に向き直り、両方の肩を抱いた。この小さな肩に、自分は鎧よりも重いものを背負わせようとしている。

「傑山の修行は辛いか」

「辛うはありませぬ！」

「鎧は重いか」

「重うありませぬ！」

「そうか。じゃがな虎松。大事なことは、鎧を着ておることではないぞ。いつ、だれの前でそれを脱ぐかを見定めることだ」

香の言葉の意味をとらえ損ねたのか、虎松が顔を曇らせた。

「重いときには重い、辛いときには辛いと言える相手を作ることだ。まずは自分が力をつけ、その次に力のあるものをとりたてる。人の恩を忘れず、それに報いてゆけばかならずできる。自分が目に見えぬ鎧を着ていることを忘れてはならぬぞ」

言い終えて、香は自嘲した。まだ五歳の子供に話すには難しかったかもしれぬと思った。きぬや日夜ならば、もっと子供に伝わる言葉を選べただろうに。こんなところでも、自分は人としても中途半端だ。

「お義母上様は、毎朝あの井戸に参られておるのですか」

「毎朝というわけではないが」

「我が井伊家の初代共保公は、捨て子だったというのは本当ですか」

大きな黒い目がまっすぐに香を見つめてくる。

「渭伊八幡宮にある井戸に捨てられていたのだと、きぬに聞きました。なのにどうやって助かったのでしょう。赤子なのに」

「答えを、そちはもう知っている」

「虎松が知っていると？」

「そうとも」

問いかけた先から、答えは知っているはずだと言われ、虎松は怪訝そうに顔をしかめた。

「なにゆえ、百姓の子かもしれない赤子を養子としたのかも？」

「そうじゃな」

「ううむ、我は知っている…。が、いまはわからぬ」

うつむき、何事かひらめいたように顔をあげる。

「…知ってはいるが、それが答えだと気づいておらぬということでしょうか」

「ばか、それでは問答のようではないか、虎」

「そうは言うが亥之、なにごとも知りて知らざるは上なり、じゃ。老子も言っておる」

「むむ」

話を聞いていた亥之助までもが険しい顔で黙り込んでしまったため、香は思わず声を出して笑った。

「いやはや、良い子らじゃ」

「そのとおりです、お屋形さま。虎松さまは歳のわりには背が高く、身体つきも肉厚で健康そのもの。亥之助と肩を並べておりまする。思い切りよく、力も強い。数年もすれば目を見張るような若武者となりましょう」

指南役の二人は、香の危惧などあっさり笑い捨てる。虎松や亥之助、中野の遺児たちが大きな病も得ずすこやかに育ってくれていることだけが救いだった。

あとは、香が粘らなければならぬ。おなごごときになにができると侮られようとも、自分は井伊家の血と名を後世に伝えるために、仏の弟子から夜叉になろうと決めたのだ。

当主となって、まず真っ先に香が果たさなければならないことがあった。それは、日に日に高まっていく庄民らの徳政への嘆願で、香は懇意にしている政商、瀬戸四郎右衛門方久を城へ呼び寄せた。

「おお、これはこれは井伊の次郎姫さま、いやさお屋形さま！」

方久は銅鑼を叩いたかのごとき大声でやってきた。

あいかわらずの派手な金襴の胴服。大大名の奥方でもこれほど大胆な模様の打ち掛けは作らせないだろうと思われる、金の鶴と銀の亀をあしらった豪奢なものだ。それに、染み一つ無い真っ白な南蛮襟、遠目でもそれとわかる羽根かざりのついた抹茶色の頭巾をかぶっている。

「会うたびに派手になっていくのう、方久」

香が目を丸くすると、方久は満足そうに頬をふくらませた。あきらかに頭がおかしいと思われても仕方がない格好だが、本人はそう驚かれるのが本意らしい。

「初めてお目もじした日から、この姫君はただものではないと確信しておりました。やはりこうしてお屋形さまとなられた。なんという祝着《しゅうちゃく》！　某の目に狂いはございませんでしたわい」

なにごとも抜け目のないこの男は、香が井伊の当主として初登城をした翌日には、大量の祝儀を積んで井伊谷城へやってきた。

いまとなっては、香はこの男からできるだけ穏便に金を借り続けなければならない。方久のほうも、今のところ気前よく寄進してくれている。ひとえに井伊家ほどの豪族にしかできぬこと、…姓を得て家来衆に名を連ね、名実共に武士となることを望んでいるからだ。

いくら恩を感じてくれているとはいえ、あっさりとそれを叶えては香は用済みになってしまう。しかし、袖にし続ければ方久は井伊にすりよるのを止め、ほかの任官先を探すだろう。その駆け引きの塩梅が難しい。

「して、本日はどのようなご用件で」

「こうして代替わりしたのでな。挨拶も兼ねて、領内の神社仏閣への寄進も考えねばならん」

「そのようで」

「祝田にはそちの土地も多くあろう。では耳に入っているのではないか」

「どのようなことでございましょう」

「蜂前《はちさき》神社の禰宜をまとめ役として、徳政を望む嘆願書が届いた」

「…ほう、徳政を」

徳政とは、もともとは地震や水害などの天の理は、多く権力者の得と密接に関係するという考えのもと、悪天候や疫病によってふくれあがった債務を免除するという命令のことである。

特に、代替わりした際に行われることが多いため、井伊谷の庄民たちが香の地頭職引き継ぎを機会にぜひにと嘆願してきたのだろう。

「まさか、百姓らの申し出、取り上げられることはございませんでしょうな」

しかし、さすが一代で財を成した商人、ここ井伊谷にも方久が持つ土地は多くある。貸し付けている金を徳政で反故《ほご》にされてはたまったものではないのだろう。香に向かって釘を刺してきた。

「いたずらに苛政を敷くのはわしの本意ではない。徳政はどの国でも行われておる。ましてやわれらは今川被官の身。太守から徳政をせよと下知があれば、逆らうことはとうていできまいの」

香は、井伊谷の現状を把握したころから、次に代替わりすればかならず庄民達が徳政を願い出てくるだろうと踏んでいた。

実際、この井伊谷で徳政を望む声は日に日に大きくなっている。いかに香が方久ら銭主を守ったとしても、訴えが看過できぬほどふくれあがればどうしようもない。

「なんと、お屋形さま！　某を見捨てるとおっしゃるか」

「こうしてそちを呼んだ意図をくみ取れ、方久。素知らぬ顔をしてはおられぬだろう」

たしかに徳政をすれば民は助かるが、銭主たちが黙っているはずはない。井伊家は彼らの恨みを買い、金を借りることすらままならなくなるだろう。井伊にとってもそれは困る。

「それでだ。瀬戸村をそなたにやろうと思う」

香は黒袈裟姿に似合わぬしたたかな顔で、方久のほうへ半身を乗り出した。

「瀬戸村を…」

「どうじゃ、そちはかつて瀬戸村の源太と名乗っていたであろう。水で埋まった一ノ沢から引き取られたそちが、今度はそこの領主として戻る。悪い気分ではあるまい」

「そりゃあ…」

目尻を崩して、方久は片方の口の端を上げた。

「あそこには、昔なにかにつけていじめてくれた親戚の婆がおりますや」

瀬戸村は祝田の中でも大きな道の通る市場があり、良い水田も豊富にあった。かつては左馬助が代官をつとめ、直親が治めていた土地だ。方久がずっとそこを欲しがっていることは耳にしていた。

「その代わりといってはなんだが、そちには金を出して貰う」

「へえ、そりゃいかほどに…。何用につかわれまするのか」

「川名の満福寺へ梵鐘を寄進する」

代替わりの際、親交のある寺や社を修復したり鐘を寄進したりすることは、長い間の慣例となっている。香の父直盛も二宮神社の大規模な修復をしたり、龍泰寺の寺領を増やしているのだ。ましてや曽祖父直平は、井伊家のために川名に眠ってくれている。これを弔わずにいれば、ますます井伊家の没落ぶりが浮き彫りとなり、女地頭は実がないものと軽んじられるだろう。たとえ見栄でも、香は成し遂げねばならなかった。

そして、寄進にはとかく金がいる。

「しかし、お屋形さま。万が一にも徳政は出されますまいな」

「心配か」

「そりゃあもう」

「では、見張っているとよい」

香は方久をそそのかすように言った。

「見張る、とは？」

「そなた、今川に被官してみる気はないか」

怪訝そうに見返してきた方久に香は説明した。徳政はなにも今に限ってのことではない。蜂前神社を中心とする徳政の嘆願書は今まで何度も出されてきたが、そのたびに井伊家はとりあわずにいた。

しかし、情けないことながら、財力も人力もなくなった井伊家では、徳政を望む庄民たちの力を押さえ続けることはできないのだ。特に祝田蜂前の禰宜はかなり強硬な態度を見せている。訴えがとりあげられなければ、一揆も辞さないと。

（政次の差し金か）

おそらく、今回の庄民たちの背後には、あの小野但馬守政次がいるのだろうことに香は気づいている。でなければ、祝田蜂前の禰宜が動くはずがない。政次は小野の者らしく神道への信仰があつく、自らも二宮神社の禰宜を務める中井家の娘を正室にしている。当然蜂前神社とも縁戚関係にある。

庄民たちの苦しい生活ぶりを救ってやるためと称して、いたずらに禰宜を煽っているのだ。すべては井伊家にほんの少しでも力をつけさせないでおこうとする、今川の策略だろう。

「もし井伊谷で土一揆が起きれば、連鎖的に遠州中に広まり、今川は大きな打撃を受けるだろう。松平どのとて三河一揆にはかなり手こずらされた様子。氏真は一揆をおこされる前に徳政を敷くにちがいない」

「し、しかし、今川が井伊谷に徳政を敷けば、それは知行の干渉。事実上この井伊谷の領主は氏真だと他国に言って知らしめるようなもの…」

「そのとおりだ」

「では…」

「もしそうなった場合、黒印状を発布する」

香はきっぱりと言いはなった。黒印状とは、債務を放棄することを認める徳政の逆で、徳政の免除である。すくなくとも徳政が出る前に黒印状を与えれば、その領地だけには徳政を敷かずにすみ、領地は安堵される。

「だからこそ、今川に潜り込み、徳政が出される前にいち早く知らせてくれる細作がわしには必要なのだ。わかるな」

一も二もなく、方久は頷いた。

——そして永禄八年九月、今川に被官している瀬戸方久から、知らせが届いた。

「太守より、井伊谷一帯に徳政が出されることになったらしい。黒印状を急げ！」

いち早く情報察知した香は、龍潭寺寺領をはじめとする、瀬戸村、祝田鯉田一帯に黒印状を発布した。

今川氏真が、井伊谷周辺に対して徳政を出したのはこの直後である。

これにより、黒印状の出された地域では徳政の効力はなくなり、香は龍潭寺の寺領から納められる俸禄で生活している多くの井伊家郎党、遺児たちを路頭に迷わせずにすんだ。

「では、香さま。いえお屋形さま。こたびの徳政は回避されたのでございますね」

徳政が出されたと耳にして、奥山の姉妹達はそろって城へ押しかけた。もし、彼女らが堪忍分としてもらっている所領に徳政が出されれば、この先子供達を育てていくことが困難になるからである。

「…駿河どのへ嘆願にまいったのは、但馬どのの舅である二宮神社の禰宜じゃ。どうせこれも、但馬どのが裏で糸をひいているのでございましょう」

「おのれ、許せぬ」

夫を失ったばかりの三女布津も、天間橋で中野越後守が命を落としたのは、小野政次の陰謀なのではないかと疑っていた。直親を殺された日夜はもちろんのこと、なんといっても父親までも殺されているのだ。

「して、黒印状については、但馬どのはなんと？」

「むろん、堂々と非難してきおった。銭主ばかりを重んじ、訴えを退けて寺領を安堵したとそしられてもしかたがないとな」

言われたのは香だが、それを聞いて烈火のごとく怒り狂ったのは、この姉妹たちだった。

「直平公に取り立ててもらった恩も忘れてこの所行。女になにができると、お屋形さまを見くびっておるのか！」

「きっと、香さまに手ひどく拒絶されたことをまだ根にもっているのでございますよ」

「そのくせ、己は金のある家とばかり縁組みして。三人目の妾に子が生まれたとか」

「ああ、坂田入道のところの」

「金指の代官の娘も孕んでおると聞いておりますよ。男なら但馬どのが引き取ると申し出たとか棒手振りが申しておりましたよ」

ものすごい勢いでまくしたてる姉妹達を、香は気圧《けお》されたように黙って見ていた。驚いたことに彼女らはどこの細作よりも情報が早い。

「香さま、但馬どのをこの先野放しにしておいてはよくないのでは？」

日夜が言った。暗に斬ってしまえということである。

井伊の親類衆のだれもが言うように、政次さえいなくなればという思いは香にとってある。隙あらば井伊を陥れようとする今川の目付家老さえいなくなれば、この井伊谷のだれもが枕を高くして眠れると思うだろう。

だが、それは一瞬のことでしかない。

（政次がこれほどまでに井伊家を厳しく監視しているからこそ、氏真は家老の飯尾が謀反を起こすまでした井伊に兵を送って来ないのだ。もし、彼が不審な死に方をすれば、井伊次郎に翻意ありとてすぐに駿府から討伐隊が押し寄せてくるだろう）

それに、政次が領民の意見を尊重しているそぶりをみせ、香と対立しているがゆえに、領民達はまだ武力蜂起という手段を考えずにいる。これで政次や蜂前神社が彼らを見捨てれば、今度こそ進退窮まった彼らは一揆を起こすだろう。そうなれば、今川からやはり女地頭では地頭職はつとまらぬと、領地を召し上げられる可能性もある。

小野という獅子身中の虫を飼い続ける困難さは並大抵のことではないが、いたしかたない。

香の説明に、奥山の姉妹たちは納得の様子を見せたが、それでも大いに不安を感じているようだった。

「但馬ばかりの好きにはさせぬ」

「我らの縁の力で、井伊家を必ず再興してみせまする！」

それからというもの、姉妹たちは一致団結してほうぼうの親戚宛に手紙を書き、そこで得られた情報を逐一知らせてくれた。特に、彼女らの長姉が三河方についている鈴木氏に嫁いでいるため、西遠州の状況を知ることができるのはありがたかった。


「…ところで、但馬守」

「は」

「そなた、娘はおらぬのか」

ふいを打たれたように政次が一瞬息をとめた。まさかそんなことを香から問われるとは思ってもみなかったらしい。

城へ寄せられた大量の書状にひとつひとつ目を通し、それに対する返事をつけているとあっという間に日が暮れる。以前尼の暮らしをしていたときよりは言葉を交わすことが多くなったが、そのほとんどは領内のことで、若い頃のように軽口をたたいたり、政次がいたずらに歌を詠めと言ってくることもなくなった。

「中井の室のほかに、側室がおるのだろう。近藤家の縁戚や坂田入道の孫娘と縁をもったと聞いたが」

家臣の結婚と子の誕生は、主人にとって大事な関心事である。今の世の中婚姻によって結ばれ、子によってさらに固くなった縁ほど信用に足るものはないからだ。政次が各地の土豪や有力者の娘を側女にしていることは奥山の姉妹らによって香の耳にはいっており、死の一年前にも新しく側女を二人もち孕ませていた父和泉守のことを思うと、小野の男らしいと思うのだった。

そう、いかにも小野の家のやることだ。各地に種をまき、さらにできた子を遠くへやって広く浅く根を張る。

「いえ、まだ男子が二人でございます」

「そうか。そなたも、姉も妹もいなかったな。小野の家は男系らしい」

「そのようで」

「新野の伯父上も女ばかり六人、男は甚五郎一人だけだった。なぜかまんべんなくとはいかぬようだ。

そうそう、そう言えば織田どのの姫と松平の御嫡男の婚礼が来年行われるとか。まだ御両名とも八つと幼いゆえ、迎え入れる瀬名さまも忙しくしておられるだろう」

他愛のない世間話のように聞こえるが、おそらく政次は香の意図を正確にくみ取ったに違いなかった。

香は思い出したのだ。かつて、あの新野の伯父でさえはじめは今川よりの目付として井伊家の家老になった。母は政略で嫁いできたのだ。しかし縁を結べば、たとい今川の親類とはいえ新野家は心強い味方となった。

虎松は、年が明ければもう六歳になる。歳よりも大きく、たくましく育っており、そろそろ婚約してもいいころである。かつて父直盛が母を受け入れた例にならえば、政次の娘を虎松と婚約させるという策もないではないぞ、と香は含めたのだ。

（おそらく日夜どのは承知すまい。だが、親の敵の娘を娶ることはままあること。それで政次が逆心を起こさないのであれば、領主として決断しなければならぬ）

残念なことに、政次にはまだ娘はいなかった。よくよく井伊の家は、小野の血筋と縁がないらしい。

ただ、政略に使える娘はいなくとも、少なくとも将来、井伊家は跡取りの正室として小野の娘を迎え入れる用意があると知らせたことは、香にとっては大いなる賭けだった。

小野政次は、意志を持った手綱だ。今川という虎を乗りこなすためには、まずこの男を御しえなければならぬ。

「貴女様がそのようなことを気にされるとは、もしや」

「なにかお視えになるのですか、はもう聞き飽きた」

「それはそれは」

いつもは鋭さしか感じない目が、ふっと丸みを帯びて細められる。おや、と香は目をみはった。そのような政次の顔を見るのはいつ以来だろうか。

「子供の頃から、お屋形さまが視ておられるというものについて知りたい、この目で自分も視てみたいと思うておりました。いま自分が見ているものとはどう違うのか。どこまで見渡せるのか。どのように変わるのか」

「そんなものが、そなたは欲しいのか」

「そんなものとはおっしゃいますが、災事をかぎわけ人の死を予測するのはまったくに希有なこと。もし某が小法師ならば、いまごろは織田家に軍配師として任官していたやもしれませぬ」

「小法師でなくとも、そなたは死の匂いをうまくかぎ分けておるではないか」

「うまくね。…それでも、手に入らぬもののほうが多うございますよ」

なにやら意味深げに政次が言ったので、香はしばし黙った。

「木がらしの風にも散らで人知れず憂き言の葉のつもる頃かな」

「それは、そなたの歌か」

「小町のものでございます」

若いころ…、髪を下ろす前は、この男は自分の夫候補だと言われていたし、付け文も寄越した。けれど、中の歌は小野家の有名な歌人が詠んだもので、政次が作ったものではなかったことを思い出す。

「そなたの詠んだ歌はないのか。もう歌は詠まぬのか」

「先人方よりずっと不出来でございますゆえ」

「なにを言う。なにを恥じることがあるものか。そなたは歌人ではないのだから」

言うと、なぜか政次ははっと息を呑み、信じられないという表情を顔に貼り付けたまま黙り込んでしまった。

なぜだろう。この男は失敗したり恥をかいたりすることを極度に怖れているように思う。

香のように勢いにまかせて行動するのと違って、政次は幼い頃からなにをするにも抜け目がなかった。常に物事の先々を読んで先手を打ち、賭けに出るときも取り返しがつかぬことにならぬよう何重もの予防線を張っていた。思えば、彼が失敗らしい失敗をしたのを見たことがない。

そこまでするには、政次はなにか欲しいものがあるのだろう。一城の主になりたいと切望する瀬戸方久のように、政次とて遂には城を持ち大名になりたいと野心を抱いているのかもしれない。

城持ちになるには、戦で手柄をたて、主にとりたてられるのがもっとも近道だ。しかし政次はその道を選ばなかった。武士としての華々しい名乗りよりも、遠州の名門である井伊家が手の内に落ちてくるのをじっと待つことを選んだ。

(この男は案外臆病なのかもしれない)

極端にまで死の匂いを忌み嫌う。だからこそ毎回戦場に出ず、家老としてという名目で留守居役を引き受ける。そこまで己の命にしがみついていることを誰かに知られることこそ、政次がもっとも怖れていることに違いない。

「昔、詠もうとして途中で止めてしまった歌があるのです。それ以来、自分のものがどうにも見劣りするように思えてしまって」

「そうか」

「木がらしの風にも散らで人知れず憂き言の葉のつもる頃かな、というところでしょうか」

恋歌を詠んだはよいが、恋人に見せる機会のないままに恨みだけがつもっていく、という意味だ。

「つもるほどに恨みを抱えて、苦しうはないのか」

「お屋形さま」

「目に見えぬものほどつもるというぞ」

またしばらく、政次が黙った。彼には香の言わんとすることがわかっているのだろう。

彼の父、小野和泉守政直の代から家老の小野家は井伊の家中でさまざまな恨みを買ってきた。おじ彦次郎らの生害にはじまり、奥山朝利、直親、直平、そして中野直由、新野左馬助と、多くの香の血縁が彼らの謀略によって命を落としたのだ。その恨みは、目には見えないところで積もっている。

政次もまた、己の所行を心得ている。もはや引き返せぬ道と、ことさら暴掠を重ねているのなら香は止めさせたかった。そんなことをしなくても、政次の力量なら手に入るものはおおくあるだろうに。

(それとも、そうでもしない限りは手に入らぬ高みを見ているのだろうか)

今はまだ、政次は仕掛けてはきていない。祝田の領民をあおり、徳政という毒をじわじわと広めてはきているが、女地頭を立てるほどお家存続が危ぶまれるような状態になってもまだ動かない。

臆病なこの男が野心を剝き出しにし井伊家に刃向かうのは、確実に家を乗っ取れると勝算をふんだときだ。そしてその時こそ、だれにもなしえぬほど大胆に動く。

香にできることは、政次にできるかぎり弱みを見せないことだった。この有能すぎる目付家老に、刃向かっても勝算はないと思わせること。

そのためにも、香はますます、彼が唯一怖れる小法師でありつづけなければならなかった。

＊＊＊

己の領地を守るため頻繁に駿府へ出かけていた瀬戸方久だったが、残念なことに氏真の周辺には長く今川家を支えてきた重臣達がひしめいている。いくら上手に金をつかっても、彼らを押しのけて方久が取り立てられるあてもない。

「朝比奈様、関口様等、みなみなさま今川館にお集まりになっては蹴鞠だ連歌会だと風雅なこと。武田との同盟もほぼ反故になっているというのに、どなたも脅威になど思っておらぬようですわ」

こんな調子では、いったいいつになったら一城を持てるのか、と方久は嘆いた。

「しかし、家康どのは今川をこのままにしてはおかぬだろう。織田との同盟が強固になったいま、手を伸ばして一番近くにあるのがこの遠州。信玄に取られぬうちにと内心焦っておるに違いない」

実際、香のもとにはあのそろばんのうまい松下常慶が出入りし、三河の家康がどこまで動いているか逐一情報をもたらしていた。

その年の暮れには、曽祖父直平を裏切って引馬城主となっていた飯尾連龍が、今川氏真によって謀殺されるという事件が起きた。この時も氏真は許してやるから駿府へ詫びに来いと持ちかけ、やってきた飯尾を部下ともども殺したのである。

「実に今川らしいやり口ぞ」

「この手には、我ら井伊家も何度も煮え湯を飲まされた」

今川に反感を持つ井伊谷周辺の土豪たちは、たとえ井伊家を裏切って引馬をのっとったとはいえ、長く家臣として井伊家に仕えた飯尾氏に同情した。この事件によって、三河にほど近い吉田やその周辺の古豪たちは、もはや今川信ずるに足りぬと、ある種の覚悟を決めたに違いなかった。

(飯尾が滅ぼされてしまった以上、引馬には氏真がもっとも信頼できる今川の重臣が入るだろう。そうなれば、ますます井伊谷城は厳しく監視される)

どうすべきか、香は書き散らかした書状に埋もれるようにして一人思案していた。

いま、絶対に小野但馬守政次に懐柔される恐れのなく、香の思うとおりに働いてくれる家臣はあまりにも少ない。そのわずかな持ち駒をどう使えば、氏真に対して牽制になるだろう。

（やはり、方久に頼るしかないか）

永禄九年中には、かねてより瀬戸方久に頼んでいた川名瑠璃山満福寺に梵鐘ができあがり、これを寄進した。香にとっては、五十年以上にも亘ってこの井伊谷を護り続け、いまはこの川名に眠る曽祖父直平に、井伊家の命運と井伊谷の庄民たちの暮らしゆきが良くなるよう願う思いが強かった。

しかしこの年、冷夏と水不足がたたり、百姓達の暮らしはますます厳しいものとなった。

「百姓らの間では、もう一度徳政を、という動きが増してきておるようです」

と、瀬戸方久は城へ来て報告した。彼はすでに井伊谷だけでなく、今川の直轄領である気賀でも同様に土地を漁っていた。悪天候ゆえに収穫がままならず、田畑を手放さざるを得ない者たちに金を貸すかわりに、返せないとわかると田畑をとりあげることを繰り返していたのである。すでに所有する領地の広さだけなら、とっくに家老格にも劣らない方久であった。

この男は、香の大事な切り札である。しかし、いくら切り札とはいえ、札そのものが力を保ちすぎるのもよくない。

「して、駿河どのはまだ動かぬおつもりか」

「いいえ、ここにきてあまりの弱腰ぶりに、太守を見限ろうという動きが強くなっているようです。さすがの太守も焦って、三河侵攻の準備を本腰入れて始められたようですが」

方久の顔は、一城を与えてくれるなら今川を見限って松平に付いてもいい、といわんばかりであった。

「いかがでしょうお屋形さま。もし松平と今川がぶつかるとすれば、この井伊谷ではありませんか」

「そうなるな」

方久の狙いは、香の元に集まっているであろう、家康の情報だ。なんとしても武士として任官し、先祖伝来の姓である新田を名乗りたい彼は、この自分と同じく今川に付こうか、それとも家康に付こうか迷っている遠州の多くの土豪たちの動向に注意を払っている。

「そんなに城がほしいか、方久」

「そりゃあもう」

会うたび金糸のぬいとりが多くなっていく頭巾の上から頭をかいて、方久は唸った。本人は相づちをうったつもりであろうが、相変わらず声が大きいので唸ったようにしか聞こえない。

「ならば、そなたが城を造ればよいではないか」

何の前置きもなく投げつけた提案に、さすがの方久も目をぱちくりとさせ、

「へっ、城を、つくるとは？」

「太守どのは三河攻めの足がかりに、気賀堀川に新城を造らせるおつもりなのだろう。では、そなたが費用の一切を持ち、代わりに根小屋の蔵を預かってはどうか」

根小屋とは城下町のことで、そこに蔵を構えることは城の財務を任されたことを意味する。すなわち城に住まわせる兵の数、武器の調達・補給の一切合切を管理することになるゆえに、城代同然の権力を手に入れたことになるのだ。

「なんと、某の領地に、し、城を…、城を儂に建てよとおっしゃる…」

「このままでは今川被官として城など任せてもらえぬ、ならば松平に寝返るかとまで思い詰めておったのだろう。ならばここで銭を出して城を買ってもなんら不都合ないではないか」

香にしてみれば、気賀などという目と鼻の先に氏真が城を築き、腹心とともに兵を送り込んでこられてはたまったものではない。直親を殺した朝比奈や瀬名姫の両親を自害させ、代わりに関口家の当主に収まった関口氏経《うじつね》などに乗り込んで来られては困るのだ。それくらいなら少しでも融通の利く、縁あるものにいてもらったほうが都合がいい。

「知っておるか。美濃ではそなたと同じく百姓出身の足軽から取り立てられた木下藤吉郎なる者が一夜にて墨俣《すのまた》に城を築き、ほうびに新しい城を与えられたそうだ」

「なんと、足軽に城を…」

思ったとおり、方久が目の色を変えた。

この木下藤吉郎なる足軽出身の武将のことを香に伝えたのは、あのそろばん常慶の異名をとる家康の細作、松下常慶であった。この木下藤吉郎は、彼の親族である松下加兵衛の部下だったというのである。

「そなたも城が欲しければ、木下とやらに倣って造るしかあるまい。それともできぬというのか」

「いえ…、できまする」

そしてしみじみと香の姿を眺めやり、

「まこと、あの時橋の上で貴女様にお会いしてよかった。村を失い貧しい肥汲みとして一生を終えるはずだった某が大望を抱いてこられたのも、すべてお屋形さまのおかげでありまする。いや、小法師さま」

百姓たちのように手を合わせて、方久はありがたい、ありがたいとつぶやく。

「わしは、そなたは一城よりも得難いものを得るような気がして、信頼できるとおもうたのじゃ」

「いいやお屋形さま、この世で城ほど、もののふにとって価値のあるものがありましょうや」

迷いなくそう言い切る方久を、香は黙って見た。

それほどまでに城とは魅力のあるものなのか。今ある縁を断ち恨みをかい、もはや引き返せぬところまでその身を追いつめても、得難いと思うものなのか。

（政次も……？）

前例まで引き出してたきつけられた方久は、井伊谷城へやってきたときの不満顔はどこへやら、ぎらぎらとした目だけを夏の湖面のようにさせて帰っていった。

あの方久のことだ。大いに木下藤吉郎という織田の出世頭に対抗心を燃やして、氏真に新城築城のことを売り込みにいくだろう。あっという間に話をまとめてくるかもしれない。

（氏真の関心が堀川へ向くのは大歓迎だ。あとはなるべく家中に波風を立てず、井伊に仇なすもの、特に、徳政や一揆の芽を摘みとり続けなければならぬ）

永禄九年の末、ついに三河を統一した松平家康は、時の正親町《おおぎまち》天皇に三河守の役職に任命してもらえるよう朝廷に働きかけた。家康は己の血筋の正当性を高めるため、自分は清和源氏の子孫であると主張し、先祖の姓である「得川」の字を改めて「徳川」と名乗ることにした。

永禄十年、三河がちゃくちゃくと家康の勢力下に収まっていく中、香はひたすら領内にもちあがる不穏な気配と戦いつづけた。数少ない縁や知人を頼り、慣れない勤めに眠る時間さえ削って、井伊家存続のために費やしてきた。

時はあっという間に過ぎた。

はや、女地頭として初登城を果たしてから三年が過ぎていた。

めまぐるしい領主としての政務を終え、ようやく見つけた時間にきぬを連れて龍潭寺へ向かった香は、行く途中井伊家の井戸に立ち寄った。

ここで髪を下ろし、ここで直親と最後の別れをした。井伊家没落への流転のきっかけとなったおじ彦次郎らの死を聞いたのもここに寄ったすぐあとだった。

「そなたもここには、なにか居ると思うか」

香付きとなったきぬは、近頃はどこへ行くにも娘をおいて付いてくるようになった。娘の篠は寺にいることが多い。篠の父親のことは香と安佐しか知らぬことだが、周りが小野玄蕃の娘だと思っているため、亥之助が妹のようにかわいがっているのだ。

「なにか、とは」

「なにかじゃ。人には普段視えぬもの」

きぬは別段珍しいものを見たというふうではなく、ひっそりと井戸の側に立っているだけだ。

「そなたはなにも感じぬのか」

「わたくしが大祝だったのはもう二十年も前のことでございます。もはやとっくにただ人にて。香さまのように生ける諸人神とは違います」

「…そうか」

「ただ」

きぬはふっと目を細め、いつもとは違う様子で言った。

「大人になってから一度だけ、自分の意志ではなく、神意によって動いたことがございます」

「それは…？」

「伊那で子を産んだあと、産土神《うぶすながみ》とも山神ともとれぬ不思議な気配を感じました。そう、あれはお神楽の火の神に近かった。わたくしの身をすうっと通り抜けた。そうして、遠州へ行けと」

「ここへか」

では、きぬがここへ流れて来たことは、伊那の神の意志だったということか。

「子を捨て、故郷を捨てて女一人の足で見知らぬ異国に行くなど、正気の沙汰ではございませんでしょう。きっと神意だと思うております。なぜそのようになったのかはわかりませんが」

きぬのおぼろ月のような白い横顔を、香は不思議なものを見るような目で眺めていた。

自分の場合はどうだっただろうか、と思った。なにかが起ころうとするとき、――それはたいてい決まって凶事だ――香の足は自然とこの場所へ向かうらしい。今日もはたと気づくと井戸の前に立っていた。それでわかった。

やはり、先日から感じている圧迫感の正体はよくないことなのだ。

（せめてあと二年。虎松が十歳になり元服を迎えるまではと思っていたが、それまで井伊家はもたぬかもしれぬ）

神意であろうとなかろうと、できるかぎり急いで手を打たねばならない。

寺内の母が住む塔頭には、日夜が来ていた。直親を失った直後はなにかと体調を崩しがちだったが、たった一人の忘れ形見である虎松を守り抜かねばという思いが、気弱だった彼女を強くしたたかにしたようだった。

その日夜に向かって、香は手をついて頭を下げた。

「松下源左衛門清景どの元に嫁していただきたい」

突然の申し出に、日夜は白い顔をすうっと固まらせた。

「そのお話は、妹の輝にと…」

常慶から兄松下源左衛門清景の再婚相手に、いま井伊谷にいる、未亡人となった奥山家の三人の姉妹のうちだれかをと請われていたことは、香は内々に安佐と相談しながら話をすすめていた。中野家には子供が多いし、日夜の子虎松は井伊家の跡取りであるから、一番早くに夫を亡くした輝がふさわしいと思われていたが、香はこの話を輝にするのをためらっていた。

日夜に嫁いでもらいたかったからだ。

「その通り。こちらも輝どのと進めるつもりでした。ですが、状況が変わったのです」

「状況…」

「近いうちに、徳川と今川の間で戦が起こります。氏真は堀川に新しく城を造らせ、軍備を増やしている。一方で徳川どのも引馬攻めのため、この井伊谷をよく知る鈴木や菅沼らと連絡を交わしているとのこと」

気賀堀川城は、かつて香が城が欲しいなら自分で造ればよいと瀬戸方久を唆《そそのか》した一件が現実となったものだ。あれ以降がぜんやる気を出した方久は、その費用の一切を負担する代わりに、氏真に今川家の家臣に加えてもらい、晴れて城代となることに成功したのである。武士身分を手に入れた彼は、念願の新田姓を名乗り、瀬戸方久を改め新田喜《き》斎《さい》とした。

「よもや鈴木どのと、井伊とが戦になるのですか」

戦という言葉に、日夜は言葉を失った。三河山吉田の古豪鈴木家には姉が嫁いでおり、また直親の母が鈴木の出だ。虎松にとっては祖母にあたる方である。そしてその鈴木家の親戚が井伊の在郷家臣である菅沼家で、かつて直親の家老を務めていた。

「家康は、必ず鈴木・菅沼両名をともなって引馬を目指すだろう。井伊谷が戦場になれば、虎松の命が危うい」

「但馬が、どさくさにまぎれて虎松の命を狙うかもしれないということですね、香さま」

こと我が子の危機に、日夜の顔つきが変わった。その表情に戦に怯えるおなごの色はどこにもない。

「徳川だけではない。武田が信州の軍を南下させるという噂もある。あの粗暴な武田軍が入ってくれれば、井伊谷は火の海になるだろう」

「…それは、香さまがそうお視えになったということですか」

言われて、香はあいまいに頷いた。実を言うとまだ何も視てはいない。ただ、こういった香の不安はたいてい当たる。おそらくこの井伊谷に家康軍が入ってくることも、田畑が武田軍によって火の海になることも遠い先のことではないのだろう。

「もはや井伊家を継ぐ者は虎松ただひとり。なんとしても命を守り抜かねばならぬ。そのためにも虎松は近いうちに奥山へ逃がし、そこから鳳来寺へ預けようと思う」

「出家させると」

「いいや。出家はさせぬ。だがこのわしに何かあったときに力になってやれるのは最早日夜どのしかおらぬのだ。わしの言っておる意味がわかるだろうか」

一瞬置いて、日夜は香の目をじっと見つめ真摯な顔で頷いた。井伊谷にいるかぎり、日夜にはなんの力もないのだ。だが、頭陀寺の豪族であり家康とのつながりを持つ松下清景の妻となれば、虎松が無事成人した時に役にたつ。

「香さまは、今川の太守より武田より、徳川どのがこの遠州を押さえられるとお考えなのですね」

「そうだな。三河の豪人はことごとく徳川に寝返った。三国同盟も武田に反故にされた今川にかつての勢いはない。恐ろしいのは氏真より信玄だ。だが、信玄は病を得ているという噂もある」

「武田より、徳川どのを選ばれる理由はそれだけですか」

その言葉には棘があった。日夜が徳川家康につくという香の考えに賛同しかねる態度をとるのは、夫直親が家康との密通を疑われ、今川に謀殺されたとき、なんの救いの手も差し伸べてくれなかったという遺恨にあるのだろう。

「ご存じのとおり、家康どののご正室瀬名様は井伊家の血を引いておられる。また、同じ今川被官として井伊家の現状は容易に把握できるはず。なにより、引馬に向かう際は井伊谷の庄民に決して手出しせぬという。もちろん虎松や井伊家の人間にも。鈴木重時よりすでにそういう申し出があった」

「なんと」

「なにもせずに、ただ通り過ぎるだけという約束だ。わしはもうこれ以上百姓たちも田畑も痛めつけとうはない」

しん、と部屋の中が静まりかえった。側に控えるきぬも、母の安佐も特になにも言わず時が過ぎた。やがて時を告げる寺の銅鑼が鳴り響き、稽古を終えた若い僧たちが石段を駆け上がっていく気配がした。

香の目の前で、日夜が深々と頭を下げ額を地につけた。

「――わたくしごときお役にたつのであれば、喜んで松下どのの元へ参りましょう。よろしくお話を進めてくださいませ」

香は精力的に動いた。まず確保すべきは虎松の命の安全である。香は南渓とよくよく話し合い、虎松をほとぼりが冷めるまで父直親のように禅寺へ預けることに決めた。

虎松は日夜の実家である奥山へ向かい、弟である奥山六左衛門が付き添って三河鳳来寺へ落ち延びていった。

その日夜は、時を経ずして松下源左衛門清景の元へ再嫁した。嫁入りとはいえ、かつてのように奥山から新品の十二の手箱ひとそろえも漆の輿車もない、ひっそりとしたものである。

なにも用意してやることができなかったと詫びる香に、日夜は笑って首を振り、

「二度目の輿入れのなにを気取ることがありましょうや」

と腰の据わったものいいで、香を驚かせた。

「直親様が亡くなってもう着ることはないだろうと思っていた、娘のころの小袖を持っていきます。織紅梅などながらく長持ちの下にあって、袖を通すのも久しぶりです」

思えば、きちんと眉をかき白粉を首まで塗って紅をさした日夜の顔をみるのもずいぶん久しぶりだった。きめの細かな肌をした日夜の顔は、真っ黒につやのある髪に映えて美しく、紅は彼女をいっそう生き生きと見せた。

直親の顔を作ったときはあんなにも不吉に視えた紅が、ひとたびおなごの口元に差せばはなひらくようである。

「これでわたくしにも虎松にも家ができます。奥山の弟も安堵するでしょう。妹たちもまだ若い。できれば輝や布津にも良縁を結んでやりたい」

輿に乗る前に、香は日夜から思いも掛けぬことを聞かされた。

「香さま、きぬときぬの娘のこともどうぞよろしくお願い致します」

香は驚いた。日夜はすでに、きぬの娘の篠が直親の子であることを知っていたのだ。妹の輝が、どうしても亥之助の妹ではないかという疑いを捨てきれず、悪いとは思いつつきぬの持ち物を調べたのだという。

「あの金と銀の扇は、かつてこの寺の宝物であったと聞きました。直親様が信州へ落ちられるとき、南渓和尚が下されたものだと」

思わず日夜の顔を凝視してしまった香に、美しく紅鉄漿を入れた顔がふっと笑った。

「そのような怖いお顔をなされなくても、きぬがわきまえたおなごであることは存じております」

「しかし、日夜どの。きぬは」

「たしかに伊那から直親様の子を産んだ側女が追ってきたと知れば、かつてのわたくしなら無様に取り乱したかもしれません。ですが香さま、篠は直親様のお子。井伊の血を引く姫です。どうかよしなに髪あげ、輿入れを世話してやってくださいませ。そしてきぬには、すまぬとお伝えくださいませ」

日夜は一度、深々と頭を下げた。正妻としての誇りはあれど、伊那からただ一人直親を追ってきたきぬの強さに怯み、直接言葉をかけられぬのだろう。

「…こうして他家に嫁いだ妹たちや奥山の弟に世話になり、そのありがたさが身に染みる。我ら四人、娘ばかりが続いたときには、奥山の父は男児が欲しいと権現様に愚痴を申したそうですが、おなごにはおなごの戦があり、勝ちがある。嫁いだ先の夫同士を結びつけられる力をもっているのです。ならば縁は多いほうがよい」

日夜の言葉が、かつて自分が母お安佐から聞いたものとほとんど同じだったことに香は驚いた。

「虎松に姉がおって本当によかったと思っておるのです。但馬の専横がなくなり、虎松が無事井伊家の家督を継いで再び地頭となるときがあれば、篠は井伊家の姫として嫁にだしてやりたい」

「日夜どの」

「輿入れはおなごのいくさ。紅はおなごの剣。無為に生きる暇などどこにもない。——わたくしはこれから、松下の家で当分いくさにあけくれまする」

温厚で木訥《ぼくとつ》な性格の松下清景は、思わぬ幸運で嫁してきた二人目の妻を下にも置かぬもてなしで歓迎した。しばらくすると、姉の新婚生活を様子見しようと松下屋敷に出かけた輝と布津が、あれではどちらが主人かわからぬと清景のもてなしぶりに呆れて帰ってきたほどであった。

（これでいい、これで打てる手はすべて打った）

すでに香は、この井伊谷に向かって、かつてないほど大きく不吉な黒雲が近づいてきていることを悟っていた。

（虎松は逃がした。井伊家は今川でもなく、武田でもなく徳川を選び、いざというとき虎松を保護するためのつながりを持った）

あとは生き残った者が、今から訪れるであろう正念場を乗り切るだけだ。

永禄十一年秋、井伊谷は収穫の時期をすぎても水不足のために税を納められぬ者であふれ、多くの庄民たちが家老の小野政次の元へ、ぜひとも今川の太守様に徳政のお慈悲をと願いでる事態になった。

八月には、氏真から重ねて徳政の要請が届けられた。

ほどなく武士となり名を改めた新田喜斎から、井伊谷にある喜斎の領地に対してのみ、氏真に安堵状をいただいたとの知らせが入った。すなわち、近い時期に井伊谷には徳政が出されるのだ。

（ついに来た）

ここに至って、香は覚悟を決めた。ほどなく井伊谷は、あの人死にをもたらす黒雲で空をふさがれる。

「きぬ、ほどなくわしは井伊谷城を去ることになろう」

香は、きぬに荷物をまとめておくように言いつけた。

「黒い雲がこの地を覆い尽くしておる」

「それは、香さまが罷免されるということですか。井伊家が滅びると」

「いいや、おそらくそればかりではなかろう。そうであってもわしの小法師はお家のことはなにも知らせぬ」

雨雲よりも煮凝《にご》った黒い雲が教えるのは、いつも決まって人の死だ。しかも、大量の。

（わしは地頭職を罷免されるだろう。だが、それでは終わらぬ）

十月、氏真はごり押しに近い形で駿府より使者を送ってきた。瀬名の父関口親永の跡を継いだ関口氏経は、思った通り祝田郷の徳政を実行せよという氏真の下知状を携えていた。

「お下知である。こたびは徳政を回避することまかりならぬ！」

香は黙ったまま、ちらりと横目で政次を見た。いつもと変わった様子はない。目付家老としてうやうやしく太守の書状をいただき、香の前に差し出す。署名を仰ぐためである。

（この名を書き終われば、わしは地頭職を召し上げられる。すなわち井伊家は終わる）

みっともない字は書けぬと思っても、腕が震えているのはどうしようもなかった。花押を書きおわると自然と息を吐いた。

（いいやこれからだ。井伊のいくさは…、わしのいくさはこれからだ）

たった数年前までは、この評定の場には父直盛がいた。曽祖父直平もいた。この五百余年もの長きにわたり井の国とともにあった多くの井伊の親類達が、血で結ばれた家臣が——そして直親がいた。全てを失った今、香はたった一人黒袈裟に身を包み、剣も佩《は》かずに今川の使者に対抗しようとしている。

香の側で、政次が袴を摑んで立ち上がろうとした。それをすかさず咎めた。

「動くな、但馬」

はっ、と政次が身体を強ばらせた。一瞬、信じられないという目でこちらを見た。香の声は怒りもなく、荒ぶるでもなくまるで水のような響きで、背後に居並ぶ家臣達がふっと息を呑んだ。

「動くな」

怒りはない。すでに香は、政次がいまからここでなにをしようとしているか予見していた。二度目の徳政。今度は回避されぬよう、井伊谷までわざわざ乗り込んできた氏真の家臣。一度目に邪魔だてされた瀬戸方久の所領だけは今度も安堵する巧妙さだ。

ここまで周到に動けるのは、小野但馬守政次をおいてほかにはない。

（それほどまでに城が欲しかったのか。これが命を懸けて仕掛けた、そなたのいくさか）

だが、ここで動いてほしくなかった。動くなと何度も心の中で念じていた。

敵に回るな。

回れば、——殺さねばならぬ。

「いいえ、動きまする。お屋形さま」

政次はすっくと立ち上がり、まるで氏経の部下であるように彼の脇に腰を下ろした。

それを合図にしたのか、氏経はいちだんと声を張り上げた。

「井伊次郎法師直虎、かかる地頭職不首尾まことにもってけしからぬ。ゆえに、ここにお役を免じ、今日をもって井伊家所領を召し上げ、今川直轄とする！」

見えない鎌が振り下ろされたかのごとき衝撃が、場に走った。

「なんと…。それでは井伊家は断絶、と…」

小野政次とともに香が当主となって以降補佐をしてくれていた菅沼忠久《ただひさ》が後ずさりした。

「横暴じゃ！」

「所詮、女が地頭職をつとめるというのが無理であったのだ」

飄々と言ってのけた政次を、忠久が射殺さんがごとき鋭さで睨みつける。

「おのれ、但馬。これも貴様の謀略か！」

「謀略とは聞き捨てならぬ」

「奥山どのを謀で殺し、直親殿まで罠にかけ、いままたお屋形さままで今川に売るか！」

「もうよい。忠久」

このまま放っておけば政次に斬りかかって行きそうだと思った香は、忠久を止めた。

関口氏経は値踏みするように香を見て言った。

「なんとまあ、おなごのくせに肝だけは据わっておる」

この男は氏真に井伊領の代官にしてやると言われて嬉々としてやってきただけの小物だ。

「さて、こんなところで腹を立てるだけ無駄なことだった。

「さて、井伊次郎法師どの。ご養子虎松どのをお引き渡し願いましょう」

「残念だが、ここにはおらぬ」

「ほう。ではどこに」

「但馬にお聞き願いましょう。逃げた井伊のものを探す役目は、小野と決まっておりますので」

井伊家の家臣から但馬に対する失笑が漏れた。それでも政次は目ひとつ見開くことはなかった。

「ついに、城を手に入れたか。政次」

それは皮肉でもなく、地頭職を失った嘆きでもない。その時政次へと向けられていたのは自分でも不思議なことに、哀れみだった。

しかし、香の目線の意味を悟ったのか、政次は弾かれたように怒りを顕わにした。

「我ながら慎重にことを進めすぎました。もっとはよう動けばよかった。思ったとおりでございました」

「なにがか」

「小法師など、どこにもおらぬ」

ざわり、と場が殺気だった。菅沼の者たちがもう我慢ができぬと膝をたてる。

「なにを申すか、但馬！」

「幼き頃、天池の堤の決壊を言い当てたのもたまたま。流行病が蔓延していることも、龍潭寺に立ち寄る修験僧たちからいくらでも聞き出せる。そう考えると、あなたさまの千里眼はただの憶測、ありがたい小法師の眼も紛い物に過ぎぬのではないか」

「待て、言わせよ」

香は逸る家臣達を片手で押さえると、政次の言葉を待った。彼の言うことはもっともだ。香自身とて、同じ事を何度も反芻した。あの靄はただの見間違いではないか。徐々に重くなる死の予感は考えすぎではないかと。半ば開き直った今でも、自分が視えているものがなんなのかはわからない。

「直盛公が桶狭間でお亡くなりになられ、次々に不幸が続く中で、もしやこれはあの井戸に咲く井伊家の守り神が、貴女さまを当主にしようとしているのではないか。そう考えたこともありました。が、しかしそれもうがちすぎであった」

政次はゆっくりと立ち上がり、香の前に立った。

「あなたさまは、ただのおなごだ」

政次の目の中に今までになかった不穏な熱を感じて、香はぎくりとした。

「ほかのおなごと何の違いもない。…いや、お家のために嫁がず子も産まずとあっては、おなごにも劣る」

「貴様、但馬ァ！」

自分を非難する声を全否定するかのように、政次は高らかに笑い声をあげた。

「お屋形さま。此度の徳政で、まこと貴女様にはなんの力もないことが明らかになりました。いえ、香姫様。小法師と言われこの井伊谷でもっとも尊敬を集める井伊家の総領姫が地頭となった後、井伊家は滅びるのです。これが無力と言わずしてなんというか！」

近藤秀用《ひでもち》が叫んだ。

「貴様、但馬。言うにことかいて、そのような事でお家乗っ取りを正当化するか！」

「乗っ取りではない。現に、もはやこの城には当主となるに相応しいお血筋の男児がおられぬ」

「虎松どのがおられる！　中野どののお子もじゃ！」

「ではここに引き出していただこう。連れて来い、どのお子がこの但馬の対抗馬となられるのか」

中野家の家臣や虎松の行方を知るものが、みないちようにぎくりと頬を強ばらせた。

その顔を見て、ますます政次が笑う。

「おや、いらっしゃらない。では問題ありませんな。目付であり、家老でもあるこの但馬が城代を務めるのになんの不都合もないと、太守もおっしゃっておられるのだ。お下知ですぞ！」

政次は評定の場の中央に、香を見据えて仁王のように立っていた。誰もがその尋常ではない迫力に気圧され、口を動かせずにいる。

「こなた様は、ただの人であった。諸人の神でも橘の化身でもない。もはや恐るるに足りぬ」

「…そうか」

とうとう、ここまで来てしまったと香は思った。

（政次、たとえそなたの言うとおり、わしの眼が紛い物のやくたたずだとすれば、それでもいいのだ）

小法師などでなくともよい。

今まで視えたものすべて、気の迷いであってもだ。

（今もどこからともなくやってきて、彼の頭上をゆんわりと泳ぐ白い鯉。あれが、まことわしの思っているようなものでないのなら――！）

冬の足が忍び寄るきんと冷えた広間、だれもが心胆寒く言葉もない中で、ただひとり熱に浮かされたように政次は叫んだ。

「いま、ここに井伊家は滅亡したのだ！」

永禄十一年十一月九日、井伊谷城に関口氏経入り、徳政成る。

井伊直虎は地頭職を罷免され、ここに井の国五百余年の歴史を誇る遠州の古豪、名門井伊家は事実上断絶した。

＊＊＊

約五百年続いた遠州の古豪井伊家が滅んでも、依然井伊谷を覆い尽くす黒い蓋は去る気配もなかった。

「やはり、いくさがあるのか」

井伊谷城を追われた香は、きぬ一人を連れて身軽な身体で龍潭寺へ戻った。これからは城主でも地頭でもないのだから、日夜のように良縁を求めてはどうかと勧めたが、きぬのほうががんとして聞かず、香がもたもたしている間に荷物をまとめてさっさと先に龍潭寺へ入ってしまった。

「この井伊谷で、いくさがありますの？」

「それがあの黒い雲の正体であろうよ。わしがあれを視るときは、人が多く死ぬ。此度のようにわしが地頭職を罷免されただけでは済まぬ」

徳政が成ったためか、井伊谷の領民にとっては昨年よりは少しだけましな冬支度が始まっていた。秋が駆け足で過ぎて、三岳の御山から颪がびゅうびゅうと音をたてて吹き降りるころになると、木々は葉を落とし山は火の消えた炉の中のように灰色に染まる。里が色のない冬に閉じこめられる間、やはり井伊の井戸側の二本の橘だけが、この世のことわりなど知らぬように青々とした枝を見せつけていた。

「この水の国も、焼かれるのですね」

香は黙って頷く。それ以外には考えられない。

その田圃の間の細道を、背の低い童子のような黒袈裟の尼が、背の高い白い顔の侍女を連れて歩く。ごくたまにその後ろにはきぬの娘の篠が続くこともある。

寺の周辺の深田では、朝もはやくから蓮根を収穫する百姓らの姿が見られた。どの百姓らも香の姿を見つけると、領主だったときのように手をとめて挨拶にやってくる。

「これは次郎法師さま」

収穫したばかりの蓮根を差しだそうとするのを、香はとどめた。米がよくとれなかった昨今では、この蓮根は彼らにとって大切な収入源だ。

「仏弟子に戻ったゆえ、贅沢は禁物。その蓮根は市で高う売りつけてやるがよい。それより名主に寺へ来るよう伝えてはくれぬか」

それから、香は名主たちを集めると、近々大きな戦がこの地で起こる可能性があるため、寺に預けている書状はできるだけ土の中に埋めて隠すこと、可能な限り財産も土の中に埋めてしまうこと。もし徳川や今川の軍が攻め入ってきたら、最低限のものだけを持ってここから半里ほど北西に行った竜ケ岩洞へ逃げ込むことなどを告げた。

「なんじゃと⁉　井伊谷に徳川軍が攻めてくると…！」

「気賀の今川軍と戦になれば、ここいらは火の海じゃ」

香が、この徳川軍の動きを察知したのは、井伊谷城を追われたあと、龍潭寺で岡崎の瀬名からの書状を受け取ったときであった。

それによると、ちょうど香が関口氏経に地頭職召し上げを突きつけられているころ、すでに家康は引馬城に攻め込むため本坂峠を越えて兵を進めていた。しかし、気賀の豪人の抵抗にあって思うように進軍できていなかったというのである。

「もし、家康どのがあのまま滞りなくこちらに向かわれていたら、いかな切れ者の但馬とて暢気にお家をのっとってはいられなかったでしょう」

寺へ戻りすがら、香の後ろをひっそり歩きながらきぬがひとりごちるように言う。

「関口さまが井伊谷にいらっしゃったころには、祐圓尼様はすでに徳川軍が三河を発しこちらに向かっていることをご存じだったはず」

「きぬ」

「あと一歩間に合わなかったとは、口惜しゅうございますね」

香は黙ってきぬの言葉を聞き流す。

きぬの言うとおり、地頭職を罷免されて井伊谷城を追われてなおも、香の元には鈴木、近藤、菅沼といった在郷の家臣たちが訪れていた。いずれも今川被官であることを拒絶して己の領地に引きこもり、小野の指図はうけぬと徳川方についたものたちである。

「徳川どのは、決して領民には手をださぬことを約定しておられます。我らもそれに賛成です」

そうして、小野政次に一方ならぬ恨みを持つ鈴木・菅沼両氏は、徳川家康の許しを得て井伊谷城を攻めたいと申し出ていた。

現在のこの井伊谷に軍備らしい軍備はない。兵をもつ豪人たちは駿府よりの召集にも応じようとせず、政次の命令を無視している。

徳川軍がこの井伊谷に入ってくれば、城にいる小野の手勢など赤子の手をひねるようなもの。たといおとなしく降伏しても、ここまで徳川軍を先導した鈴木らは政次を許しはしないだろう。

香を追い出し、周到に今川家の後ろ盾を得て横領した井伊谷城は、徳川軍が侵攻してくるまでのわずか数ヶ月しかもたない。政次は失脚するのだ。ほどなく鈴木らによって捕らえられる。

（そして、死ぬ）

同年十二月十三日、迫り来る徳川軍の先導を務めていた鈴木重時、近藤秀用、菅沼忠久の三名は井伊谷へ侵攻。井伊谷城にいる城代小野但馬守政次を攻めた。

それに対抗する手段をもたなかった政次は、戦わずに井伊谷城を捨て、井伊山中のもっとも山深い竜ケ岩洞に落ちていった。

どこかへ身を隠そうとはせず、井伊谷を出て弟正賢が移り住んだという鐘鋳場《かねいば》か、小野の縁戚がいるという遠くはなれた備中の国へ逃げてくれればいい。そう香は密かに願っていた。

翌々日の十五日、家康は豊川より井之瀬を渡り、奥山を抜けて井伊谷に進軍する。かねてよりの約定どおり、家康は庄内で領民に狼藉を加えることなくゆうゆうと祝田の坂を下り、都田川を渡ったのちまっすぐに引馬を目指した。

曽祖父直平を毒殺した飯尾連龍の内室は、引馬城に立てこもり応戦するが家康の敵ではなく、二俣城につづいて引馬城も落ちた。連龍の後室は女だてらに具足をつけて兵に立ち向かったという。武田方、徳川方にそれぞれついていた江間氏の兄弟も相打ちになり、長年井伊家の家老をつとめていた飯尾氏もここに滅亡した。家康が井伊谷を通過して、わずか三日後の十八日のことであった。

いまだ、死の匂いが遠州の空を覆い尽くしている。

あおあおと晴れた冬の空も、香から視れば、黄泉の国より湧き出た無数の蝗が天を真っ黒くぬりつぶさんとする勢いである。

引馬で徳川の兵が暴れている間、香は次々に寺に飛び込んでくる訃報と、葬儀の準備にあけくれる南渓を手伝っていた。敢えて、井伊谷城を捨てて逃げた政次がどうしているかは考えないでいた。

やがて、井伊家にとっては驚愕の知らせがもたらされた。

(駿府が、焼き払われたと？)

去る十二月十二日、甲府より攻め込んできた甲斐の武田信玄を迎えうたんと、今川氏真は約二万の軍勢を率いて清見浦に陣をしいた。しかし、氏真は武田軍と一戦も交えることはかなわなかった。実は古くより今川家に仕えた朝比奈・瀬名などの主立った累代家臣たちはすでに信玄と通じ、兵を進めなかったのである。思わぬ家臣の裏切りに氏真は打つ手もなく、そうこうしている間に無傷の武田軍は一万二千の大軍をもって駿府へなだれ込んだ。

第二の京、綺羅の駿府と謳われた関東一の大都市は、押し寄せた武田軍によって火を付けられ、無惨にも女子供まで容赦なく殺され、またたくまに灰燼に帰した。

香にとって駿府とは、長年にわたって井伊家を苦しめる不幸の元凶だった。彦次郎おじも直親も駿府に申し開きに向かい、命を奪われた。従いたくなくても強大な力をもって首根っこを押さえつけ服従を迫る——それが今川だった。

その今川の都がもうないというのか。

まだ家康が井伊谷を通過し、小野政次が追われてからいく日も経っていないというのに。

井伊家にとって激動の永禄十一年が終わり、十二年が明けた。

もはやこの遠州では、徳川の旗下に収まっていないのは掛川城、堀江城とあの新田喜斎がおのれの財を費やして築いた気賀堀川城のみとなった。

二月の初め、家康は鈴木、近藤、菅沼の三氏に命じて堀江城を攻めさせるが、これが思った以上に攻めがたく、一時は井伊家の家老格であった鈴木重時が戦死してしまう。息子、重好の妻は日夜の姉であるから、葬儀は龍潭寺にて行い寺内に丁重に葬られた。

ここにきてとうとう家康も方針を変え、懐柔策に打って出た。家康は遠江侵攻が予想外に長引いたことを懸念し、掛川城に立てこもる氏真といったん和議を結んで岡崎に引き返すことにしたのである。

しかし、思ってもみなかったことに、支配下にあるはずの帰路途中、突如蜂起した気賀の豪人による一揆に阻まれてしまう。

怒った家康は急ぎ囲みをといて岡崎に逃げ戻り、すぐさま兵を整えて堀川城を攻めた。この戦いでは多くの豪人が戦死し、次々に遺体が龍潭寺へ運ばれたが、その中に城主であるはずの新田喜斎の姿はなかった。

なんと、喜斎は家康が攻めてくると知るや、蜂起を計画する豪人や己の所領に住む百姓たちを見捨てて、さっさと妻子を連れて姿を晦ませてしまったのである。

喜斎という願主を失ったせいで、まだ建築中だった方広寺の三重塔は、二重まででき たまま放置されることになってしまった。

この顛末を聞いた香は、なんとも喜斎らしいなりゆきだと苦笑を禁じ得なかった。

「あれほど武士になりたい、一城の主になりたいと願い、己の財を投じて作った城を、こうもあっさりと捨てるとは」

さすがは一介の肥汲みからのし上がった男の勘が働いたのだろうか。しかしあの男のことだ。いつかどこかでひょっこりと顔を出すのだろう。

あの派手な南蛮襟の付いた胴服に金糸銀糸の縫い取り頭巾をかぶり、銅鑼を打ち鳴らしたような声を腹から出しながら……


空気も緩む四月のはじめに、香は小野政次が近藤の手によって竜ケ岩洞で捕らえられたという知らせを聞いた。

報告を受けた家康は、政次がかつて直親と家康が密通していると氏真に讒言したとして、改めてその罪を問い、井伊の仕置き場にて処刑を命じた。

(讒言ではない。政次がしたことは今川の目付としては正しかった)

あの時、たしかに直親は鈴木重時らを介して家康と連絡をとっていたはずである。ならば、政次が氏真に進言したことは間違いではない。ようは、井伊谷城を狙う近藤らにとって、家老である政次に死んでもらう口実が必要であっただけであろう。

しかし、すでに己の運命を悟っていたのか、政次は言明もせず粛々と裁きを受けた。

四月七日、捕らえられ縄打たれた政次は、井伊家の仕置き場である井伊谷川の上流、蟹淵へ連行された。

知らせを聞いて、香は走った。

「祐圓尼様！」

きぬが呼び止める声も聞かずに寺を飛び出し、泥濘のない枯れた田の間のあぜ道を駆け抜け、無心に北へ蟹淵へとひた走った。

井伊の一族が住んだ本丸の御館を抜け、その昔、朝になると侍女が名を呼びながら出てきた細道を抜けて、大手御門の脇を通り、ただ走る。走り出す。山からわき出した水のように。香の走る側には水量豊かな井伊谷川が流れ、香よりももっと早い足で浜名湖を目指している。

（この水を、二度と見ることはない）

きりりとした眉の下にある目を見開き、水のように走る。足にはあのころと同じ粗末な足半をはいているだけである。だが、あの時と違うのはもう、自分はあのころのように早くは走れないということだ。袴はぬいだ。髪はとっくに下ろしてしまった。黒袈裟に身を包んだ尼姿では、水のような足とは言い難い。

それでも、香は走った。人目が有るのもかまわず、子供のようにがむしゃらに駆けた。せめて息絶える前に一目、生きている政次を見たいと思った。

蟹淵にはすでに人が集まり始めていた。

竹で組まれた磔柱が川べりに立ち、板が張られていた。首を置く場所である。

やがて、縄打たれた政次が足取りも重く引きずられてきた。

見物にやってきた里人たちは、家康の怒りは思った以上に深かったのか、政次の幼い二人の息子までもが獄門を命ぜられることになったと噂しあっていた。ああ、と香は嘆息した。井伊谷の豪人らだれひとりとして子らの助命を嘆願しなかったのかと思うと、香は今更ながらに政次が買ってきた恨みの深さを思い知った気がした。

（これが、そなたのしてきたことだ。政次）

あの男は自分に危害を加える敵と知るや、顔色も変えずに人を陥れ、数々葬ってきた。

しかしその鋭い刃は己を傷つけるということに思い至らなかったのだろうか。

（いいや、そなたは知っていた。己の剣が剣でしかないということを。それでもなおそう生きるしかなかったのだ）

哀れとは思わなかった。もうずっとずっと前から、香は政次がそのような男だと知っていたのではなかったか。


数ヶ月に亘る逃亡生活に頬はざっくりと痩《こ》け、身なりは薄汚れて顔には髭がびっしりと生えていたが、あの鋭い眼光だけは死んではいなかった。

近藤の家人たちは、香の身分を知るや、井伊家累代の恨みを晴らすため、仕置きを見届けようとやってきたのだと思ったようだった。香の前に政次を引きずってきた。香はとっさに掛ける言葉をもたなかった。

沈黙が続いた。

やがて、焦れた刑吏が仕置きの時間を告げる。香は焦った。政次が一度も自分のほうを見ようとしない。このまま今生の別れになるのかと思った、その時だった。

「――〝はかなくて〟」

なに、と香は瞠目する。

「〝雲となりぬるものならば、霞まむ空をあはれとは見よ〟」

もし私の命がはかなく消え失せ、雲となってしまったならば、その時霞むだろう空を哀れと眺めて下さい……

もう二十年以上も前、駿府から元服をして戻ってきたばかりの政次が、澄ました顔で香に言って寄越した歌だ。不思議なことに、はるか昔のあの場の光景が、まざまざと色彩を伴って脳裏に浮かび上がった。そのときはなんとまあ気取った男になって戻ってきたものだと、呆れ半分興味半分だったことを思い出した。

(やはり、自分の歌を詠んではくれないのだな)

すぐに死ぬ男を前にして、なぜか笑みがこぼれた。

「――死に化粧は紅でよいか、三郎左」

刑場へと発つ政次は、いつもの澄ました顔で笑っている。

――それが、交わした最後の言葉になった。

永禄十二年四月七日、小野但馬守政次、井伊谷蟠淵にて獄門はりつけに処される。享年三十九。

同年五月七日、幼い息子ふたりも仕置きされ、二代にわたって井伊家の家老を務めた小野家は政次をもって断絶した。

皮肉なことに、政次が井伊家を断絶させてまで繁栄を願った家老小野家は、井伊家とほぼ時を同じくして衰え、絶えることになったのである。

同年四月、堀江城落城。五月十七日、家康、掛川城を開城。今川氏真は舅である北条氏を頼って城を捨て、小田原へ落ち延びていく。

ここに、栄華を誇った今川氏は事実上滅亡した。

「〝然るに平家。世を取って二十余年〟」

寺に戻った香は、きぬがゆったりとあの日月松の扇を開き、敦盛の一節を口にしながら晴れやかに舞うのを見た。

「……〝まことに一昔の。

過ぐるは夢の中なれや――！〟」

最終章　剣と紅

小唄に言う。

「添ふてもこそ迷へ、添ふてもこそ迷へ、誰もない、誰になりとも添ふてみよ」

きぬは、そう口ずさみながら十二の手箱を手元に引き寄せ、そっと一番上の蓋を開けた。

箱はすべて曇り一つ無い漆黒。質の良い漆がむら無く塗られ、蒔絵細工によって月や紅葉や季節感のある意匠が施されている。これほどのものならば、大名家のお姫様が嫁入り道具にと何年もかけて作らせたといっても不思議ではない。とてもきぬごとき婢女が化粧道具として所有できるものではなかった。

眉はらいの刷毛はただのひとつもくたびれておらず、未使用のままである。沈箱《じんばこ》の中の伽羅木こそほんの少しだけ削れていたが、香を焚くためではなく、着物の虫除けとして使ったのだろうと思われた。

毛抜きに油をさしてぴかぴかに磨き上げ、渡金《わたしがね》のくもりもとるべく同じく布で拭く。お歯黒を溶くための漿子は一度も使われたことがないと一目みただけでわかる。反対によく使われているのは櫛類で、解櫛や鬢櫛、垢とりなども柄の漆がはげていた。もう、持ち主がこの世にいずとも、お道具を見ればわかるというものだ。

持ち主がいったいどのような一生を送ってきたのか。どのような生まれで、いつこの道具を持って嫁いだのか。出産はしたか。それとも一度も嫁がずに、鉄漿も入れず眉もつくらずその後の生を終えたのか。

懐紙は新しいのに、白粉をつつんだ紙は古く縮んでいて開けられた様子がない。それと畳紙《たとう》をいれた箱の下にひとつだけ、蒔絵のない黒い箱があって、その中には蚕の繭の中に懐紙で芯をいれたおなごにしか使い道のわからぬものがぎっしりと詰まっている。そちらはよく使われていたようで、箱の蓋の漆が薄くなっているのがわかった。

どのような生を送ろうとも、おなごとして月経からのがれることはできぬらしい。たとえそれが、遠州きっての名門地頭職を継ぎ、お屋形さまと呼ばれる身分であろうとも。

「生きるのは難儀なこと」

おなごにとって、生きるということは常にこの手箱とともにあるということだ。髪をすき、紅をさし、毛を抜き眉をつくり白粉をとき…。それは髪を下ろさぬかぎりは死ぬまで続く。櫛をひとつしか持たぬものもいれば、何十と同じ解櫛を箱に入れて持っているものもいる。端紅のほかり金、金襴緞子《きんらんどんす》の桃の花を山と積み上げて嫁にいく娘もいれば、つづれかたびらに手作りの花染め…、粗末な衣をかき集めるしかない貧しい娘もいる。

どちらの生をも歩むことのなかったきぬの主人は、まったく希有な存在だ。

母のお安佐が一人娘のために用意したこの手箱を、香は一度は手放そうとした。小野政次が蟹淵で獄門に処された三年後の元亀三年、甲斐の武田信玄が、今川領を大井川で家康と分割するという約束を破り、三河に攻めいっていたのである。

三方原の戦いは、そのとき浜松城に入っていた家康と、仏坂から下ってきた武田軍との間で起こった。これに先んじて武田軍は伊平から井伊領へ進入し、かつて伊那でそうしたごとく井伊領に火を付け蹂躙した。

井伊谷三人衆が仏坂の戦いで敗北し、家康のいる浜松まで逃げ帰ると、その後に残された民衆には、荒々しい武田軍の略奪が待っていた。二宮山円通寺の足切観音堂が焼かれ、仏坂の十一面観音菩薩を気賀まで避難させたと知らせが届くと、龍潭寺でも仏像や貴重な書物が焼き討ちにあわぬよう、土を深く掘って湿らせた藁を巻いた長持ちを埋める作業がはじまった。

香は真っ先に、直親から預かった小袖を何重にもつつんで一番深いところに埋めてかくした。あれは直親の形見だ。無事、虎松が長じて鳳来寺よりもどりしときは、譲り渡さなければならぬ、と彼女は言った。

「夜中でもいつでも動けるように、食べ物だけは持って避難せよ。財産は埋めてゆけ。家の下や生木の下はよくない。おそらく家の下はすぐに調べられる。家は必ず焼き討ちに遭うゆえ、兵らがもっとも近寄らぬ肥え池や厠に沈めよ」

香の伝令は素早く風にのって百姓らに伝わった。三方原で家康が大敗北を喫したのは、元亀三年十二月二十二日のことである。

そして翌年、まだ年が明けて幾日も経たぬ一月七日に、三方原から引き上げてきた武田軍によって、井伊谷は灰燼と帰した。

まだ夜の明けやらぬころ、井伊谷城につめていた近藤秀用の使いによって武田軍が近づいていることを知らされたきぬは、急いで香の支度をした。娘の篠と香に綿入れを身体に巻き付けて寒さをしのがせ、自分は古い小袖を何枚も着込んで竜ケ岩洞の山を目指した。あそこには地元のものしか知らぬ鍾乳洞があり、水にも困らない。風雨をしのげる場所もある。

昊天ら寺の僧たちが仏像などをあらかた運び出してくれたが、それでも馬はない。きぬが頭の上に大きなつつみを載せて運んでいるのを見て、香がいぶかしげに言った。

「その包みはなんだ」

てっきり食べ物か着る物かだと思っていたらしい。それが香の化粧道具一式だと知ると、呆れたようにきぬを見た。

「そんなもの、重いだけではないか」

それでもきぬはこれを手放すつもりは毛頭無かった。

武田軍は祝田の坂を下り、都田川に沿って西へ進軍、なぜか刑部で陣をしき年を越した。本陣はそこだったが、武田軍の別働隊を率いていた山県昌景《やまがたまさかげ》は、たびたび近藤秀用ら徳川方の襲撃を受けていた。怒り狂った武田軍は村々に火を付け、これらをあぶり出そうとした。

多くの領民が三岳山に逃れたのを見送ったのち、竜ケ岩洞へ身を潜めることに成功した香たちは、武田軍が美しい井伊谷の田畑を荒らし、あらゆる場所から火の手があがるのをじっと眺めているしかなかった。

（はよう、はよう去《い》ね。武田。なにをぐずぐずしておるのか）

冷たい岩肌の上にありったけの布を敷いて昼夜を過ごしながら、きぬはじっと息を潜めて武田軍が三河へと去るのを待った。

夜となく昼となく領内からは煙があがり、それが青灰色の空をあっという間にどす黒く染めて、まるで井伊谷全体が墨壺の中に閉じこめられたようである。

枯れ木を集めて長い時間かけて火を付け、せめて湯で身体をあたためてはと香を探したが近くにはいない。

「祐圓尼様」

はたして、きぬは竜ケ岩洞の入り口で香を見つけた。

外からびゅうびゅうと風が吹き付け、運んできた湯の湯気さえもあっという間にかき消してしまう。

香は、まるで寒さを感じないように、ただじっと南の方角を見つめている。その視線の先には気賀がある。武田信玄が陣をしいているという刑部城だ。

「気賀の街はことごとく焼かれたと聞きましたが……」

いま、武田軍によってあらゆるものが焼き尽くされようとしている中で、きぬは故郷下伊那のことを思わずにはいられなかった。

世話になった座光寺の叔母もあれからすぐに死んだ。きぬが行儀見習いにと出入りしていた代官の家も、何度か奉納舞を務めたお社も、笛を吹き散らして遊んだ紅花の畑もすべて灰燼に帰したと伝え聞いた。青谷の家のある左閑辺はさすがに山奥すぎて武田の兵すらよりつかなかったが、それでも下伊那が武田に焼かれ多くの人間が女子供問わず死んだのは確かだ。

どんな因果か、いま、それとまったく同じ光景がきぬの目の前に広がっている。下伊那から遥か隔てたこの遠州、かの森の木こりの音も山の霧すら届かぬ地であるというのに。

いつもは気丈なきぬですら、寒さと怒りで震えた。同じようにこの洞窟へ逃げ込んだ多くの百姓や僧兵が、ぱらぱらと様子を見にやってきては絶望の息を吐いて戻っていく。

「祐圓尼様、お体が冷えまする」

微動だにしない香の顔を覗き込んだきぬは、はっとした。

「香さま…」

一度も紅を差したことのないその唇が、あかあかと生気を宿し濡れている。しかも、わずかな笑みをたたえながら。

「香さま」

「そなたにも視えるか、きぬ」

香はゆっくりと腕をあげ、眼下を指さした。

「なにがでございますか」

「信玄が井伊谷を通っておる。このまま黒松の峠に向かうようだな」

言われて目をこらして見たが、むろん遠く離れたここから視えるはずもない。

「おとなしく、本坂へ抜けておればよかったものを」

香は言った。

「――井伊谷に来るから、死ぬるのじゃ」

「香さま…？」

「あの蝗の群れは、いつも井戸から吹き出してくるようだ。あっという間に空を覆い尽くし死の臭いで蓋をする。この地を汚した信玄は決して生きて井伊谷を出てはゆけまいよ」

きぬは香を見た。風になぶられ煤にまみれ、薙髪《ちはつ》した頭を覆う頭巾はひどく汚れていた。しかしその下にある表情に目が離せなかった。

目も、頬も、唇も、顎やほお骨の顔の凹凸さえもが、まるでその下に通う血の管に金銀が混じったように輝き、光を放っていた。ああ、香さまはいままさに視ていらっしゃるのだ、ときぬは確信した。

橋の上で、四つ辻の真ん中で、あるいはあの井伊家発祥の井戸の前で、香がいつも目にしてきた死の気配。その正体をきぬはこの時はじめて知った。

今まで井伊家の橘の神は、お家に降りかかる数々の苦難を救わなかった。今川家の謀略が、戦が、そして家臣の裏切りが井伊の男達の命を奪っても、決してその報復を行うことも不幸から救うこともなかった。実際、香は何度もそのことに失望し、彼女が地頭として徳政を防げなかったことに、ついに小野政次は橘の神霊の存在を否定した。

だが――、多くの死を迎え、今川のほしいままにされてきたとはいえ、近年この井伊谷が戦場になったことはなかった。

(どんな不幸が襲っても救われることがなかったはずだ。なぜなら、橘の神霊が怒るのは彼らが守りし神域を汚されたとき。すなわち、たったいまこの時こそが)

かつて、きぬが香に語ったとおり、神はその神域を汚されたときのみ祟る。いま武田軍がどのあたりを進んでいるのかはわからないが、その頭上には香のいう命を食うという蝗が夕立の雨雲のように重くたれ込めているのだろう。その下を信玄は輿に乗って進んでいく。一歩進むごとにわずかに残された命数を吸い上げられていることにも気づかずに。

まさしく、香は橘の霊が宿りし大祝そのものであった。

(これが、私の見たかったものだ)

きぬは自分でも、なぜあのとき窓のない血の臭いが籠もった産屋で、故郷を離れここへ来ようと思ったのかわからなかった。女が一人で国を離れるなど尋常ではない。青谷の家のものも大反対したし、義兄も最後まで奥山の親類に紹介状を書くことを渋った。

子を捨て、家を捨ててどうするつもりなのだと問いつめられて、はっきり答える言葉を持たなかった。

けれど遠州へ向かう気持ちはとどめようがなく、まるで川の中に立っているかのように、次々に流れくる水の量に押されてここまで来た。

あのとききぬは自分にいくつもの足が生えているかに感じた。ここに来なければならないと強く思った。香に会わねばならぬ。なんとしてもこの足で井の国にたどり着き、香の側に居なければならぬ。

たしかに香はきぬが思ったとおりの小法師であったし、大人となっても未だに諸人神をその身に宿す珍しい大祝であった。そのせいかついに背丈は井戸側に生えた橘の木を超えず、見た目も童女のように幼く小さかった。

思いがけず直親との間に子をなした後もそれが明らかになって香の妨げになることを怖れた。

それもこれも、いまこのときのためであったのだ。

(私は、下伊那を焼き故郷の山々を焼いた男の息の根が止まる瞬間を見届けるためにここへ来たのだ)

おそらく信玄はもう長くは持たぬだろう。甲斐で、三河へ遠征し家康と対峙すると決めたときには思いもしなかったほど病は悪化しているはずだ。

ほどなく、死ぬ。

（ようやくわかった。香さまが武田ではなく徳川をお選びになった理由が）

かつて浜松へ入城するとき、家康は井伊谷を通過するだけで、庄民にいっさい危害は加えないことを井伊谷三人衆を通じて約束した。しかし、信玄は思うままに井伊谷を焼き尽くした。

神域を守ることで家康は命を長らえ、信玄は諸人神の怒りに触れたのだ。

武田軍が野田城攻略のために三河へと去ったあと、竜ケ岩洞から龍潭寺へ戻ったきぬらは焼け野原になった井伊谷の立て直しを始めた。家康から井伊谷城を任されていた守護の近藤秀用が戦死したこともあって、庄民たちは香の指示を求めて龍潭寺へ押しかけていたのである。

龍潭寺の本堂は焼け落ち、多くあった塔頭も無惨な有様だったが、焼け残った僧坊を仮本堂にして、母お安佐の小さな松岳院での生活がはじまった。

前々から香が指示していたとおり、財産の多くを周到に隠していたおかげで、多くの庄民達が路頭に迷わずにすんだ。収穫が終わったあとの冬の閑期であったことも幸いして、春にはまた元通り田畑を開く作業にとりかかることができたのだ。

香が大事にとっておいた直親の小袖も焼けずに残った。聞けばそれを虎松のものに仕立て直すのだという。良い機会だからときぬはあの日月松の扇も寺へ奉納した。それは直親が篠に残したものだと香は反対したが、虎松の立身出世を願う思いはきぬとて同じだった。

龍潭寺は急いで本堂が再建され、ほかの寺へ避難していた小坊主たちも徐々に戻ってきた。

もはや戦乱の地は遠く、香が予見したとおり武田信玄は目指していた京へも甲斐へもたどり着けぬまま、虎松のいる鳳来寺から駒場までやってきたところで死んだという。

驚いたことには、あの瀬戸方久こと、新田喜斎がひょっこり現れ、本堂建て直しのために多くの寄進をしたことである。堀川城を捨てて逃亡してから呉石御所平にひっそりと身を隠していたらしい。

武士ならば、城を捨てるはずがない。最後の一人まで戦って死ぬことを本望とするだろう。しかしこの男は違った。あれほど武士になりたいと望みながら、最後の最後で本性が出たのである。

念願叶って一城の主になったはよいが、家康に攻められあっさりそれを手放した元肥汲みの男は、悪びれない様子で言った。

「なあに、金も銀も肥池の中に沈めておいたらだれも近づきませんや。元々は肥汲みの源太、久しぶりに肥えを汲みましたです」

と、澄ました顔で糞の中に沈んでいた砂金の詰まった袋を取り出したのだった。

――その後、三河に戦火が移ったことを知った香は、かねてよりの計画を実行することにした。

「虎松を呼び戻し、仕官させたいのじゃ」

まだ新しい木の匂いと、伊那から運び込まれた木材の山があちこちにある龍潭寺の部屋で、香は南渓と日夜、それに母の安佐に思いを打ち明けた。

「して、出仕先はどちらに」

「徳川どのがよい」

香が、長らく家康の正室である瀬名と親交があることを挙げると、南渓が慎重な面持ちで言った。

「しかし、築山どのも岡崎どのも、家康に冷遇されておると聞く。そこへむやみに井伊の縁を持ち込むのは、これ有りや無しや」

「有りでございますよ、老師」

香には、家康がきっと虎松を気に入り、側においておくだろうという確信があった。

「それに、徳川どのにはひとつ、貸しもございます。もし虎松の任官叶わぬ時は、わしがお目通りを願い、直に言上いたします」

はたして、虎松を鳳来寺から呼び寄せた香は、打ち合わせどおり日夜のいる松下の家で支度をさせ、対面の日に臨むことになった。しかし私財を焼き払われたあとでは満足に具足も揃わぬ。日夜とともに、直親の形見の小袖を仕立て直し、どうにか体裁を整えた。

天正三年、田起こしがそろそろはじまろうとする二月二十五日のことだった。家康の一行が初鷹野へ向かうことを、香は家康の細作として仕えていた松下常慶から連絡を受けていた。

家康のほうも、あらかじめ常慶から虎松の身分を聞かされていたらしい。香と虎松が行く手に現れたと聞いても、とくに驚いた様子はなかった。

「殿には、直親どのを見殺しにしたという負い目もある。よほど気に入らないことがなければ、虎松どのを出仕させるだろう」

常慶の後押しもあって、対面は思いの外とんとん拍子で進んだ。香が思っていたより家康は虎松を気に入ったようで、その日のうちに虎松は浜松城に呼ばれた。お供には、幼なじみの亥之助が同行した。虎松はそこで、八歳のときより親元を離れ寺々を流浪した話をすることになったという。

ほどなく、虎松は万千代という名を与えられ、同年五月長篠の合戦に家康の小姓として従軍した。

翌、天正四年には武田の忍びを討ち取って功をあげ、はやばやと三千石を賜る。

その後の彼の武勲はまことに華々しいものである。

天正七年には二万石の大名となり、井伊家譜代の家臣である中野越後守直之《なおゆき》、奥山六左衛門が奉公するようになった。中野直之は幼い頃を共に過ごしたいとこであり、奥山六左衛門は日夜の弟で、鳳来寺へ落ち延びる際に幼い直政を送りとどけた恩人である。

こうして一度はちりぢりになった家臣達が、ふたたび井伊家の元へ集まってくるのは、苦難の時代を乗り越えた女達にとっても万感の思いであったろう。

（直親どのとの約束は守った。これでもう、思い残すことはない）

ここにきて香はついに次郎法師としての役目を終え、母とともに移り住んだ松岳院で、静かに亡くなった井伊家郎党を弔う毎日を過ごすことになった。

側にはあいかわらずきぬが仕えていた。娘の篠は直政と同じ歳ではや婚期を迎えていたが、香や母の安佐、それに出自を知った日夜や輝がどんなに勧めてもがんとして篠を直親の子と認めず、嫁にやらずに髪を下ろさせると言い張っていた。

「嫁にいかないと言えばそなたもじゃ、きぬ」

母親のきぬは井伊谷でも評判の美人で、後添えにと願う富豪や、きぬよりうんと年下の武家も大勢いたが、本人は歯牙にも掛けずに粗末な寺暮らしにあけくれていた。

「そなたは二人も子を産み、己の好きに生きているからそれでも良いだろうが、やはり篠がふびんでならぬ」

きぬの娘、篠は直親に似た目鼻立ちのはっきりとした美女で、きぬににて肌が銀を孕んだように美しいと評判だった。実際嫁にという申し出は雨のようにひっきりなしで、その中には共に育った中野の倅もいるという。

「まだ若い篠を嫁がせないまま剃髪させるなどとんでもない。あれほど美しい娘になんと惨いことを」

珍しく香はきぬに食ってかかったが、

「祐圓尼様に言えたことではありませぬ」

と、あっさり返り討ちにあい、言葉もなく引き下がる毎日だった。

「このまま母娘ともどもこんな侘びしい寺で一生を終えるつもりか」

「いいえ、おそらくそうはなりませんでしょう」

たとい板間のぞうきんがけをしていても、背筋を白拍子のようにしゃんと伸ばしてきぬは言う。

「左閑辺の山深くから伊那、伊那から井伊谷、はるけき遠州へ。このままでは終わらぬ気はします。どこへなりとも行きましょう。いずれそうなります」

「あいかわらず、そなたは水のように動く」

「そして、祐圓尼様は御山のように動かず」

それが、御仏がお決めになったさだめでありましょう、とあっけらかんと言った。

日々穏やかに暮らしていた香の元に、ある珍しい客が訪れた。中井与惣左衛門《よそざえもん》直重といって、代々二宮神社の禰宜を務める井伊谷の豪農である。彼が言うには、娘婿であった小野但馬守政次が怨霊となって小野屋敷に現れ崇るので困っているということだった。

「但馬が、崇るというのか」

「はい。井伊家のご当主直政公にとっては敵、井伊家を滅亡させた大罪人ではありますが、中井家としましては大事な娘婿。二人の孫は共に蟹淵で仕置きされております。供養のためお社内に但馬明神としてお祭り申し上げたのですが、祟りは一向にやむ気配がなく……」

但馬の怨霊は小野村細江にあった屋敷のほうにも頻繁に現れ、人々が怖れて騒ぎになっているというのだ。

「このようなこと、祐圓尼様にお願いできた義理ではないのですが、お父上の小野和泉守様も龍潭寺に葬られ、手厚く供養されておられる。どうか但馬殿にもお慈悲をくださいませ」

あの但馬守が亡霊となって現れているという噂は、きぬも耳にしたことがあった。もっとも祟りや亡霊の話は、戦場となった土地ではどこでも頻繁にある。

「きぬ、灯りをもってくれるか」

はたして、南渓の代理の仕事を終え、母に少し帰りが遅くなることを告げると、香はきぬひとりを連れて井伊谷川を北上し、人気のない大堰の河原へと向かった。ここは古来井伊家の仕置き場として知られ、夕べをすぎるとここで亡くなった者の魂が蟹に宿って岩の隙間から山と現れるので、蟹淵という名で通っている。

「但馬さまも、いまさら怨霊にならなくとも、仕置きは自業自得でありましょうに」

薄闇にちろちろという寂しげな水音、いかにも人魂が飛び交いそうな石河原にも、きぬはまったく怖れることはなかった。

怨霊が現れるという但馬屋敷ではなく、まっすぐにこの蟹淵に来た理由を、香は自分でもみいだせていないようだった。ただ数年前にここで最後に見た政次の姿だけを追い求めて、足の向くままにやってきたのだと語った。

「それに、わしは、まだ政次との約束を果たしてはおらぬ」

「約束、というと…？」

がらんとした蟹淵では、じゃりじゃりという粗末な草履が河原の石を踏む音だけが響いていた。香はしばらくして足をとめた。

「政次、おるのだろう」

なにもない川縁に向かって声をかける。あっときぬは息をのんだ。どこからともなく白い帯のようなものがゆんわりと弧を描いて現れたのである。

香はその正体不明な白いものに見覚えがあるようだった。幼い頃から政次の頭上を泳いでいた、あの白い鯉だと彼女は言った。

では、香はもうずっと長い間、政次とともにこの白い不思議なものを見続けていたというのだろうか。

「そなた、ずっとわしになにかを訴えていたのだな。あの井伊家の井戸をつたって、黄泉の国から出入りしていたのであろう」

香は語る。――いつもどこからともなく現れて、龍潭寺のほうへと消えていく鯉を不思議に思っていた。これればかりは香がよく視る不吉の前兆とは違い、自分に仇成そうとするものではなかったからだ。

あの井伊共保出生の井戸のことを調べるうち、香は小法師といわれる自分の力がどのようなものであるのかに気づいた。おそらく、あの井戸と橋はあの世とこの世のはざまを示すものであり、自分は井伊家の血と名のせいでその因縁に引きずられたに過ぎぬのだろうと。

橋の上で、四つ辻で、そして川縁で香はあの世へと向かう魂の行列を視る。それは黒い蝗の大群にも似て、戦ともなれば千の数ともなりびっしりと空を覆い尽くすのだ。

香は、それを視ていただけだ。だが、たかだかそれだけのことで、自分の一生はどれほどまで人とは異ならざるを得なかったのか。

香は懐に手をいれると、中から小さなものを取り出した。見るとなんと貝紅である。なぜ主人がそんなものを持ってきたのかきぬには皆目わからなかったが、わからなくてもいいような気がした。

小さな手で合わせを開けると、片方だけ内側が真っ赤に塗られているのが見えた。色は均一で使われた形跡はまったくなかった。香は川の水に指を浸すと、濡れた指で紅を溶いた。そうして赤く染まった指をゆっくりと鯉に向かって伸ばした。白い鯉はなにかを請うようにゆわゆわと香の周りを飛び回っている。

「ほれ、こなたへ」

鳥と戯れるように香は鯉を手で掬った。きぬはその鯉が弔いを求めているような気がした。

「これでよいか、政次。わしは、ちゃあんと覚えておったろう」

その声は、きぬが今まで知っていた香のものとはまったく違った、みずみずしさに満ちていた。

小野政次は罪人の常としてはりつけで仕置きされ、遺体は埋葬を許されずこの河原にうち捨てられたという。仕置きした近藤氏をはじめとする井伊谷の庄民の恨みがよっぽど深かったと察せられる。

皆が、彼を大罪人だとののしった。家老格として小野を迎えた大恩ある井伊家を裏切り、私欲に走ったのだと後世に言い伝えた。きぬもまた、あの男をよく思ってはいなかった。直親を殺し、篠から父を奪った。

「だが、そなたはただ生きただけであったなあ、政次」

かつて今川の被官であった豊田郡小野村の小野家から、小野兵庫助《ひょうごのすけ》が井伊直平に家老として迎えられた。突然分家した理由、兵庫助が、いままでまったく接点のなかった井伊谷の井伊家に迎えられた理由をきぬは知らぬ。

しかし、小野氏とはそのような氏族のようである。さまざまな土地に分家し、根を張ろうとする。政次も二人の弟をそれぞれ大坂、鐘鋳場へ分家させている。

(あの方は、己のしようとすることを知っていたからこそ、家系が絶えないように、ただそれだけを怖れていらっしゃったのだろう)

剛胆な知恵者に視えた小野政次の、本人が隠し通した意外な臆病さは、中井家から室を迎えたことにも現れている。中井家はこの井伊谷でもっとも由緒ある二宮神社の神主の家系である。それと同時に、井伊共保は藤原共資に養子に迎えられる前、この中井家の祖先である井端谷《いはたや》の家の生まれであったと言われているのだ。

政次の行いは、たしかに愚かではあったが罪ではなかった。

この一寸先は闇という荒れた世で、己の氏族と血を長らえさせるために無我夢中であがききったにすぎぬ。結果的に主家であった井伊家に弓ひいたがゆえに汚名をきせられることになったが、家臣の反逆にあって城をのっとられることなど、この戦国の世では珍しくもない。

ただ生きた。

生き残るために、生きたのだ。

小野の者として、井伊の香とは相容れぬ道を。

（かつて、一度は夫婦と考えた相手であったのに）

きぬは側に流れる川の水の先を目で追った。

政次だけではない、だれしもが、ただ生きるためにいまを生きている。明日のことなど考えもせず、一寸先の闇を怖れる間もなく、ただただ時という膨大な川に足をとられ、溺れるようにして流されていく。その藻掻き苦しむ中でだれに救いを求めるか、だれにしがみつくか。人に許された選択の余地はわずかだ。

だからこそ、人はそのわずかな人の心の機微を愛おしむ。

鯉はなかなか香の側を離れなかった。井伊家を陥れた大罪人ゆえに、政次の野辺送りも葬式も行われなかった。ために当然、家老という重職であったにもかかわらず政次には法名もない。この鯉はそれを悲しんでいるのだろうか。

「そなた、それほどまでに城が欲しかったのか。だが、あの新田喜斎をみよ。せっかく己の財を投じて城まで建てたのに、あっさりと捨ておった。城などきゅうくつなだけかもしれぬぞ」

そうではない。ときぬは思う。彼女は、小野政次が貪欲なまでにこの井伊谷を、言い換えれば井伊家のすべてを求めたわけを知っていた。一番欲しいものが手に入らないとわかっていたからこそ、二番目に欲しいものを手に入れずにはいられなかったのだろうということも。

ゆわり、と鯉が宙に円を描く。香はうんうんと頷く。

「その姿となってようやくわかったか。政次。この井伊谷でそなたを嫌うておらなかったのはわしだけじゃ」

白い鯉に語りかける香はどこか楽しげで、きぬはこのような形で主人の長年の想いが成就したことを悟った。

「まるで、祐圓尼様に弔って欲しいように見えますね」

「そうか。では政次。そなたわしの弟子となるか。今生の罪は仏弟子となって修行をし直すことで洗い流すのだ。それでよいか」

香が経をあげやすいようにと、側に灯りを置いた。香はおもむろに石の上に膝をつけて座り、経文を唱え始めた。

夜が更け、森も空も川面の水さえもが深い闇とまじりあって境界がわからなくなったあとも、香は一心不乱に経を上げ続けた。

目の前を流れる水は、二度と同じ場所を流れることはない。香もきぬも二度と生をやりなおすことはない。

「紅も刷《は》かず、剣も持たず」

経を唱え終わった香は、なにか重い荷を降ろしたように感慨深げに言った。

「それでも、生はある」

嫁がず、産まず、異様に生きてもなお——生とは意味のあるものである。

やがて白い鯉は何度か香の周りを回ったあと、ゆんわりと空に弧を描いて、寺のほうへと去っていった。

不思議なことに、貝の器の上から紅だけが消えてなくなっていた。

そののち、香は南渓とよくよく話し合って、政次の法名を南江玄索沙弥とした。南江とは彼が死んだ場所を指す。川の南で仕置きされたという意味。そして沙弥とは半人前の修行僧を表す言葉である。父親の和泉守のように立派な法名ではないが、これが龍潭寺としてしてやれるせいいっぱいであったろう。

政次の一月後に同じ場所で仕置きされた幼い政次の息子二人にも、それぞれ幼泡童子、幼手童子と戒名を授け、経文をあげた。

小野政次供養のことは南渓過去帳に記され、後世に伝えられる。中井直重は二人に大変感謝をして、改めて政次たちのために大きな石仏と供養塔を建て、そこに供養したという。

＊＊＊

「――思いの外、長い話になったものじゃ」

背中のできものが跡形もなくすっかり癒えたころ、増築したばかりの駿府城の一角で、家康はあくびをかみ殺して直政を見た。

天正十四年は家康にとっても、直政にとっても慌ただしい年になった。すでにこのとき家康の重臣として頭角を現しつつあった直政は、主人とともに気まぐれな太閤秀吉に振り回された。

いつものように家康は質素な膳を二人分運ばせ、ゆっくりと咀嚼にいそしみながら直政の話を聞いていた。途中何度もあくびをしたのは、直政の話が退屈だからではなく、実は駿府にきてここ一月ほど、よく眠れていなかったせいである。目の下にはびっしりと隈ができ、一目で睡眠不足が見てとれるひどい顔だ。

いつしか井伊家の昔話は、直政が八歳で鳳来寺に預けられ、十五歳で父の法要に出席するため井伊谷に帰還するところまで進んでいた。

「万千代、あのとき、そちはこう申したの。どうやって井戸に捨てられた赤子が拾われたのか。遠江守ほど身分のある者がただの捨て子を養子にもらい、跡取りとしたのか、儂がすでにその答えを知っていると」

「はい、明朗に」

「たしかに明朗だ。儂は答えを知っておった。知って、それを答えと気づかずにいただけのようだ」

家康はいまでも初めて直政に目通りを許した日を昨日のことのように思い出すことができた。祖母と付き添っていた尼僧が手ずから縫って用意したという朱鷺色の直垂姿の直政は、家康を前に臆することなく身分と名を名乗った。

井伊肥後守直親の遺児が目通りを願っているということは、松下常慶から十分に事情を聞かされてあった。家康は覚えていた。かつて自分が今川を裏切って織田と結び、遠州へのとっかかりを得るために血縁関係を頼って有力豪人たちに呼び水をかけていたころ、直親ともやりとりをした。家康の正室である築山御前は、井伊直平の孫にあたる。家康の嫡男信康も井伊家の血を濃く引いていたのだ。

さらに、直親は先に家康と内通していた鈴木重時の妹を母にもっており、室の日夜は息子重好の妻の妹だった。

家康の誘いに、元々今川被官の身であることに不満をもっていた直親は早々と興味を示した。息子の妻とその妹を隠れ蓑に鈴木氏は何度も奥山で直親に会い、家康配下になったときの条件や、家中の強硬な今川派、特に目付家老の小野政次対策について話し合ったという。

しかし、その内容はいずこからか小野の耳に入り、直親は氏真の罠に嵌められて朝比奈に討たれた。井伊の家中がこの事件を機に混迷を深めていくのを知りながら、家康はあえて救いの手を差し伸べなかった。

引馬攻めの時に井伊谷城を攻めず、鈴木や菅沼ら井伊谷三人衆に始末を任せたのも、このときの後ろめたさが心のどこかにあったからかもしれない。

洞察眼に長けた松下常慶は、家康の心中を正確に見抜いていた。家康がどう思っているのかを探るべく、直政の名は出さず、兄である松下清景の子が任官を求めていると切り出した。当時直政は、井伊谷周辺の政情が不安定だったこともあり、松下家に再嫁した母日夜の元に引き取られ、松下清景の養子になっていたのだ。

「そなたの父とは深い縁があり、そなたの父は徳川のために不幸にして亡くなった。となれば、そなたを必ず取り立てねばなるまい」

汝は我が為に命を落とせしものの子なり。われ報いずんばあるべからず――

家康はまだ虎松と名乗っていた直政にそう言葉をかけ、そのまま鷹狩りに連れて行き、浜松と名を変えていた引馬城に二人を同行させた。その日のうちに直政に井伊を復姓させ、新たに万千代という小姓名と三百石を与えた。

「あの時、離れてそなたの供をしていた従兄弟が万福《まんぷく》であったの。そなたは面がまえが気に入ったが、あやつは遠慮のう飯を食うさまが気に入ったのだ」

万福とは、直政の従兄弟で幼い頃より共に育った小野亥之助が家康より賜った小姓名である。昔からなにをするにも直政と張り合った亥之助は、直政が万千代という名を賜ったのを羨ましがった。そこで家康が、亥之助がいつも飯をくいたがり満腹満腹と腹をさするさまを見て、おもしろがってそう名付けたのだった。

その小野万福も元服して小野朝之《あさゆき》と名乗り、大大名となった井伊家の家老を務めている。彼は共に中野屋敷で育った従姉妹の中野直由の娘を室として、はや男児を三人もうけた。同じ井伊家とはいえ中野家は代々多産の家系であるらしい。

「そなたが問答のように井伊家始祖の謎をふっかけてから、いろいろ考えた。万千代、そなた父親と似ていると養母どのから言われたことはないか」

「ございます」

「その黒々と大きな目であろう」

のちに新井白石《あらいはくせき》も『礎石伝』にて、〝徳川殿御鷹狩のため、浜松の白（城）をいで玉ひ、道のほとりにて、これを御覧じけるに、つらだましひ、尋常の人にあらず〟と述べている。十五歳の少年だった直政の視線は、馬上から見下ろした家康をはっとさせた。顔立ちも上品できりりと結んだ口に意志の強さを感じさせたが、なんといっても印象的なのはくっきりとした二重瞼の下に現れた大きな目であった。立派な武将となった今でも、直政のその美丈夫ぶりはおなごはおろか衆道をよくする者たちからも注目を集めているほどなのだ。

「井伊の男は、みなそのような目をしておるそうだな。そちの屋敷で見た中野直之も父親譲りの大きな目をしておった」

中野直之は、井伊直盛が桶狭間で戦死したあと、地頭職預かりとなった中野越後守直由の長男である。母親が日夜の妹、布津で、従兄弟同士にあたる。直政が家康の元で井伊家を再興し井伊谷に所領を得たあと、旧臣たちをあつめて自分に仕えさせた。現在では小野朝之と同じく井伊家の家老を務めている。

中野家は井伊家の本筋にもっとも近い分家であるから、数少なくなった井伊家の人間の中で中野と布津の子が特徴を受け継いでいると言えるだろう。

「つまり井伊の井戸に捨てられていた赤子はさぞかし容姿端麗であったのであろう。それこそ、遠江守が拾わずにはいられなかったほどにのう」

家康の解答に、直政は我が意を得たりとばかりに晴れやかに笑った。

「さすがわが殿、お見事にございまする」

事実、龍潭寺に伝わる『井伊家伝記』には、〝神主元朝社参の節、忽に井中より嬰児の出生するを見るに。其児容貌殊に美麗なり〟――とある。また『寛政重修諸家譜』にも〝瑞籬のかたはら御手洗井の中にいま生れたらむとおぼしき、男子忽ち出るをみる。その容貌美麗にして眼精あきらかなり〟の記述が認められる…

家康が推測したとおり、拾われた赤子ははっと息をのむほどに容姿端麗でとくに目力があったのだ。

さらに詳しく調べると、井伊谷に伝わる祖山系図の記述によれば、井伊共保が遠江守藤原共資の養子となったのは七歳のころであったといわれる。では、七歳になるまでは共保はどこでだれと暮らしていたのだろう。

「井伊谷には井端谷という氏があり、三宅氏縁の豪族で二宮神社の宮司であったと伝えられています。もし藤原共資が養子をとろうと思えば、この井端谷氏からと考えたでしょう。そしてこの井端谷氏は、その名の通り井の端に居を構えていた。ようするに赤ん坊のころに井戸で拾われたのではなく、この井端谷の屋敷で藤原共資は七歳の共保に引き合わされ、その容貌に惹かれて養子にしたと思われるのです」

「それが、井伊家の祖ということで伝説風に誇張されて、井戸から産まれたということになった」

「はい。井伊谷は古くより井の国と呼ばれ、渭伊神社の奥には大王のましました天白の磐座があります。だれしもが尊敬に足り得る出生として、大王にちなんだものになったのでしょう」

つまるところ、井伊共保の双眸を気に入って養子にした藤原共資と同じ事を、家康はかつて三方原で直政を出仕させたときにしたということになる。

恐ろしいことには、直政の養母次郎法師は、きっと家康がそうするだろうと見抜いていたということだ。

（直政に聞けば、家康への出仕は、かの南渓禅師と母御の松下清景室、それに次郎法師がよくよく相談をして決めたことだという）

井伊谷には奥山の三姉妹、それに鈴木家に嫁いだ長女も健在で、それぞれがしっかりと子を育て、連絡しあって情報を得ていたのだろう。すでに滅亡した井伊氏の遺児というだけでは家康の心を摑むのは難しいと考えたのか、前もって常慶に直親のことを耳にいれさせ、家康の罪悪感を煽っていた。

その上、家康には小姓がいなかった。長年人質として今川館で過ごしたため、若いころから小姓をつける習慣がなかったのである。

直政が井伊家の血を色濃く継いで容姿端麗であること、直親への後ろめたさ、そして小姓の不在という条件が揃ったとき、次郎法師は決断したに違いない。むろんそれらを後押ししたのは女たちだ。大勢の叔母と養母と母と祖母、それに幼なじみのいとこに支えられて己の立身がかなったことを直政とて身に染みているに違いない。

（まこと、剣をもたぬおなごの戦よ）

そして、あの日直政の側で傘の陰に隠れていた童女のような尼僧に注目していなかった自分を皮肉に思った。あのおなごこそ、井伊直盛の娘にして次郎法師、遠州に女地頭ありといわれた井伊次郎法師直虎ではなかったか。

（この徳川ともあろうものが、一介の尼の手の上で踊らされたとは）

「そなたの養母どのは、希有な眼力の持ち主であったようだ。小法師と呼ばれたのも不思議ではない」

「では、殿は次郎の母が人にあらざる力を持っていたとお信じになりますのか、まこと小法師であったと」

「まこと小法師であったろうよ」

家康は満腹になるにつれ、頻繁にでるあくびをかみ殺しながらいう。

「このわしとて、神意に救われたことはたびたびある。そう、あれはそなたら井伊家の人間の命運を分けた桶狭間のときも」

「桶狭間」

「…まさに、一度生を受け滅せぬ者のあるべきか、だったの」

織田の十倍近かったといわれる今川の大軍も、実質はほとんど補給に関する荷駄兵で、精鋭部隊は二割程度、対して大規模な補給を必要としない織田軍は、つねに精強部隊を率いて神出鬼没をすることができた。ゆえに義元は兵站線を重視し、家康に大高城へ行くよう命じた。

地の利のない場所でも、戦上手の義元は慎重に兵をすすめ織田軍を消耗させていった。桶狭間の前日にはいくつも織田側の砦を落とし、今川兵の士気はこれ以上ないほどあがっていた。

これ以上負けては、兵たちの士気にかかわる。将の寝返り、兵らの逃亡を防ぐために、信長は次の一戦で確実に勝つ必要があった。そのため、悪天候を利用して、小規模戦闘での勝利をもくろんだ。

信長はこのとき、自分が襲撃しようとしていた今川の隊が、まさか義元の本隊とは思っていなかったのだ。それほどまでに、戦場は混乱を極めていた。

「あれから、儂はすぐには義元公が討ち取られたことを知り得なかった。這々の体で逃げ出し、矢作の里まで来たが大水ゆえとても渡れぬ」

「それで、どうなさったのですか」

「祈ったのよ。川の先には八剣という名の社があった。儂はその時知らなんだが、この八剣の社の森には白い鹿が三頭住んでいて、かの足利尊氏公を無事川を渡らせ、上洛させたという言い伝えがあるそうだ」

果たして祈り続けると、家康の目の前に言い伝えの白い鹿が現れた。家康はその背に乗って無事川をわたることができたという。

その後も、家康はこのような体験を幾度もして、危機的状況から命を長らえた。だからこそ直政の養母が不思議な力をもち、それをもって遠州惣劇といわれた混乱の井伊家を生き延びさせたというのも、家康にとっては信じがたいことではない。

「言葉で言い表せぬことも世の中には多くある。不思議な力を持つ人間もな。そなたの家系は、大きく黒々とした瞳をもつが、それを持たずに生まれた養母君はべつの目をお持ちだったのだろう」

神仏はいる。そして、その域に属するものも多く、動物は人より早く災難を察知する能力をもつという。人は修行をすることによってのみこの域に近づくことができる。しかし、中には生まれつきこのような、野の獣をもしのぐ目や耳が備わっている人間もいるのだ。

「…そうすると、そなたの言う、わしが養母君に命を救われたというのは、引馬へ向かうために井伊谷を通過した一件であろう」

「そのとおりでございます」

家康は頷いた。もし、次郎法師が橘の化身――井伊谷の神が乗り移ったものであったとしたら、すべて合点がいく。

あの時、井伊谷には一切手を出さず、ただ通過した家康には、橘はなんの咎も与えなかった。

しかし、ことごとくを焼き払った信玄はどうなったか。

(井伊谷を通過するごとに病が進み、ついには死んだ。京へたどり着くこともなく、甲

斐へ戻ることもなくみるみるうちに病が悪化し、急死したときく）

あれが橘の祟りでなくてなんだというのだろう。もし、自分があのとき信玄と同じように井伊谷を焼いていたらと思うと寒気がした。直政の言うとおり、家康はまさしく次郎法師に命を救われているのである。

そして、紛れもなくこの世を動かしたのだ。——信玄という巨星を落とすことによって。

「おそらく、次郎法師どのはそのお名ゆえ、常にあの世とこの世の狭間に生きておいでだったのかもしれぬな」

「あの世と、この世、でございますか」

「お名の元となった非時香菓だが、古事記には妻の伊邪那美命《いざなみのみこと》に追われ黄泉の国から逃げ帰った伊邪那岐命《いざなぎのみこと》は、なんと筑紫の国日向の橘というところで禊ぎをしたそうだ。そうして生まれたのが天照大御神《あまてらすおおみかみ》と月読命《つくよみのみこと》と須佐之男命《すさのおのみこと》だという」

「筑紫…、九州とは」

「そう、あの世から戻ったところが橘といったらしい。つまり、橘がつねに常緑の葉を保ち不死といわれているのは、そういう謂れゆえかもしれぬ」

「では、次郎の母はその橘と同じ名をつけられたために、あの世とこの世の境目を見ていたと、殿はおっしゃるのですか」

「ただの推論だがの」

しかし、直政の語るには、次郎法師はとかく人の死の予兆を多く見たというから、彼女自身が生きた橘であったと考えても不思議ではないだろう。

「次郎法師どのは、橋の上でよく黒い靄を御覧になったのだろう。昔から四つ辻や橋はあの世とこの世の境界だという言い伝えがある。井の国は川が多い土地ゆえ、橋も多い。自然と境界がたくさんできたのであろう」

「なるほど」

「そう考えると、あれほど憎しみ合っていた井伊と小野とがほぼ同時に倒れ、いままたそちの側に万福が仕えておるのも、なにやら因縁めいたものを感じるのう。…たしか井伊の先祖が出生したといわれる井戸に、くだんの橘があるのであったな」

次郎法師が出家したという井戸端に生える、二本の井伊家の守り神。

「実は、小野の家も井戸とは深いかかわりがある。たしか遠州小野家は、かの小野篁参議が浜松に流罪になったとき、この地に移り住んだのが縁といわれておるとか」

直政は頷く。その後、小野篁は都へ戻ったが、子孫の一部はこの地に残り遠州に根を下ろした。その子孫のうち一家系が井伊家家老を務めた小野家である。

「知っておるか。小野篁と言えば、冥界の番人と言われた宮廷人。井戸から地獄に行き来し閻魔大王の補佐をしていたという言い伝えがある。井戸とは深い縁があろう」

珍しく、いつも人を食うように余裕ある顔をしている直政が、あっと驚いた。

「橘もあの世とこの世の境界、そして井戸もあの世への入り口。どうじゃ、深からぬ前世よりの縁を感じぬか」

直政は箸を置き、ずりずりと後ろに下がって両手をついた。

「明朗なるご推察、参りましてございまする」

「ならば、よい」

完璧に解答をしてみせたことに家康は上機嫌になり、食後の茶を所望した。最近は、あの癰の一件以来直政に言い負かされるばかりであったので、とかく胸がすくようであった。

ところが、直政は目の座った顔をがばっと上げると、まったく思ってもみなかった方向から一番槍をしかけてきたのである。

「しかし、それはそれ。これはこれ。殿におかせられては、某がこれから申し上げることは聞き流していただくわけにはまいりませぬ」

「な、なんのことだ」

「まったく、久方ぶりにお会いしてみれば、そのひどいお顔」

家康は憮然とした。

「この顔は生まれつきじゃ」

「その目の下の隈のことを言っておるのです！」

家康の小姓時代から、主君の体調管理には並々ならぬ気を配ってきた直政である。大事な主が夜眠れず、ひどい寝不足の顔をしていることががまんならない。

「よからぬ気を出して、大蘇鉄などというわけのわからないものを譲り受けたばかりに、蘇鉄にたたられるという目にあわされるのですぞ」

実は、直政が怒り心頭な原因である、家康の目の下にひどい隈があるのにはわけがあるのだ。

遠州は榛原《はいばら》というところに、能満寺という古い寺がある。この寺の庭にある大蘇鉄は、大井川の上流から流れてきた大蛇の死骸を葬った墓から生えてきた、といい、かの陰陽師安倍晴明が竜の魂を封じ込めたとも言われている。

これが家康の目に止まり、どうしても欲しいとだだをこねたあげく、駿府の城に移植されることとなった。家康にしてみれば、これほどの由緒のある大蘇鉄ならさぞかしよく効く漢方薬ができると思ったのだ。

しかし、この大蘇鉄、いわくつきだけあってかなりのくせ者だった。駿府にやってきたその晩から、「能満寺に帰りたい、帰りたい」としくしく泣きはじめたのである。あまりにも泣き声がやまぬので、城中のもの全員が寝不足になってしまい、貰ってきた張本人の家康に苦情が殺到した。

「このままでは家中のものが寝不足で病になってしまいます。即刻能満寺にお戻し下さいますように」

つまるところ、この大蘇鉄に悩まされている城内の人間が、なんとか蘇鉄を返すよう殿を説得してほしいと頼んだのが、この直政だったというわけである。家康は普段は温厚な性質だが、事薬に関することだけは頑固で、やたらに口をだすと逆鱗に触れることもある。お気に入りの大蘇鉄を返せなどと家康に言上できるのも、この直政くらいであったのだ。

「わけのわからないものではないぞ。蘇鉄は万病の薬に…」

「竜に祟られますぞ。真田側に加勢されても知りませんぞ」

「…しかし、蘇鉄は漢方薬としても実に有効で」

「だまらっしゃい」

半ば脅されるようにして、しぶしぶ蘇鉄を手放すことを直政に約束した。可哀想な大蘇鉄は、直政の手によって即刻能満寺に送り返され、それ以降駿府の城に泣き声が響き渡ることはなくなったという。

蘇鉄の運命が決まったところで、直政はさて、と吸い物の椀を取り上げ、中身の野菜を啜った。そうしてすべてうまそうにたいらげると、早々に別れの挨拶をした。

昨年から真田討伐に手を焼いている家康は、事後処理を直政に任せることにした。とはいえ、秀吉との政略に彼は欠かせない故に、いつ上田へやろうか思案していたのである。

「殿からいただいた武田隊の赤備えも、我ら井伊の隊としっくりなじんでまいりました。我が具足もあらたに朱漆で揃えましたゆえ、これより戻って髪に香を薫きしめ、歯を清うして臨み、たとい強兵真田といえども一網打尽にしてやる所存でございます」

大将として派遣するのに一番槍をとらんとする勢いである。これには家康も内心呆れが隠せない。

「あのように重い鎧を着ていては、いざというときに遅れをとろう。本多のように軽装を心がけてはどうか」

何度も逸る直政をそういっていさめているのだが、無双の強勇である彼はなかなか聞く耳を持ってはくれないのだ。もっとも当の本多忠勝ならば、どちらもどちらだと言うかもしれないが。

直政が辞去したあと、家康は残された膳が下げられるまでぼんやりと物思いにふけっていた。

直政には言わなかったことがひとつだけあるとすれば、それは家康が、なぜ井伊家の先祖が井戸から生まれたと言われているのか、どのようにして拾われたのかについて、即座に思い当たることがあったということである。

長い井伊家の成り立ちについての解説を聞くまでもなく、家康は井伊の男が目力があり、人を虜にする美男であることを知っていた。秀吉の妹朝日姫を娶るまえ、家康の正室は築山御前であった。元の名を瀬名という。今川家の重臣瀬名家から養子にいった関口親永の娘であり、母は井伊直平の娘だ。つまり、家康の嫡男信康は井伊家の血を色濃く引いていた。

頭脳明晰で家臣達の信望篤く、これ以上ないと言われるほどの家康自慢の跡取りであった。家康が今川と決別したとき、今川の血を引く子を嫡子とするわけにはいかぬと家臣たちから大反対があったにもかかわらず、家康は瀬名を離縁せず、築山に御殿をたててそこに亀姫とともに住まわせた。それもこれも、信康の器量を惜しんで手放したくなかったからである。

その信康は、徳川家中が岡崎派と浜松派に割れそうになり、また同盟していた織田家の敵である武田家と密通したという疑いから咎をおって切腹を命じられた。まだ二十一の若さであった。

初鷹野で直政を見たとき、一目見て信康と血縁があるとわかった。それほどまでに利発そうな光を孕んだ黒々とした目がそっくりであった。そして今、直政は二十六。信康とはわずか二歳違いである。生きていればこのようにりりしい若者になっていたのかと思わず目を細めずにはいられない。

もし、あのときわずか三年後に信長が本能寺で腹心の明智光秀に討たれることがわかっていたならば、家康はなんとしても理由を付けて信康のいのちをかばっただろう。

(〝もし〟、〝もし〟、〝もし〟か――)

どんな殿上人も百姓も遊女も僧侶でも、あのときああしていれば、こうすればよかったと後悔することがある。

そうして、底知れぬ野望の井戸とともに、枯れぬ常緑の葉を合わせもっているものなのだ。

「誰しも、橋の上で同じ水を二度と見ぬ」

家康は一人ごちた。まったくもって真意であると思った。

「そう言えば、ひとつ、万千代に聞くのを忘れたな」

聞くところによると、次郎法師は直親という許嫁を持ちながら嫁ぐこともなく、井伊谷で一生を終えた。井伊家の姫に生まれながらも、生涯、ただ一度しか化粧をしなかったそうだと。

その一度とは、いったいいつどこであったのか。十五で髪を下ろし、その後ついに還俗することもなかった姫が、どのような機会を得て紅を口にすることになったのだろう。

家康はふと思いを巡らせ、しばらくしてある結論に達した。

この答えが正しいかどうかは、後日上田から戻った直政に直接聞く機会があるだろう。

その時を楽しみに、家康は近習を呼びつけ、あるものを持ってこさせることにした。

「薬種と道具を持ってきてくれ」

薬研、乳鉢、匙、天秤、薬瓶、薬包紙、薬簞笥を自慢げに広げ、鬼の居ぬ間に洗濯とばかりに、家康はゆうゆうと乳鉢を摺った。

——香の晩年は、その激動の人生の大半と比べて、まことに穏やかなものであった。政次のための経文をあげたあと、香は心の中に残っている気がかりをひとつひとつ片づけ始めた。

まずは浜松にいる直政に手紙を書き、政次の弟で大坂に奉公に出た太兵衛の息子たちを奉公させるよう願った。のちにこの二人は、天正七年、直政が高天神城を落とした軍功から二万石の大名となったことを機に、再び井伊家家臣に加えられた。また弟の兵衛は井伊谷三人衆の二代目である近藤秀用に仕えた。のちに秀用はこの忠実な家臣のために自ら政次の供養を行っている。

＊＊＊

松下清景の室となった日夜は、そののち夫婦ともに井伊谷の松下屋敷で仲むつまじい生活を送った。清景は直政の家老にとりたてられ、のちに直政が彦根へ封じられるとともに移り住んだ。母の日夜は、その前に亡くなった。もはや清景の子を産むことはなかったが、日夜を大事にしていた清景は、日夜の妹である布津の孫一定を養子にもらい松下家を継がせた。

直政のいとこである小野朝之や中野直之が家老に取り立てられ、井伊家の所領が彦根に移ると、輝も、中野家の布津も一族といっせいに近江へ移り住んだ。

直政が上野国に封じられたことがあったため、上州井徳山龍潭寺の建立が許可された。布津は中野家の菩提寺として、彦根にも龍潭寺を建立できるよう、孫の松下一定に創建を願い出たと云う。輝はそこで髪を下ろして小野家の菩提を弔った。

香の心残りのうちのもう一つは、直政の姉にあたる篠のことであった。香の死後、直政は篠の出自を知って大変驚いたが、養母のたっての願いもあって甲州きっての豪の者、川手文左衛門良則との縁組みを勧めた。

川手は甲州の武将で直政が譲り受けた赤備え隊の一人であり、四千石をたまわって井伊家の筆頭家老にまで出世したのである。篠は彦根では高瀬姫と呼ばれ、のちに出家して春光院を名乗った。

香の死後、きぬはやはりこの井伊谷で生を終えることとなく、彦根藩の家老の室となった篠と共に近江に移り住んだ。直親の形見であったあの日月松の扇はのちに直政の先手大将の陣扇として、小牧・長久手の戦のさい、南渓より贈られることになる。

己の予期したとおり、きぬはまたもや水に縁の深い土地へ動き、そこで希有な女の一生を終えた。

こうして鈴木氏や近藤氏といった多くの井伊谷縁の豪人が彦根に移ってしまい、井伊谷に名だたる豪人がだれもいなくなったあと、この地に根を下ろし名主として名を守り抜いたのは、あの小野政次の弟兵衛であった。

どのような因縁か、それともこれぞ前世の縁のなせる業か、井伊谷のすべての名のある氏が直政とともに彦根で一生を終えたのに反して、小野一族は最後までこの地に残り、遠州に根を降ろしたのである……

そうして、本能寺で織田信長が明智光秀に討たれたのと同じ年の天正十年、八月二十六日、香は龍潭寺内にある松岳院内で静かに息を引き取った。

享年四十七。

法名妙雲院殿月船祐円大姉。

三年前、母安佐が病で亡くなってから徐々に体調を崩し始め、この年の初めからほぼ寝たきりとなっていた。

世話をしていたきぬと篠の二人が、香を看取った。院外では葬儀の準備で南渓が忙しく、寺では小坊主たちが忙しなく行き来している。近隣の豪人たちから、事実上井伊家の棟梁であった女地頭さまを供養する寺が必要ではないかと、はやそんな話をもちかけられているのだ。熱心に妙雲寺の建立を唱えた中には、あの新田喜斎の姿もあった。

その後、新田喜斎は八十二歳まで生き、ほぼ天寿を全うするかに思えた。しかし、この男の持つ運は最後まで彼を安穏とはさせなかったようである。

なんと、彼は徳川の治世も収まりを見せた頃、幕府による塩の統制に苦しむ里人たちのために、安い塩を仕入れて分け与えているのを咎められ処刑されたのだ。近隣に伝わる石田家系譜に百姓のために起こした事件のことが詳細に記されている。それが、肥汲みから身を起こし、武士になりたいと願い一城の主にまでなった男の最期であった。

香が言ったとおり、喜斎は一城の主としてはほんの短い時間城主となったにすぎなかったが、郷人からは話のわかる政商と慕われ尊敬を受けていたことが、この系譜からもよみとれる。

次郎法師を支えていたという実績から、葬儀は罪人であるにもかかわらず龍潭寺にて行われ、特に縁の深かった石田家が知足院という寺をたててねんごろに菩提を供養したという。


葬儀の準備が進む中、遺体の安置された松岳院はひっそりと竹林におおわれて静寂の底にあった。

息をひきとった香は、きぬの手で白絹に着替えさせられた。

「思えば、わたくしどもは奇妙な縁でございましたこと」

きぬは傍らに横たわる香に向かってひとりごちた。四十を過ぎても、香は相変わらず歳のわからぬ風貌で、特に頬はそげてもともと小さい手が肉を失って枯れ木のようであった。そうしていると、まるで子供が横たわっているようである。

生前、香は己の命が尽きようとしていることを悟り、ひとつだけ遺言をのこしたことがある。

曰く、香という名はすべての記録から削るよう。

井伊家二十三代はあくまで次郎法師直虎であり、香という名の小法師であってはならぬのだ。そう彼女は強く願った。

「香という御名はたしかに重い。人に負わすにはなんという宿命であったことか」

この先、己と同じ運命をたどるおなごがおらぬようにとの配慮であったと、きぬは香の思いを推し量った。

その遺言は、ほどなく浜松にいる直政の元に届けられるだろう。直政の軍功華々しきを記した記録書は多く残るだろうが、そこに香という名は決して記されないのだ。

——少し考えてきぬは毛抜きを手にした。元々薄くなっていた香の眉を何本か抜き、歯を磨いた。一度も鉄漿をいれたことのない歯は白く透き通っていた。墨で眉をつくった。頰の紅を白粉にまぜて自分で調合し、水でといて着物の衿合わせが汚れないように刷毛で塗った。

伊那を捨てて遠州へやってきたとき、きぬがもってきたのは化粧手箱だけであった。そして香に仕え、たとい主人が尼僧であったときも、地頭職を継いで井伊谷城へ移ったときも、小野政次の逆心にあい龍潭寺へ逃げのびたときも、戦乱の中を逃げまどい命があやうかったときも、片時も離さずにいたのも、この香の化粧道具であった。

かつて香にお安佐が嫁入り道具にと用意した、金蒔絵の豪奢な化粧道具の玉手箱。十二の手箱、そろいの櫛がひとつも欠けることなく並べられた櫛箱、水を張る角盥、渡金、塗桶、毛抜き、眉作りに櫛三種……

「思えば、わしはおなごと生まれたのに、ただの一度も紅をしたことがない」

きぬが道具を手入れするのを見て、その昔香がたわむれにそう言ったことを思い出した。

「剣ももたず、紅も刷かず。なんと奇妙な女の一生ぞ」

小指で紅をすくい、もはや動くことのなくなった唇をゆっくりとなぞる。

そうすると、紅の赤が着物に映えて、まるで生きているときより生きているようになった。

きぬは感嘆の息を吐いた。

「ああ。なんて、美しい」

——生涯、ただ一度の紅であった。

解説

末國善己

高殿円は、異世界を舞台にしたファンタジー『マグダミリア』シリーズや、女性国税徴収官を主人公にした『トッカン』シリーズなど、多彩な作品を発表している。第二次大戦前夜のインドを舞台にした『カーリー』シリーズでは、史実を踏まえて物語を作っていたが、本書『剣と紅』は、戦国時代、女性でありながら井伊谷《いいのや》の地頭を務めた実在の人物・井伊《いい》次郎《じろう》法師《ほうし》直虎《なおとら》の生涯を描いた初の本格的な歴史小説となっている。

直虎が養母として育てたのが、後に酒井《さかい》忠次《ただつぐ》、本多《ほんだ》忠勝《ただかつ》、榊原《さかきばら》康政《やすまさ》と並び、徳川四天王の一人に数えられ、井伊の赤備《あかぞな》えを率いた猛将でもある井伊直政《なおまさ》である。直虎は決してメジャーな人物ではないが、直政がいなければ江戸幕府の成立はなかったかもしれないので、直虎が日本史に残した足跡は想像以上に大きい。著者が、初の歴史小説で、直虎に着目したことをまず評価したい。ちなみに、直虎は梓澤要《あずさわかなめ》が『女にこそあれ次郎法師』で取り上げているので、本書と読み比べてみるのも一興である。

日本の家系図には女性の名前は書かれず、「女」とだけ表記されるのが一般的だった。そのため直虎を名乗る前の名もよく分かっていないのだが、著者は香《かぐ》という名だったとしている。井伊家の初代・共保《ともやす》は、生まれた直後に井戸の側に捨てられ、その時に橘の木を持っていたため（これには、井戸の側に橘の木があったからなど諸説ある）、井伊家の家紋は井戸をかたどった「丸」に「橘」となった。著者は、香の父・直盛が、『古事記』にある永遠の命をもたらす霊薬「非時香菓《ときじくのかぐのこのみ》」の正体が、井伊家ゆかりの橘だったことから、娘に香と命名したとする。これは史実を踏まえた設定であり、香が生まれた時から、井伊家を永遠に存続させる宿命を背負っていたとすることで、史料が少ない直虎に、確かな存在感を与えることに成功している。

また香が、「次郎法師」と名付けられたのも史実だが、この名の由来は、直盛に男子がなく、娘に同族から養子を迎えることが決まっていたため、二つの家の総領名をつなぎ合わせたというのが定説である。ここから著者は想像の翼を羽ばたかせ、香には未来予知をする異能があり、千里眼を持つとされる遠州の座敷童「小法師」にちなんで、「小法師」と呼ばれていたという大胆なフィクションを織り込んでいる。

これは、ファンタジックな設定に思えるかもしれない。ただ、江戸時代初期に成立した『当代記』には、桶狭間へ出陣する直前、本書でも重要な役で登場する今川義元《いまがわよしもと》の夢に、家督争いの末に自刃に追い込んだ異母兄の玄広恵探《げんこうえたん》が現れ、出陣を止めたとのエピソードが記されている。戦国時代の日本は、科学と合理主義が迷信を駆逐した現代とは異なり、多くの人が怨霊を恐れたり、特殊な能力を持った人間が生まれたりすることを信じていた。著者は、このような文化的な背景を踏まえ、香が超能力者だったという物語を紡いでいるので、決して史料を無視しているわけではないのだ。

このほかにも著者は、戦国武将に好まれた連歌が、単に教養を身に付ける手段ではなく、多くの人間が集まっても怪しまれないため、会合を開く方便に使われていた事実を指摘するなど、丹念な考証で戦国の小豪族・井伊家の生き残り戦略を活写しているので、圧倒的なリアリティがある。香に「鎧は重いか」と聞かれた幼い頃の虎松《とらまつ》（後の直政）が、「重うありませぬ！」と返す場面は、直政が重い鎧兜を着て合戦に臨んだことを知っている歴史好きは、思わず唸ってしまうのではないだろうか。

かつては名門だった井伊家も、戦国時代に入ると駿河の太守・今川家の支配下に入るほど零落していた。香が生まれた頃には、代々井伊家の家老を務めている小野《おの》家の当主・和泉守政直《いずみのかみまさなお》が、今川家との関係を深め、主家よりも今川家の意向に沿った政治を行うようになっていた。そのため香は、父の叔父で側近でもあった直満《なおみつ》と直義《なおよし》が、和泉守の讒言《ざんげん》で謀反の疑いをかけられ切腹、直満の子で許婚の亀乃丞《かめのじよう》が亡命を余儀なくされた悲劇を皮切りに、井伊家を陥れる政治的な謀略の渦に巻き込まれていく。

和泉守が、息子の政次《まさつぐ》と香を結婚させ、井伊家の乗っ取りを目論んでいると知った香は、危機を避けるため出家する。井伊家を存続させるため、香が政次と繰り広げる謀略戦は、コンゲーム（騙し合い）テーマのミステリとしても楽しめるだろう。

一族に危機が訪れるたび、不吉な黒い影を目にする香だが、それを押し止める政治力は限られているため、より苦悩を深める。人より優れた能力を持つ香が、人より多くの苦しみを背負う展開は、〝超能力者の哀しみ〟を描く一種のSFとしても秀逸である。

タイトルにある「剣」と「紅」は、一見すると男性と女性を象徴しているように思える。ただ戦国時代の「紅」は、女性を美しく飾ると同時に、戦場で討たれ、首だけになった男に死化粧をするためにも使われていた。女たちが武将の首に死化粧をしていた実態は、石田《いしだ》三成《みつなり》に仕えた山田《やまだ》去暦《きよれき》の娘が晩年に記した『おあむ物語』に詳しい。

著者は、男と女でまったく異なる使われ方をした「紅」を効果的に使い、否応なく「紅」を捨て、弱肉強食の「剣」の世界で生きることを迫られた香の運命の変転をより印象深くしている。だからこそ、香が決意を込めて「剣」を握る場面、香が「紅」に親しんでこなかったことを悔やむシーン、そして巻頭にある「――生涯、ただ一度の紅であったと伝えられる」の意味が分かるラストには、深い感動がある。

化粧が苦手な香と対照的なのが、落ち延びた亀乃丞に想いを寄せるきぬの存在である。自分の美しさを知り、「紅」を自作するほど化粧にも熟達しているきぬは、亀乃丞と夫婦同然の関係になる。だが、すぐに井伊家の家督を継ぐことが決まった亀乃丞と引き裂かれてしまう。その意味で、きぬは香と同様、男たちが決めた戦国のルールに人生を翻弄された女性といえる。結婚、出産の機会を奪われた香と、結婚の先に奈落を経験したきぬは、いわば表裏の関係にあるヒロインなのである。

戦国を生きた女性と聞くと、政略の道具に利用された不幸な女性を思い浮かべるかもしれない。ただ実際には、作中にも指摘のある今川義元の母・寿桂尼《じゅけいに》のように、自身の印判を捺した公文書を発行するなど政治の第一線で活躍した女性も少なくない。

井伊家を守るため、香は「女地頭」になるが、寿桂尼などと比べると、その活躍は派手ではない。だが香は、寿桂尼のように有力武将と結婚したり、有力武将を生んだりして力を得たのではない。ささやかではあるが、男が決めたルールに従うのではなく、自分の判断で生き方を決め、自らの力で人生を切り開いている。

現代社会は、法律的には男女が同権になったとはいえ、就職では一人暮らしは不利との噂が根強く、結婚では改姓の手続きをする必要に迫られ、出産では長期の休養と復帰の苦労があるなど、人生の転機になると女性だけが負担を強いられる暗黙のルールは数多く残されている。男性がイメージする——というよりも押し付けている〝結婚、出産が女の幸せ〟に背を向け、故郷の独立と領民の幸福を守るという職責に生き甲斐を見出す数奇な人生を歩んだ香は、いまだ男性優位の社会で懸命に生きている現代女性へのエールになっているのである。それだけに、香が、井伊家の取り潰しを画策する今川家、小野家としたたかに渡りあう終盤は、痛快に思えるのではないだろうか。

ただ本書は、女性読者に向けて書かれただけではない。著者は、乱世の競争を勝ち抜きたいという強烈な上昇志向を持つ新田喜斎《にったきさい》や、諸行無常を描く能『敦盛』を巧みに使って、出世や金儲けは人を幸福にするのかを問い掛けているのだ。何より、名前の由来になった「非時香菓」のように、井伊家を存続させるためにあらゆる苦労を背負った香の姿は、絶望せず生きることの大切さを教え、戦国時代と同じく厳しい競争にさらされている現代人に、勇気と希望を与えてくれるのである。

（文芸評論家）

文春文庫

剣《けん》と紅《べに》
戦国《せんごく》の女領主《おんなりょうしゅ》・井伊直虎《いいなおとら》

定価はカバーに
表示してあります

2015年5月10日　第1刷
2016年12月30日　第15刷

著　者　高《たか》殿《どの》円《まどか》
発行者　飯窪成幸
発行所　株式会社　文藝春秋

東京都千代田区紀尾井町 3-23　〒102-8008
TEL　03・3265・1211
文藝春秋ホームページ　http://www.bunshun.co.jp

落丁、乱丁本は、お手数ですが小社製作部宛お送り下さい。送料小社負担でお取替致します。

印刷・大日本印刷　製本・加藤製本
Printed in Japan
ISBN978-4-16-790369-5